WARRIORS

貓戰士

星預兆

四部曲之III

星夜私語

Night Whispers

艾琳・杭特(Erin Hunter) 著
羅金純 譯

晨星出版

特別感謝凱特・卡里

鼠鬚：灰白相間的公貓。
煤心：灰色母虎斑貓。見習生：藤掌。
獅焰：金色公虎斑貓。見習生：鴿掌。
狐躍：紅色公虎斑貓。
冰雲：白色母貓。
蟾蜍步：毛色黑白相間的貓。
玫瑰瓣：深奶油色母貓。
花落：玳瑁色與白色相間的母貓。
蜂紋：帶有灰色條紋的淺灰色公貓。
薔光：黑棕色母貓。

見習生 （六個月大以上的貓，正在接受戰士訓練）
鴿掌：灰色母貓。導師：獅焰。
藤掌：白色母虎斑貓。導師：煤心。

貓后 （正在懷孕或照顧幼貓的母貓）
蕨雲：綠色眼睛，淺灰色（帶有暗色斑點）母貓。
黛西：來自馬場的乳白色長毛母貓。
罌粟霜：玳瑁色母貓，和莓鼻生下小櫻桃和小錢鼠。

長老 （退休的戰士和退位的貓后）
鼠毛：嬌小的黑棕色母貓。
波弟：肥胖的公虎斑貓，口鼻灰色，以前是獨行貓。

本集各族成員

雷族 *Thunderclan*

族長　**火星**：英俊的薑黃色公貓。

副手　**棘爪**：琥珀色眼睛、暗棕色的公虎斑貓。

巫醫　**松鴉羽**：灰色公虎斑貓。

戰士　（公貓，以及沒有年幼子女的母貓）

灰紋：長毛灰色公貓。

蜜妮：嬌小的銀色母虎斑貓，原為寵物貓。

塵皮：黑棕色的公虎斑貓。

沙暴：淡薑黃色的母貓。

蕨毛：金棕色的公虎斑貓。

栗尾：琥珀色眼睛，雜黃褐色的母貓。

雲尾：白色的長毛公貓。

亮心：白色帶薑黃色斑點的母貓。

刺爪：金棕色的公虎斑貓。

松鼠飛：綠色眼睛，暗薑黃色的母貓。

葉池：琥珀色眼睛，淺棕色的母虎斑貓，以前是巫醫。

蛛足：琥珀色眼睛，四肢修長，下腹部棕色的黑色公貓。

樺落：淺棕色公虎斑貓。

白翅：綠色眼睛，白色母貓。

莓鼻：乳白色公貓。

榛尾：灰白相間的嬌小母貓。

河族 *Riverclan*

族長　**霧星**：灰色母貓，藍色眼珠。

副手　**蘆葦鬚**：黑色公貓。見習生：穴掌。

巫醫　**蛾翅**：有斑紋的金色母貓。見習生：柳光。

戰士　（公貓，以及沒有年幼子女的母貓）

灰霧：淺灰色母虎斑貓。見習生：鱒魚掌（淺灰色母虎斑貓）。

薄荷毛：淺灰色公虎斑貓。

冰翅：藍色眼珠的白色母貓。

鯉尾：暗灰色母貓。見習生：苔掌（毛色棕白相間的母貓）。

卵石足：雜灰色的公貓。見習生：急掌（淺棕色公虎斑貓）。

錦葵鼻：淺棕色公虎斑貓。

知更翅：玳瑁色和白色相間的公貓。

甲蟲鬚：毛色棕白相間的公虎斑貓。

花瓣毛：毛色灰白相間的母貓。

草皮：淺棕色公貓。

見習生　（六個月大以上的貓，正在接受戰士訓練）

柳光：灰色的母虎斑貓，巫醫見習生。導師：蛾翅。

穴掌：暗棕色公虎斑貓。導師：蘆葦鬚。

貓后　**塵毛**：棕色母虎斑貓。

苔皮：藍色眼珠，玳瑁色母貓。

長老　**斑鼻**：雜灰色母貓。

撲尾：薑黃色和白色相間的公貓。

風族 *Windclan*

族長　**一星**：棕色的公虎斑貓。

副手　**灰足**：灰色母貓。

巫醫　**隼翔**：雜色的灰色公貓。

戰士　（公貓，以及沒有年幼子女的母貓）

鴉羽：暗灰色公貓。

鴞鬚：淺棕色公虎斑貓。見習生：鬚掌（淺棕色公貓）。

白尾：嬌小的白色母貓。

夜雲：黑色母貓。

鼬毛：腳爪白色的薑黃色公貓。

兔躍：棕白相間的公貓。

葉尾：暗色公虎斑貓，琥珀色眼珠。

蟻皮：棕色公貓，有一個耳朵是黑的。

燼足：灰色公貓，有兩隻暗色腳爪。

石楠尾：淺棕色母虎斑貓，藍色眼珠。見習生：荊豆掌（毛色灰白相間的母貓）。

風皮：黑色公貓，琥珀色眼珠。見習生：礫掌（體型龐大的淺灰色公貓）。

莎草鬚：淺棕色母虎斑貓。

燕尾：暗灰色母貓。

陽擊：玳瑁色母貓，前額有一大塊白色印記。

長老　**網足**：暗灰色公虎斑貓。

裂耳：公虎斑貓。

雪貂掌：乳白和灰色相間的公貓。導師：橡毛。

焰尾：薑黃色公貓，巫醫見習生。導師：小雲。

貓后　扭毛：毛髮賁張的長毛母虎斑貓。

藤尾：黑白褐三色母貓。

長老　杉心：暗灰色公貓。

高罌粟：長腿的淺棕色母虎斑貓。

蛇尾：有一根虎斑條紋尾巴的暗棕色公貓。

白水：長毛白色母貓，有一隻眼是瞎的。

黑暗森林 *Dark Forest*

虎星：暗褐色的虎斑大公貓，前爪特別長。

鷹霜：肩膀很寬的深棕色公貓。

碎星：黑棕色的長毛虎斑貓。

暗紋：烏亮的黑灰色公虎斑貓。

雪叢：白色公貓。

破尾：暗棕色公虎斑貓。

楓影：玳瑁色母貓。

雀羽：有多處傷疤的雜棕色嬌小母貓。

薊爪：有著長尾巴，灰白色相間的公貓。

影族 *Shadowclan*

族長　黑星：白色大公貓，腳爪巨大黑亮。

副手　花楸爪：薑黃色公貓。

巫醫　小雲：非常嬌小的公虎斑貓。見習生：焰尾。

戰士　（公貓，以及沒有年幼子女的母貓）

橡毛：矮小的公虎斑貓。見習生：雪貂掌。

煙足：黑色公貓。

蟾蜍足：暗棕色公貓。

蘋果毛：雜棕色母貓。

鴉霜：黑白相間的公貓。

鼠疤：棕色公貓，後背上有一條很長的疤。見習生：松掌。

雪鳥：純白色母貓。

褐皮：綠色眼睛，玳瑁色母貓。見習生：歐掠掌。

橄欖鼻：玳瑁色母貓。

鴞爪：淺棕色公虎斑貓。

鼩鼱足：有四隻黑足的灰色母貓。

焦毛：暗灰色公貓。

紅柳：棕色和薑黃色相間的雜色公貓。

虎心：暗棕色公虎斑貓。

曦皮：奶油色母貓。

見習生　（六個月大以上的貓，正在接受戰士訓練）

歐掠掌：薑黃色公貓。導師：褐皮。

松掌：黑色母貓。導師：鼠疤。

被遺棄的兩腳獸窩
月池
舊雷族小徑
雷族營地
天空橡樹
風族營地
斷半橋
兩腳獸地盤
馬兒地盤
轟雷路
雷族
河族
影族
風族
星族

綠葉
兩腳獸地盤
兩腳獸窩
空地
兩腳獸小徑
兩腳獸小徑
影族營地
半橋
小轟雷路
綠葉
兩腳獸地盤
湖
半橋
小河
小島
河族營地

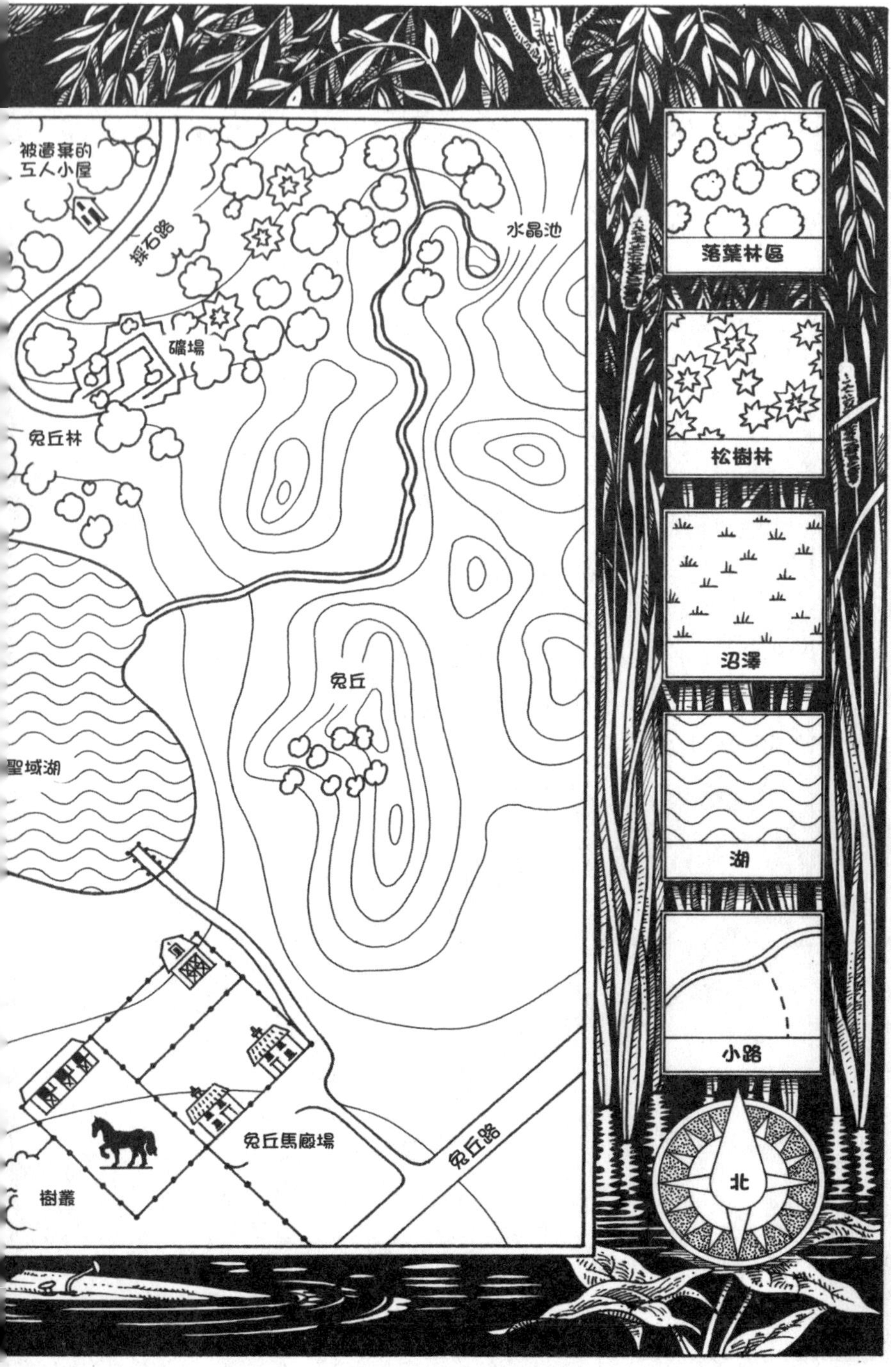
被遺棄的
五人小屋
採石路
水晶池
礦場
兔丘林
兔丘
聖域湖
兔丘馬廄場
兔丘路
樹叢
落葉林區
松樹林
沼澤
湖
小路
北

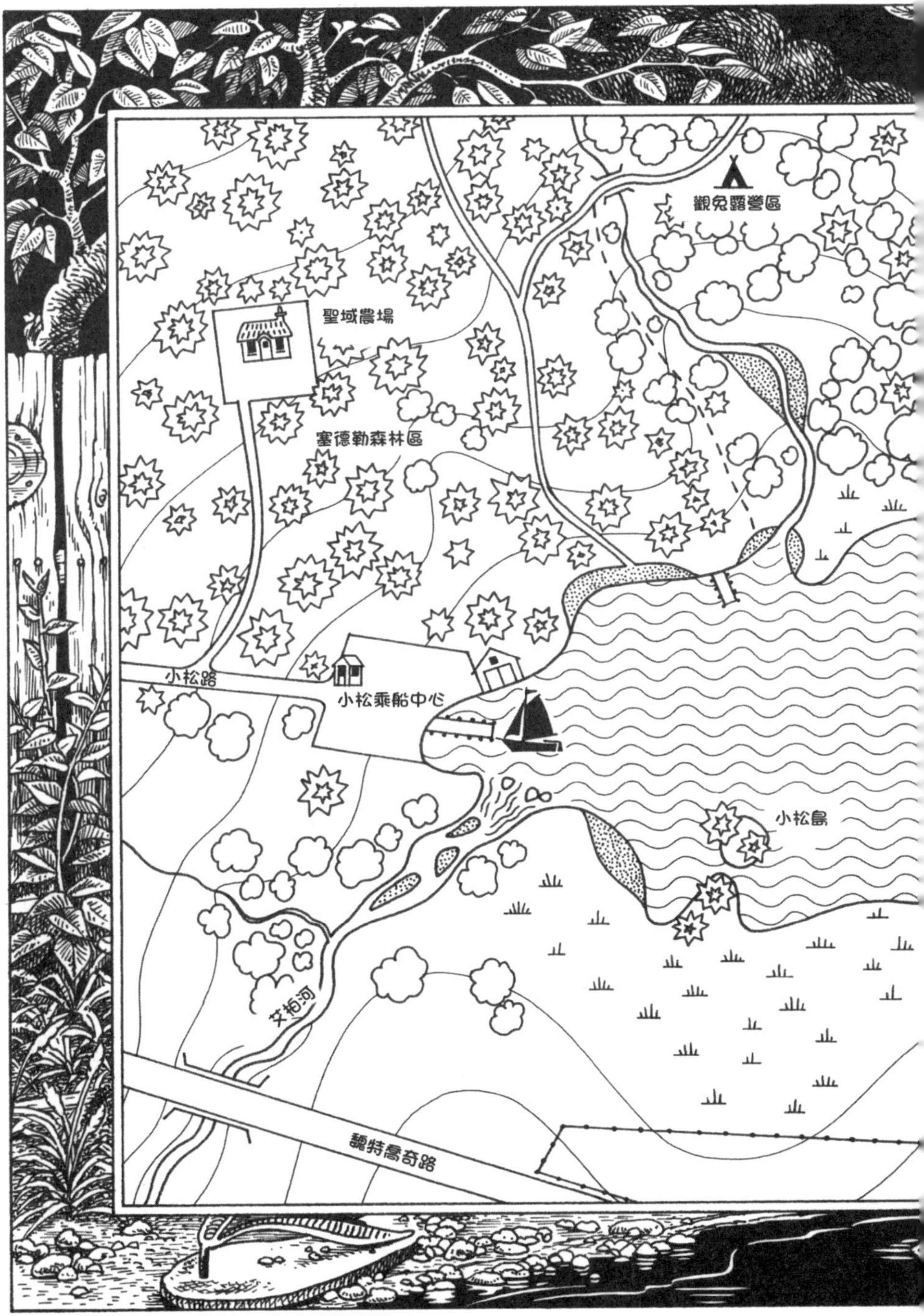
觀兔露營區
聖域農場
塞德勒森林區
小松路
小松乘船中心
小松島
艾柏河
魏特高奇路

序章

支離破碎的雲朵掩映著星宿，樹枝在暗夜天空下搖晃，葉片簌簌飄落在漆黑的林間空地。一陣陣的風，有如群狼出動般掃過淺丘，把周圍的矮樹叢吹得沙沙作響。

一隻年邁母貓在空地中央縮起肩膀，抵抗呼嘯而過的風，星光灑落在她凌亂的灰毛上頭。兩團貓影正緩緩從山坡上迎面朝她走來。

「黃牙。」白色母貓先開口：「我們找妳好久了。」

「獅心跟我說了。」巫醫黃牙抬起下顎時，雨水滴在她的口鼻上，她瞇起眼看著她的前導師說：「有什麼事嗎，賢鬚？」

賢鬚很不高興地回答：「有件事我們一直想講。」

「是整個星族都想講吧。」她的玳瑁貓同伴搶著發言。

黃牙看著玳瑁貓說：「妳以為我心裡不明白嗎，蕨影？」

蕨影哼了一聲說：「所有的貓都認為妳早該出面制止了。」

「妳是指雷族和影族的戰事嗎？」黃牙彈彈尾巴。「妳以為我有滔天本領啊？」

賢鬚把身體往前傾，「為什麼妳不事先去跟雷族托夢？」

「如果妳早這麼做的話，或許枯毛就不會慘死了。」蕨影走向前，語帶責備。「她可是我一手訓練出來的戰士！」

「這我都清楚！」黃牙激動地說。

蕨影瞇起眼睛說：「待會兒我還得負責去接她。」

黃牙垂下肩膀，「她年紀都這麼大了，」她喃喃地說：「說不定還很高興能加入我們，她再也不用過著每天腳痛的日子了。」

賢鬚急急抽動白色尾巴，「沒有戰士會輕易放棄生命，更何況是冤死在一場不應該發生的戰役上。」

蕨影嘟起嘴巴，「妳早就知道這全是黑暗森林的貓搞的鬼，火星根本沒必要跟黑星爭奪那幾塊沒有用的草地。妳難道是想讓貓族全死掉才甘願嗎？」

窪地捲起一陣風，貓咪們的耳朵和尾巴隨之顫動，此刻山頂傳來藍星的喵聲。「夠了！」前雷族族長滿是威嚴地走下山坡，分別和賢鬚、蕨影點頭致意。「這次的戰爭確實令人遺憾，不過我們也從中得到了教訓，不是嗎？」

賢鬚看了她一眼說：「什麼教訓？」

藍星在隨風擺盪的草地上穩穩地站好腳步。「我們現在總算摸清真正的敵人是誰，黑暗森林的貓足以改變各部族之間的命運。如果不是他們，這場仗也不會發生。」

黃牙忍不住顫抖起來，「之前看到碎星出現在黑暗森林時，我就應該警覺到他很可能給部族間帶來災難。」

賢鬚突然轉頭看著她的前見習生。「他之所以會存在，要追根究柢的話又是誰的錯？」她的眼睛閃爍著光芒，「還不是因為妳違背了戰士守則，把他生下來。妳還有什麼話好說？」

黃牙退縮了幾步，只能默默無語。

「互相指責根本於事無補。」藍星的毛髮刷過黃牙的身體，用尾巴輕觸這年邁老貓糾結的毛。「我們都曾經犯過錯。」

蕨影氣憤地抽動頰鬚：「並不是每隻貓都會違反戰士守則！」

藍星的眼睛眨都不眨一下，立刻說：「犯錯是進步的最大動力。」她以和緩的喵聲說道：「我們可以從這次戰役中記取教訓。現在所有部族必須屏棄前嫌，聯手合作才行。」

黃牙搖搖頭說：「我被碎星折磨得還不夠慘嗎？」她低聲抱怨起來，「現在他還要來毀滅我以前所屬的部族，藉此懲罰我。」

「現在可不是只有妳受苦受難而已耶！」賢鬚怒氣沖沖地說：「黑暗森林的一舉一動已經牽動了我們所有貓的安危。我們必須趕快想想辦法，千萬不能讓影族再受到一丁點兒傷害！」

藍星從喉嚨間發出低吼：「不是只有影族受害而已！火星也因此賠上一條命！」

一道閃電突然劃開天際，在場的貓兒們蹲低身體，全身毛髮直豎，眨眼望向上空。遠方傳來轟轟雷聲，更多的貓朝著空地悄聲走來。

藍星大喊：「獅心！」看到老朋友帶著泥毛和橡心走下山坡，藍星頓時安心下來。

「發生什麼事了？」獅心在藍星身旁停下腳步，側著頭問。

「我們發現黑暗森林的貓才是挑起影族和雷族大戰的始作俑者。」藍星告訴他。

「是雷族先開戰的！」蕨影邊咆哮，邊把身體湊近賢鬚。

「是黑暗森林的貓先策動的！」藍星提醒他們。她看著黃牙說：「不是只有碎星而已，虎星和鷹霜也有加入訓練部族戰士的工作。」

橡心瞇眼說：「不知道他們在訓練誰？」河族戰士光滑的毛髮點綴著晶瑩剔透的雨珠。

黃牙露出一口斑黃的爛牙說：「只要能吸收到同黨，碎星什麼事都做得出來。」

「要是哪個族長被他們勾搭上了，那該怎麼辦才好？」蕨影發出低吼。

風族的老巫醫泥毛搖搖頭。「這麼說來沒有任何一隻貓是可靠的。」

「也沒有一個部族是可靠的。」賢鬚沉下臉，暗暗說道。

泥毛忽然僵住身體，豎直耳朵，嗅起空氣的味道。「是誰？怎麼是你，泥爪？你不應該來這裡的。」

所有的貓全將目光移到這隻從山坡上急急忙忙跑下來的風族戰士。「一聽到你們在這裡，我馬上就趕過來了。大家有想出什麼好對策嗎？」他追問：「我們該怎麼對付黑暗森林的貓？」

藍星伸出爪子，腳下的野草順勢被扒開。「我們一定要說服所有部族團結起來，合力度過這次的危機。」

賢鬚貼平耳朵。「他們根本不知道該對付誰。」

「要是黑暗森林戰士真那麼愛鬥的話，為何不直接衝著我們來？」蕨影忿忿地說。

獅心定神望向隨風起伏的草地。「因為這就太便宜我們了。他們很清楚攻擊我們的後代，比直接和我們對戰更有效。這樣一來，就可以狠狠把我們踩在腳下。」

「難道就沒有擊敗他們的辦法嗎？」橡心帶著充滿疑慮的眼神看著藍星。

她沉默片刻，似乎想探究他的心思，接著又說：「虎星只會用暴力解決事情。」

橡心將目光移開。

「黑暗森林裡的貓全是一個樣，」藍星再次強調：「跟他們說理是說不通的，只會更讓他們認為我們好欺負。」

賢鬚氣哼哼地說：「只要不要把碎星的錯，全算在影族頭上就好了。」她瞪了黃牙一眼。

「就我看來，影族是這次最大的受害者。」蕨影補充說。

空中爆出一聲轟雷巨響。

賢鬚用肘部輕推蕨影：「妳還是趕快去接枯毛吧。」

當她說話的同時，天空彷彿在剎那間炸開，雨水傾盆而下，貓咪們頓時一哄而散，拔腿奔到樹下躲雨去了。

「蕨影！」黃牙在玳瑁戰士身後喊著。

蕨影煞住腳步，回頭看。「又怎麼了？」

雨水模糊了黃牙的視線。「路上小心。」她啞著嗓子說：「請幫我跟枯毛說聲對不起。」

第一章

一場貓咪嘶吼的打鬥戰場上，突然迸出一聲淒厲的哀叫。

鴿掌閃掉擋在前頭的蟾蜍足，迅速轉身。

火星！

雷族族長被拖離混亂的廝殺現場，在草地上留下一道鮮紅的血跡。樺落把火星的頸項叼得更緊，將他的屍體抬到蛛足的背上，合力扛進林子。

鴿掌感覺到突如其來的恐懼。打鬥瞬間在她四周停止，所有的貓咪全都縮回腳爪，困惑地瞪大眼睛。雷族副族長棘爪緩緩走到黑星面前，他粗厚的肩膀沾滿了鮮血。影族族長沒有看他，只是低頭望著眼前的暗薑黃色皮毛。

棘爪點頭。「戰役的勝負已定，」他低吼：「空地歸我們所有。你是準備投降呢，還是要繼續戰下去？」

黑星用充滿厭惡的眼神回瞪了他一眼，說：「空地你們要就拿去吧。」他嘶聲說道：

「就為了這麼一點地爭得你死我活，太不值得了。」

在棘爪退走的同時，鴿掌認出了那隻躺在地上的薑黃色貓。

枯毛！枯毛該不會是陣亡了吧？

影族副族長一動也不動地倒臥在地，嘴角不斷滲出血來。影族貓開始移動腳步，小心翼翼地離開雷族戰士的陣仗，往松樹林走去。焦毛、虎心和花楸爪停在族長黑星身旁。焦毛輕輕碰觸黑星，提醒他站起身，靜靜地帶他走回樹林。虎心則叼起枯毛的屍體，小心翼翼地將她挪到花楸爪的肩上，一起默默地跟著戰敗的族貓們走進濃霧籠罩的林間。

精疲力竭的鴿掌望著影族遠去的背影，虎心的尾巴一搖一晃地沒入暗處。鴿掌開始尋找妹妹藤掌的蹤影，瞥見她帶著受傷的花落，一跛一跛走進樹林。

「我們走，花落。」藤掌輕聲對她說：「松鴉羽一定可以把妳的傷治好。」從她溫柔的喵聲中，可以看出她已經把兩人之前的爭吵忘得一乾二淨了。

鴿掌拖著沉重的腳步，提不起勁幫忙其他受傷的族貓。她只想趕快回到窪地，捲起身子在床鋪上好好休息。她身上的傷口已經開始隱隱作痛。

葉池一臉憂心，瞪大眼睛掃視戰場。松鼠飛邊替葉池檢查傷勢，邊安撫她說：「放心啦，獅焰沒事。」

亮心躺在草地上喘著氣，僅存的一隻眼睛睜得奇大，藍色的眼珠外圍露出大片的眼白。雲尾用鼻頭輕輕推了她一下，鼓勵她坐起身。「來，把身體動一動，妳就會舒服多了。」

亮心邊發出呻吟，邊勉強坐立。

一隻耳朵受傷的蜂紋，看著四周被踩得一蹋糊塗的草地。「我們總算出了這口氣。」

在旁邊的榛尾用不屑的眼神看了蜂紋一眼，把身體更挨近鼠鬚，用舌頭幫他梳理沾滿血跡的蓬亂毛髮。「這算哪門子的出氣？」她邊舔，邊半自言自語地說：「有必要為了一場沒意義的仗，打得頭破血流嗎？」

只有獅焰一點傷都沒有。雖然他的頸項有一道血痕，但鴿掌知道那一定不是他的。她皺起眉頭，所有的疑惑如成群的歐椋鳥，爭相飛進她的腦袋。獅焰和她一樣，都受到了預言的庇祐。他具有在對戰時毫髮無傷的能力，不管是任何貓，甚至是任何動物都傷不了他。

為什麼獅焰不救火星呢？連自己的族長都不幫，就算擁有這樣的能力又有什麼意義？

棘爪經過她的面前，跨過枯毛剛才倒下的地方，草地上還沾著她所留下的斑斑血跡。最後棘爪用尾梢拍拍獅焰的肩膀說：「枯毛年事已高，本來就沒什麼體力打仗。」他喃喃地說：「不能把她的死全怪罪到你頭上。」

獅焰低頭不語。

喔！星族！鴿掌縮緊肚皮。**是獅焰出手殺死枯毛的嗎？**她的導師看起來兩眼無神，滿臉疲累。她跑向他，順著他的身體側邊磨蹭。她感到極度無力。儘管她比其他貓都還要有能力聽到和看到遠方發生的事情；照理說，她應該可以最先知道影族的計謀，但卻是藤掌跑去跟火星稟報，說黑星策劃侵略雷族領土，搶奪狩獵用地的事。是不是因為鴿掌拒絕利用她的特殊能力去窺視其他部族，所以星族才轉而托夢給藤掌呢？若是鴿掌早點聽從獅焰的吩咐，去觀察影族的動靜，她就可以趁早告知火星，或許就不致於釀成這場戰爭悲劇。

我真能阻止這一切發生嗎？

獅焰用口鼻輕輕觸碰鴿掌的頭，溫暖的鼻息拂過她的臉。「走吧。」他帶著疲累的口吻說：「我們回家吧。」

鴿掌不由地貼平耳朵，身體更挨近獅焰。兩隻貓踏著沉重的腳步，穿梭嚶嚶鳥語的林地。

松鴉羽伸長一隻腳掌，設法摸到最底層的草藥。他可以聞到塞在岩石底下的金盞花發出霉味，這已經是他最後的庫存。他沒有把握存放已久的藥草是不是還有足夠藥效能消毒栗尾身上的傷口。不過他還是把金盞花挖出來，用腳掌使勁拍打，把它和曬乾的橡樹皮混合在一起。

「可能會有點疼。」他警告栗尾。

白底玳瑁色母貓耐心地坐在薔光的床鋪邊。「沒關係。」她回應，看著身旁這隻打瞌睡的年輕戰士：「她的呼吸聽起來不是很順暢。」

負傷的戰士和見習生陸陸續續湧進窩裡，但是薔光在太陽下山前就已經睡著了。即使栗尾肩上有道很深的傷痕，而且還不斷冒出血來，但她堅持要等松鴉羽先處理完其他族貓的傷口後，再來檢查她的傷勢。

松鴉羽在栗尾的傷口上敷上藥泥，再用蜘蛛絲包裹起來。「薔光的胸口有感染的跡象。」他邊跟栗尾說明薔光的病情，邊把蜘蛛絲纏在栗尾的傷口上，接著抽抽鼻子，把上面的塵土吸乾淨。「我不知道是該讓她多走動，疏通胸腔，還是讓她好好休息，增強抵抗力比較好。」

栗尾用鼻頭拍拍他的肩膀說：「你問過葉池了嗎？」

松鴉羽有點火大。他彈彈尾巴，指向一團團散落滿地的沾著血漬的青苔和藥草碎屑說：「我看起來很閒嗎？」

「我只是隨口問問而已。」栗尾婉轉地答腔。

「更何況，」松鴉羽嘟噥說道：「葉池檢查傷患都忙翻天了。」

「說的也是。」栗尾站起身，說：「謝謝你幫我上藥。」

松鴉羽突然對自己剛剛發了這麼一頓脾氣，感到有點內疚，於是他用尾梢輕輕碰了碰栗尾的腰腹說：「妳要不要拿點罌粟籽回去幫助睡眠？」

「不用了，謝謝。有蕨毛的打呼聲當我的催眠曲就夠了，這可比任何藥草都還要管用。」栗尾說著，緩步離開。

松鴉羽剛處理完金棕色戰士受傷的部位；他把蕨毛扭傷的肩膀矯正後，吩咐他好好躺在床上，在日出之前絕對不可以隨便亂動。所幸剩下的貓兒們都只受點皮肉傷而已。現在就只剩火星的傷口要特別留意。他脖子上的撕裂傷已經用蜘蛛絲緊緊包紮起來。傷口癒合是遲早的事，然而丟了一條命卻沒辦法再重來。松鴉羽想像著這位戰士模糊微弱的身影立在星族的行列，稍稍變得清晰的形體有著鮮艷的火紅色貓毛，和星族一片綠意盎然的狩獵場互相輝映。

栗尾跛腳離開巫醫窩時，薔光正好醒來。「怎麼這麼亂？」她邊環顧床鋪四周邊說。

「妳現在感覺怎麼樣了？」松鴉羽聞聞她的耳朵，發現她已經退燒，終於鬆了一口氣。

「想睡覺。火星還好吧？」薔光好奇地問。

「他正在窩裡睡覺。」松鴉羽告訴她：「有沙暴從旁照顧他，再過幾天就會沒事了。」

「要是枯毛沒攻擊他，」薔光間接從其他戰士的談話中聽到經過，「火星就不會丟了一條命，獅焰也不會因此殺死枯毛。」

松鴉羽忽然整個肩膀僵住。「那是因為枯毛太老，沒辦法應付激烈的對戰！」

此時刺藤叢窸窣晃動，松鴉羽聞到獅焰的氣味。那位戰士臉色凝重地走進巫醫窩，接著說：「在出手前，我應該就要想到這一點。」

「這也不能怪你，誰叫她想置火星於死地。」松鴉羽甩動身上的毛，走向前和他的兄弟打招呼。「鴿掌還好嗎？」

「她沒事。」獅焰要他放心，「雖然她還是不怎麼愛說話，但是看起來已經好多了。」

鴿掌打從戰場回來後，依舊驚魂未定，身體不停地發抖，也變得十分沉默。松鴉羽原本想給她麝香草，她卻說自己只是太過疲累，不需要鎮定藥。在松鴉羽檢查傷勢時，其他的貓咪無不大談自己的戰鬥事蹟，但唯有鴿掌始終沉默不語，只稍提一下多虧獅焰的營救，她才不至於被曦皮打死的事。

讓見習生跟著戰士出征好嗎？松鴉羽繃緊肚皮，開始擔心起鴿掌。有時候她顯得太過稚嫩。不過，至少藤掌很能適應，對自己的表現似乎也很滿意。她在迎戰影族凶猛的戰士時，只有尾巴受了點小傷而已。

然而，她自從向火星和資深戰士們脫口說出夢到影族侵略雷族領土，森林一片血流成河後，就再也沒有提起過那場夢的事情了。而松鴉羽透視藤掌的內心時，發現她已經把夢忘得一乾二淨。雷族和影族廝殺的畫面，如此活生生的惡夢，她怎麼有辦法說忘就忘？難道是她後悔把夢說出去才選擇刻意遺忘嗎？

松鴉羽用瞎掉的藍色眼珠盯著獅焰。「你覺得值得嗎？」

「你是說這場戰爭嗎？」獅焰挺直身體說：「當然！」

「為了爭一塊沒有用的草地，兩隻貓因而喪命，這樣值得嗎？」

「至少我們給了影族一個痛快的教訓。」

「但付出的代價未免太大了吧！」松鴉羽嘆氣。

「我們態度絕對要強硬！」聽到薔光發出聲響，獅焰即刻壓低音量說：「天曉得他們什麼時候又會發動攻擊？」

薔光又開始咳個不停，松鴉羽垂下肩膀。

獅焰皺皺鼻子，要他去照顧病患。「我們現在絕對不能有任何閃失。」他嘶聲說：「快去看看薔光吧，有事我們待會兒再談。」

獅焰沙沙地拖著腳步走出洞穴，松鴉羽開始按摩薔光的腹側。薔光把下巴托在床沿，咳嗽聲漸歇，緩緩地睡去。

「她有好一點了嗎？」出現在巫醫窩入口的葉池輕聲說著，走到薔光床邊。

「體溫有比較下降了。」松鴉羽聽到葉池撕扯蜘蛛絲的聲音，從她身上可以聞出她為雲尾重新包紮傷口的味道。「蕨毛肩膀上的傷有好一點了嗎？」他正擔心剛才在幫蕨毛矯正肩膀的過程中，不知道有沒有傷到其他部位，於是問葉池：「妳剛剛去看過他了嗎？」

「有……有啊。」她遲疑了片刻說：「你說該怎麼辦呢？」

松鴉羽的肚子一陣抽蓄。以前葉池要是發問，通常是在考他，但她現在卻是帶著沒有把握的口氣在說話，聽起來好像真的不確定。為什麼她要像個害怕犯錯的見習生，在那裡喃喃自語呢？松鴉羽回想起當年葉池在巫醫窩對他使來喚去的情景。他回嘴抱怨她太過嘮叨，她厲聲責罵，兩隻貓總是你來我往的脣槍舌戰一番。

回憶讓人神傷。過去的葉池才是他所認識的葉池，以前他可以立刻知道她什麼時候會持反對意見，但自從他發現她是他的親生母親之後，現在的她反倒像是個完完全全的陌生人。

他迴避她的問題，想打發她走。「可以麻煩妳去看一下火星嗎？」

葉池低下頭，臉上的頰鬚刷過松鴉羽的前腳。「當然好。」她回答。

別再裝老鼠了！松鴉羽一邊憤慨地想著，一邊將塞在爪縫間的一株麝香草摳出來。葉池拖著腳步繞過空地，攀上岩堆到火星的窩裡去。

松鴉羽停止舔舐，開始聆聽族貓夜晚睡覺的動靜。罌粟霜正在育兒室替小錢鼠和小櫻桃梳理身體；波弟嗡嗡的喵聲不時從長老窩飄來；蕨毛就如栗尾所預期的，正發出呼呼的鼾聲，他身旁的樹枝也隨著他打呼的節奏沙沙搖曳；花落在戰士窩裡忙著整理自己的床鋪。前陣子暴風雨來襲，窪地上的山毛櫸樹因此倒落，把營地壓得亂七八糟。

雷族花了半個月的時間重整家園，竭盡所能清除殘枝落葉。他們用金銀花的老藤蔓纏繞一截斷裂的樹幹，重新打造長老窩。山毛櫸大樹仍橫躺在營地中央，粗大的樹幹像一條背脊，延伸而上的樹枝像根根肋骨，從營地擴散出去，樹根則如爪子般緊緊纏住刺藤叢裡的育兒室。戰士們在這棵傾倒的樹枝中選出最強韌的部位，做為新的戰士窩。

松鴉羽還不是很習慣營地的新面貌，不時會絆到已經被掃到一旁，但尚未完全清除的樹枝堆。就算瞎眼的長老長尾沒死，也會被這些新的改變折磨到死。或許他現在加入星族是幸運的，起碼他的遭遇比蕾光好多了。蕾光的胸腔受到感染，後腿更是如新鮮獵物般癱軟，她已經失去了像其他族貓一樣自由奔跑狩獵的能力，只能每天在空地拖著身體一拐一拐地來回走動。

光只是害怕根本沒有用，於是松鴉羽甩動身體重新回過神來。他在水塘邊稍稍清洗腳掌，冰冷的水讓他不禁發起抖來。洗完腳後，他走到蕾光睡舖旁的蕨葉堆，然後停下腳步。蕨葉上還散發著蜜妮昨晚留宿的氣味；前晚則是由亮心負責陪伴蕾光。因為大家都不忍心讓她晚上孤零零地睡覺，不管是好天氣、壞天氣，都會有貓兒陪在她身邊。

松鴉羽將身體捲成一團，躺在那柔軟的莖葉上。在閉起眼睛的剎那，他突然又想起藤掌的夢。為什麼星族要讓這場戰役發生？戰士祖靈是否真的有意讓枯毛死亡、讓火星喪失一條命呢？松鴉羽還是不了解為何星族會託夢給藤掌，而不是給三力量之一呢？

明天一早就去找獅焰談談吧。松鴉羽累壞了，他把鼻子縮進腳掌下，沉沉進入夢鄉。

一股腐爛的臭味撲鼻而來，讓他的身體不自覺地顫抖。他睜開眼睛，發現自己置身於黑暗森林。一團團的暗影從四面八方朝他逼近，他緊張地張望四周。為什麼他會在這裡？該不會是虎星想吸收他吧？

不可能。虎星又不是笨蛋。

他聞聞四周的氣味，一股熟悉的氣味盈滿舌頭。松鴉羽身體僵硬地在黑暗中摸索。

「哈囉！」前方的空地傳來一聲愉悅的喵聲。

藤掌？

一聲粗啞的喵聲回應她，「對不起，我今天嚇著妳了。」

她在跟誰說話？

「我沒有被嚇到啦。」雖然是在黑暗森林內，但從藤掌說話的口氣裡卻聽不出她有任何害怕或驚訝。「我知道你不會傷害我。你是部族貓吧？」

部族貓？

松鴉羽蹲低身體，在濃霧中匍匐前行。

藤掌站起身，高高豎起耳朵和尾巴。松鴉羽認出在她身旁那魁梧的暗棕色虎斑貓身影。

虎心！

影族戰士將身體湊近雷族的見習生。「前幾個晚上我看到妳和鷹霜在一起，當時我和碎星正在受訓。真沒想到妳也是我們的一分子。」

我們的一分子？松鴉羽爬得更近些。

虎心繞著藤掌來回走動，把頭昂高側到一邊，對她說：「做得好。」藤掌鼓起胸膛的毛，一邊聽虎心繼續說。「只可惜部族和部族間還是掀起戰爭，怎麼會這樣呢？」

把妳所做的夢告訴他呀！松鴉羽推測藤掌會回答虎心，但藤掌卻是聳聳肩，什麼也沒說。

暗影處傳來沙沙的腳步聲，一聲低吼打斷兩隻年輕貓咪的談話，此刻的松鴉羽感覺背脊竄進一股寒涼。

「好了，藤掌！別再浪費時間了！」

松鴉羽哽住呼吸，認出說話的是鷹霜。上次松鴉羽來黑暗森林時，目睹這隻凶殘的虎斑貓正下令其中一名戰士殺死一隻同夥。

「妳今天表現得很好。」河族戰士吼道：「但是妳攻擊焦毛的格鬥動作不及格。若能一隻腳就解決掉對手，就別髒了另一隻腳！」他揮動尾巴要藤掌跟過來。藤掌默默跟在他後頭，一起消失在濃霧中。暗處傳來鷹霜的吼叫聲，「虎心，你在這裡等。碎星很快就來了。」

松鴉羽害怕地瞪大眼睛，四隻腳僵在冰冷的泥地上。

他的四周一片霧氣繚繞，暗處喵聲四起；年輕的貓咪吱喳地問問題，想知道自己的動作正不正確，較年長的貓則以低沉的聲音回應，以嚴厲的口氣不斷催促他們加緊練習。這顯然是任何以湖邊為據點的部族會做的戰鬥訓練，不過此處並沒有湖，而是一個完全看不見星光的地方。在這裡進行訓練的都是不配進入星族的邪惡戰士。松鴉羽瞥見一些正在暗處練習搏擊的身影，他們光滑油亮的毛髮散發出河族的氣味。在一排陰暗的蕨葉叢前，有一群體態輕盈的身軀正蹬起後腿，用力互相練習揮掌。

難道連風族也涉入其中嗎？

「爪子出鞘啊！」

「拿出戰士的氣魄，不要像寵物貓一樣軟趴趴！」

松鴉羽的舌頭被腐爛的氣味淹沒，霧氣模糊了他的視線。

暗處傳來風皮的喵聲。「沒參加到今天的戰役真是太可惜了。」風族戰士緊張而懊惱地說：「我隨時都願意為您而戰。」

他在跟誰說話？

松鴉羽仔細嗅聞空氣裡的味道，除了黑暗森林所飄散出的惡臭味外，他還聞到影族的氣味，心裡不免又是一驚。風皮誓言效忠的對象竟然是影族貓！

樹林間另有一隻貓影在走動。松鴉羽只見一個長長的身軀猶如一條蛇般在迷霧中穿梭。上次來黑暗森林時，松鴉羽注意到黃牙喊那隻貓的表情，有如極力想吐掉嘴裡的毒物一般。

碎星。

「放心，風皮。」暗棕色戰士發出低嗥說：「以後要打仗有的是機會。我們要把戰士守則徹底摧毀，就像過季的落葉一樣，把它掃得片甲不留。戰士守則一旦瓦解，我們就可以隨心所欲，想做什麼就做什麼了。」

風皮忍不住興奮地嗥叫，聽碎星繼續說下去。「沒有了那些鼠腦袋規範的束縛，建立更強大的部族指日可待。」

松鴉羽全身因害怕而顫抖不已。他眼前充斥著來自各部族的貓咪們，在夢醒時分以這湖畔為活動據地。他可以感覺到他們溫熱的心臟，因亡貓的謊言而噗通噗通快速跳動著。一切終於水落石出：黑暗森林的戰士正密集訓練來自每支部族的貓兒以對抗自己的族貓；訓練他們徹底摧毀各部族長久以來捍衛的守則。

第二章

「老鼠屎！」獅焰低聲抱怨。這已經是酣聲大作的樺落第三次把腳跨到獅焰的肚子上了。

真希望能好好睡一覺！獅焰將樺落的腳一把推開。

「噢！」一根尖樹枝刺到獅焰的頭。頂蓬低就算了，樹枝七橫八豎地穿出，活像刺蝟身上的尖刺，早就該修整了。其實整個戰士窩都需要好好整修一番。在倒塌的山毛櫸最濃密的上端樹枝部分，他們倉促地建造戰士窩，纏結的樹枝把窩室包得密不透風，森林裡的新鮮空氣完全進不來。

獅焰皺了一下鼻子，室內躺滿了從戰場歸來的疲憊身軀，空氣裡瀰漫著陣陣體臭。一想到這場仗，他就心神不寧，肚子也不由地繃緊起來。枯毛真是死得很冤枉。對於兩腳獸空地領土權之爭，雖然勢必要戰到其中一方勝出為止，但也沒有必要鬧出貓命吧。

獅焰從蜜妮身邊鑽過去，費力地步出戰士窩。隨即一陣冷空氣迎面撲來，他眨眨眼，一邊享受涼颼颼的快意，一邊扯掉面前叢生的樹枝。空地沐浴在一片皎潔的月光下，營地四周的峭壁被寒霜暈染成一片銀白。走了幾步之後，獅焰腳底的刺寒感也逐漸變得麻木。

他駐足聆聽。松鴉羽正在巫醫窩裡哄著咳嗽的薔光入睡。在育兒室的小錢鼠正發出滿足的呼嚕聲，應該是正吸吮著罌粟霜暖呼呼的奶水吧。此時此刻，戰爭彷彿只存在於另一個世界。

窪地上方隱約傳來撞擊的聲響，獅焰猛然抬頭望向天空。他看見一粒在月光下發出熠熠光亮的小礫石從天而降，咚地一聲墜落在結凍的空地上。

那裡有不尋常的動靜。

獅焰往營地屏障走去。松鴉羽已警告他們，黑暗森林的貓正趁勢作亂，凡事要小心。

「獅焰？」煤心鑽出窩室，跟在他後頭。「你沒事吧？」

獅焰回頭看。剛爬起床的煤心，帶著一身蓬亂的灰色虎斑毛髮，瞇起眼睛凝視著豎直耳朵的獅焰。獅焰問她：「妳剛有聽到什麼聲音嗎？」

刺藤突然一陣沙沙作響，榛尾隨即悄聲出現。「怎麼了？」今晚榛尾和灰紋被火星指派負責看守營地入口。每在戰事之後，雷族族長總會加強布署巡邏。

「你今晚有發現什麼異狀嗎？」獅焰回頭望向窪地上方。

榛尾跟著獅焰的目光往上看，說：「沒有。」

「灰紋呢？」

「有人在叫我嗎？」灰色戰士從屏障另一端看過來，蓬起毛髮，抵禦寒冷。

「你在巡視時有發現任何異狀嗎？」獅焰又問了一次。

「都很正常啊。」

榛尾拉長身體，努力忍住打呵欠的欲望。「整個晚上都靜得可以。」她附和。「怎麼啦？你該不會覺得會有事情發生吧？」

剛剛落下的小石礫在結霜的地上閃爍著光芒。

「說不定只是獵物走動的聲音。」獅焰自言自語。

「嗯，獵物。」灰紋舔舔嘴唇，接著一個轉身，立刻消失得無影無蹤。榛尾甩動皮毛，穿過刺藤，也跟了過去。

煤心看著獅焰說：「要不要去查看一下？」

獅焰遲疑了片刻：「森林裡很冷。」

煤心聳聳肩：「多跑跑就不冷啦。」

「但是現在都三更半夜了。」他不想害她也變得神經兮兮。要是真有什麼事情發生，那該怎麼辦？他很自然地湧起了呵護之心。「妳待在這裡，我去看就可以了。」

煤心的雙眼在月光的反射下，發出炯炯閃光。「我又不是小貓！」

獅焰一時慌張地彈彈尾巴。「我不是這個意思——」

煤心昂首闊步，從他身邊走向營地入口。「我才不要傻傻站在這裡等著變冰柱咧！」

看到煤心這麼固執，獅焰實在拿她沒輒，也只能嘆一口氣。

他們一路走到營地屏障。「要小心影族。」他警告：「他們還是有可能襲擊雷族。」

煤心突然轉頭看了他一眼說：「是嗎？」她鑽進隧道。

獅焰哼地一聲，對自己生起氣來。她說得對，他不應該把她當小貓看待。

「你們兩個要上哪兒去？」灰紋看到他們鑽出刺藤屏障，忍不住盤問道。

「睡不著啊。」煤心解釋。

「小心點。」榛尾提醒。

「我們不會在外面待太久。」獅焰呼出團團白煙。「天氣冷爆了。」他沿著狹窄的小徑，鑽過冰凍的蕨葉叢，枝葉被他碰得劈啪亂響。

獅焰沿著陡坡，在樹林間奔竄，煤心氣喘吁吁，跟在他後頭攀爬。他們最後步出樹林，來到了月光灑落的山巔。在他們身後，群樹像沉默的戰士圍繞著山谷。獅焰聞了聞懸崖邊緣被凍得死氣沉沉的草皮。除了樹葉結凍的氣味和冰的寒氣外，他什麼也沒聞到。

「你沒事吧？」煤心擔心地問。

「什麼？」

「關於枯毛的死。」煤心把頭歪到一邊。

獅焰頓時僵住身體。「妳是說我殺了她的事嗎？」

「可是你是為了救火星。」

「我現在不想談這件事。」獅焰再次轉身面向草皮，沿著山谷邊緣瑩瑩發亮的葉柄，往斷落的樹枝尋去。空氣中除了雷族的氣味，什麼味道也沒有。沒有侵略者，也沒有獵物的蹤跡。

「你要把它說出來。」煤心堅持，「就算你不談，其他的貓也會議論紛紛，你不能假裝什麼事都沒有發生。」

「枯毛不應該死的！」獅焰突然激動地喊了出來。他跳上斷裂的樹枝，轉身看著煤心。「我沒有要殺她的意思！」他伸出腳爪，頻頻劃過樹枝，片片樹皮落了滿地。「我只是想救火星！就和其他戰士沒兩樣。不過我還是失敗了，她也因此賠上了一條命！」

煤心看著眼前落了一地的樹皮碎片，突然感到畏懼。「但是你的確救了火星呀。」她雖然因為震驚而毛髮倒豎，但說話的語氣卻十分堅定。「沒人敢保證當時枯毛會耍什麼狠招。她或許會奪走他所有的性命也不一定。」

為什麼她要不斷提起他的痛處？他的腦海再度浮現打鬥的場面。他將枯毛從火星身上拉開，一把將她擒倒在地，當他發現腳下的枯毛漸漸從掙扎變得虛弱無力時，他不禁害怕了起來。為什麼星族要讓他殺了枯毛？

煤心繼續說服他。「每個戰士都有隨時戰死沙場的心理準備。你何必這麼耿耿於懷？難道你害怕影族會展開報復？」她的深藍色眼珠映著星光。「死亡在所難免，他們沒有報復的必要。這世上還有很多比失去一名戰士更令部族操心的事。」

「她可是影族的副族長！」獅焰厲聲說道。

煤心看著他的雙眼：「不過她老了。」

獅焰自覺因為太過激動而有些失去理智。一時間，他對自己剛剛的壞脾氣感到很不好意思。「真正的戰士不必在戰場上取敵人的性命。」他低聲地說：「還記得這條戰士守則吧？」

煤心收平身上的毛，接著若有所思地轉身望向樹林。「也許時代不同了。」她小聲地說。

獅焰頓時僵住，「不！」

煤心換換腳邊的姿勢。

「妳想要說什麼？」獅焰追問。她是不是知道預言的事？「戰士守則是永遠不會改變的。所有部族如此引以為重的東西，怎麼可能說變就變？」

煤心聳聳肩道：「你難道沒感覺到嗎？」

「感覺什麼？」獅焰的毛開始倒豎。**鴿掌該不會已經洩露了預言吧？**

「有些事情……」煤心似乎在想該怎麼說才好。「有些事情好像變了。這次的戰役太過慘烈，慘烈到不太像只是為了領土之爭，更像是一個惡兆的開端。」

獅焰盯著她看。她是唯一有這種感覺的貓嗎？預言裡說：將有三隻貓，星權在握。他很久以前就知曉古老的敵人正蠢蠢欲動，各部族正瀕臨黑暗深淵。也正因為知道預言，使他變得時時刻刻都得提心吊膽。為了保護族貓，千萬不能說出預言。預言已經超出他們所能理解的範圍，儘管做再多的訓練、再怎麼遵守戰士守則，都沒有用。

「妳是不是有做夢？還是聽到一些警告？」他追問：「如果有的話，妳應該告訴火星。」

煤心搖搖頭說：「沒有。我只是覺得有點怪怪的，為什麼枯毛想要置火星於死地。她是個好戰士，為什麼會有想要殺他的念頭？她應該很清楚星族是不會贊同的，不是嗎？」

當她繼續說下去時，獅焰將身體往前傾。「感覺這之間有一股黑暗勢力在操控影族。」

林間突然傳來一聲嘎嘎叫聲，兩隻貓倏地轉身，豎起根根毛髮，並張開利爪。一隻貓頭鷹揮動著白色羽翼，在樹幹間盤旋一會兒後，迎面朝他們俯衝。在低空掠過他們頭頂的瞬間，那雙不停拍動的雪白大翅膀下，旋起一陣風吹亂他們的毛。

「現在是怎樣？」獅焰倒抽了一口氣。

貓頭鷹的羽尾掃到了他的鼻頭，他搖搖晃晃地試圖在樹枝上站穩腳步。此時貓頭鷹發出一聲刺耳的鳴叫，往窪地上空盤旋而去。受到驚嚇的煤心尖叫一聲，拔腿衝進樹林，尾巴的毛鼓得像金雀花的細刺。獅焰跟在她後面快速奔跑。

他呼喊她的名字，要她鎮定，但沒過多久就不喊了。他心想，跑一跑或許能讓她的恐懼感消失。他在群樹間奔跑，枝葉被他撞得沙沙搖晃。就在他前方一個狐狸尾巴距離的地方，他看見煤心的尾巴已經漸漸顯得平順。她擠進蕨葉叢，貼在她身後的尾巴一搖一晃地擺動。獅焰跟了過去，冰凍的葉梗刮過他的毛，滾滾白煙從他的口鼻間飄出，不一會兒便消散在他身後。

當他們衝出蕨葉叢時，林地瞬間轉成陡峭斜坡，煤心緊急轉彎，輕鬆一躍，四腳輕快落地，繼續往前飛奔。她轉彎繞過一叢刺藤，當他們愈往森林深處奔去，樹木愈發纏結。獅焰讓煤心領在前頭，跟隨她充滿活力的腳步，享受在她後方奔跑的溫暖感覺。

他跟著煤心放慢速度，氣喘吁吁地翹高腰腹，一同煞住腳步。獅焰看著眼前廢棄的兩腳獸窩巢，黯然矗立在一片漆黑的樹林下，他有點嚇一跳。沒想到他們已經跑了這麼遠。兩隻貓悄聲疾行，奔上岩石後面的橡樹山坡。一整片刺藤在他們面前蔓延開來，煤心不管三七二十一鑽了進去，最後踉踉蹌蹌地來到一小塊空地。跟在她後面的獅焰急急煞住腳步。

「怎麼啦？」煤心轉頭問。

獅焰環顧這被荊棘圍繞的狹窄空間，記得自己曾來過這裡一次。當時這裡還是碧草如茵的盆地，順著緩坡而下的話，會發現中央有個洞口，像是一隻永不眨眼的眼睛。現在洞口消失了，柔軟的草地也已經不見，只剩下裸露的石礫和淤泥，像瘡痂般盤據。

獅焰感到一股噁心。他的姊姊冬青葉的屍體就躺在那草木不生的泥地底下。在發現葉池是他們的親生母親這個真相之後，她躲進了此處的隧道。一瞬間，滾滾泥土傾洩而下，不但淹沒了洞口，也將她從此埋在底下。

「怎麼了？」煤心的頰鬚拂過他的臉。

獅焰搖搖頭。只有他和松鴉羽知道冬青葉失蹤的真相：她消失在地底下的原因並不是因為葉池，而是因為她殺了知道祕密的灰毛。冬青葉不能接受自己身世的真相，就離開部族逃進隧道。不知內情的族貓們都以為她死於一場意外，至於是誰謀殺灰毛還是個謎，猜想可能是一隻和部族不相干的惡棍貓隨機下的毒手。

當獅焰第一次看到隧道時，真是又興奮又驚奇。他終於有一個可以祕密約會的地方了。而現在看到這滿目瘡痍的景象，他寧願當時石楠尾沒有發現這個地方。一想到過去他和那隻美麗的風族戰士在底下約會的情景，他的罪惡感就傾洩而出。他突然有股衝動，渴望回到那懵懂無知、不知黑暗勢力入侵是什麼的過去。當他意識到自己竟有這種念頭時，內心的罪惡感不覺又更重了些。

他嘴裡爆出一聲低嚎。要是石楠尾沒有發現這條隧道，或許冬青葉還有活命的機會。

「獅焰？」煤心擔憂的喵聲讓獅焰回過神來。他感覺腳掌隱隱作痛，這才意識到自己扒抓著結凍的地面。

「你怎麼了？」煤心將頭歪到一邊，目不轉睛地看著他說：「你該不會還對剛剛貓頭鷹的攻擊驚魂未定吧？」

「好像是吧。」獅焰鬆開劃入泥地的腳爪，稍稍用舌頭舔平身上的毛。「我們去巡視一下和影族的交界。」他建議道，希望藉此轉移她的注意力。「交界離這裡很近。」

「你難道不怕他們突擊我們嗎？」

獅焰掃視微亮的天色，不理會她的調侃。「快天亮了。」他喵聲說道：「我們可以趁現在做一趟晨間巡邏，然後再跟火星回報。」

煤心鬆了一口氣說：「你總算又回到戰士的樣子了。」她將身體湊近，磨蹭獅焰。「害我剛剛有點擔心你。」

獅焰與她並肩走著。「擔心我？」

「怎麼不擔心？」她停下來，嚴肅地注視著他，「你可是我的好朋友耶。」

或許比好朋友還要好？獅焰還來不及鼓起勇氣大聲說出來，煤心就一溜煙地跑走了。

「我們來比賽賽跑！」她大喊。

獅焰迎頭追趕，很快就追上了在樹林裡轉來轉去的煤心。不知道要等到哪一天，他才能有膽量告訴她，他不只是想當她的朋友而已？他感到有點沮喪。要當一隻四個部族中最神勇的戰士，對他來說並非難事，但為什麼偏偏就是沒有勇氣跟她告白呢？

前方的樹林掩映著閃爍的星光，他們已經非常接近森林邊緣。

他一面加快腳步，一面說：「快點啊！」他搶先跑在煤心前頭，雖然臉上露出半開玩笑的表情，但其實他是想比她先抵達兩腳獸的空地。儘管雷族打了勝仗，也贏得了空地的所有權，但這並不表示影族不會再度發動攻擊。他一定要保護煤心，避免她陷入敵營的陷阱。

他在林子邊緣停下腳步，對煤心擺動尾巴，示意她先退後。她不理他，在他旁邊蹲了下來，和他一起掃視一片霜白的草地。「我寧可火星不要把這塊地要回來！」她喃喃地說。

獅焰猛地轉頭，一臉震驚地看著她。

她換換蹲姿。「我的意思是，這裡很難巡邏。」她很不好意思地說，似乎是意識到自己剛剛說話太不經大腦。「我們只要一腳踏出森林，影族馬上就可以看到我們在巡邏。更何況這邊的獵物又少得可憐。綠葉季的時候，也會有一堆兩腳獸在這裡出沒……」她突然靜了下來。

獅焰深有同感，很想告訴她自己也不是很贊成打這場仗。這塊地真的值得讓兩族間爭得頭破血流嗎？不過他沒有把心裡的話說出來。部族現在最重要的是團結一心，保持強盛的戰力。

獅焰努力讓自己不要發抖。戰鬥的聲音迴盪在他耳際，他再次回想起枯毛的生命在他腳爪下一點一滴消逝的情形。噁心感一時間湧上喉嚨，他的肚皮緊貼著地面。

「有貓在跟蹤我們！」煤心的嘶吼把他的思緒拉回現實。

「哪裡？」

煤心用鼻頭示意，獅焰注意到一雙閃爍的眼睛，正從空地對面的影族樹叢中隱約發光。

獅焰二話不說，即刻衝出草地。其他貓休想在雷族剛取得的領土上動歪腦筋。他滿肚子憤怒地豎起根根貓毛，在離影族邊界一個尾巴的距離前急煞住腳步，他貼平耳朵，甩動尾巴，準備一戰。那雙眼睛冷靜地對他眨眨眼，一隻貓隨即步出樹林。

是焰尾。

影族巫醫毫無畏懼地瞪眼看他。「有種你就像殺死枯毛那樣，把我也給殺了。」他咆哮。

煤心腳步咚咚從獅焰後面趕上來。「現在這裡已經是我們的地盤了。」她警告那隻影族貓。「你最好牢牢記住這點。」

焰尾哼了一聲，走向前，若無其事地跨越氣味界線，如同走進自己營地般自若。「我是巫醫。」他提醒他們：「我愛上哪兒，就上哪兒。」

獅焰強忍熊熊怒火。**影族都是自大傢伙！**「你不是應該好好待在營地照護傷患嗎？」

「我的族貓全好得很。」焰尾的目光直視獅焰，「當然，枯毛除外。」

獅焰努力克制住向這年輕貓咪飛撲的衝動。難道焰尾不了解戰爭的意義嗎？難道他不明白雙方所付出的代價有多慘痛嗎？

他感覺煤心的尾巴刷過他的腰腹。「好了。」她輕聲地說著，一邊梳平他怒張的毛。「他就想找人吵架，別跟他一般見識。」

獅焰聽著她溫柔的喵聲，漸漸緩和脾氣，收起腳爪。

「現在你最好離開雷族的地盤。」煤心告訴影族貓：「我們現在要重新標示氣味。而且，你的部族並不是這場戰爭唯一的受害者。」

焰尾對獅焰眨眨眼睛，不理煤心在說什麼，彷彿把她當空氣。「我曾經一度以為我們是親人，」他啐嘴說道：「現在我倒很慶幸我們不是。我才不要跟殺人凶手有任何血緣關係。」

獅焰發出警示的嘶嚎，但焰尾只是從容轉身，趾高氣昂地走回樹林。

「膽小鬼！」獅焰恨不得將焰尾碎屍萬段，讓他像枯毛一樣，在他腳下逐漸失去生命。

「我們走吧。」煤心緊張地圍住他，將他一步步往後推離影族邊界。「待在這裡只會惹出更多麻煩。」

獅焰發出嘶吼，轉身穿越空地，回到雷族的林地。他衝入盤結的刺藤，來不及感覺滿布的刺劃過他的口鼻，揪扯他的皮毛。他在森林一路奔跑，憤怒和傷痛麻痺了他的心。煤心在背後追趕他，但他踩著寒冷的地面，奮力往前急速狂飆，把煤心的腳步聲遠遠地拋在後頭。他盲目地奔回窪地，看到灰紋和榛尾跟他打招呼，他也無心搭理。他嗖地衝進刺藤屏障，進入營地，在空地猛地踩住腳步。

莓鼻站在育兒室入口，看起來一臉吃驚。「你還好吧？」他喊道。

「我很好。」

莓鼻瞇起眼睛，然後點點頭，走進刺藤叢。小錢鼠和小櫻桃尖聲和他們的父親打招呼。

「獅焰？」站在戰士窩旁的松鴉羽眨眨眼，藍色的盲眼透露出擔憂。「我聞到血的味道。你沒事吧？」

「只是被刺藤割傷。」

「都還好吧？」

松鴉羽點點頭，往屏障走去。「跟我來。」他說。「我們需要談一談。」

在跑了一整夜後，獅焰已經累得腰痠背痛。「什麼事？」他有點抗拒地咕噥了聲。

松鴉羽瞇起眼睛說：「是有關藤掌的事。」他低聲吼道。

第三章

「藤掌？」

鴿掌眨眨眼，坐起身。

獅焰發出難以置信的喵嗚聲，把她驚醒，猶如黑鶇鳥驚慌的慘叫，震著她的耳膜。她立刻環顧見習生窩，想找出他在哪裡，但卻連個影兒都沒看到。只見藤掌還在打盹，花落和蜂紋也在床上呼呼大睡。等到新的戰士窩一完工，他們就會搬過去住。而在小錢鼠和小櫻桃被授予見習生的名字之前，藤掌和鴿掌會是部族僅有的見習生，見習生窩只剩她們兩人。

「沒錯，是藤掌。」是松鴉羽的聲音。

鴿掌甩甩頭，聲音應該是從見習生窩外傳來的。她全神貫注探尋聲音來源，將注意力移到窩外天寒地凍的營地，沒有動靜，再遠些，越過刺藤屏障，想聽清楚驚擾她睡覺的對話。

「你確定？」獅焰似乎吃驚到喘不過氣。

他們到底在說藤掌什麼？為什麼聽起來很擔心的樣子？鴿掌打著哆嗦鑽出見習生窩。**我**

是三力量之一，更是藤掌的姊姊，有事他們也應該跟我說才對。她放輕腳步，踏過結凍的泥地，往屏障的方向急忙跑去。

當她來到離入口不到一個尾巴的地方，突然聽到有貓咪從育兒室外面叫住她：「鴿掌！」她懊惱地停下腳步。

小莓鼻盯著她瞧。「妳要去哪兒？」年輕戰士一身乳白色的皮毛在微光中閃爍。小錢鼠和小櫻桃依偎在他旁邊，鼻子呼出一小圈一小圈的白霧。

「去上廁所。」

「那就走廁所隧道呀。」

鴿掌再次聽到獅焰說話的聲音，急著豎起耳朵。「她認識他？**認識誰？**」

鴿掌決定查個清楚。她轉過身，往廁所隧道小步疾走。她可以從那裡溜出去找他們她後面有腳步聲咚咚地跟了上來。「妳要去廁所嗎？」剛睡醒的藤掌一臉蓬頭垢面的跟上她。「我也是。」

鴿掌甚是懊惱地緊握腳爪，現在她沒辦法開溜了，藤掌一定會跟過來。當她豎起耳朵，找尋獅焰的聲音時，突然注意到藤掌正跛著腳走路。

「妳怎麼了？」她轉而擔心起自己的妹妹。藤掌拖著其中一隻後腿，一拐一拐地走著。

「我記得妳在戰場上沒有受傷呀？」

「應該是睡覺時腳抽筋。」藤掌喃喃地說。這隻銀白色母貓僵住身體，似乎想刻意掩飾腳受傷的事實。「妳不覺得打仗很刺激嗎？」藤掌轉移話題，「我之前怕得要死，不過一開戰，場面真是令人嘆為觀止。」

「妳覺得打得很痛快？」鴿掌瞪著妹妹。「可是火星也因此丟了一條性命。」

「嗯，火星失去一條命和枯毛死亡是有點令人遺憾啦。不過，能把所有學到的技巧派上用場，感覺真是超棒的。」

鴿掌迅速鑽進廁所隧道，瀰漫的臭味讓她不由得皺皺鼻子。「我寧可平時只用狩獵技巧就好了，格鬥技巧留到保衛部族時再用。」

「但我們是在保衛部族啊！」藤掌跟著她走，「影族想奪取我們的領土，妳難道忘了我所做的夢嗎？」

鴿掌沒有回應。她還是不了解為何星族會選擇託夢給藤掌，而不是給她。上完廁所後，她轉身走回營地。

部族開始一天的活動。鼠鬚在戰士窩外伸懶腰，白翅和樺落在擎天架下互相梳理毛髮。刺藤屏障窸窣晃動，只見煤心毛髮亂蓬蓬，匆匆地奔進營地大喊：「獅焰回來了嗎？」和兩個孩子在育兒室外翻滾的莓鼻，頓時停下動作往上瞧。「他剛剛跟松鴉羽出去了。」

「希望他們能帶些獵物回來。」狐躍把腳伸進所剩無幾的獵物堆，拋了一隻乾瘦的老鼠給在空地邊的姊姊。

冰雲張開爪子把食物一把接了過來說，「謝啦。」

灰紋慢步經過，往戰士窩的方向走去。「我要是妳的話，才不會自顧自地把老鼠給嗑光，一定會分點給其他貓吃。」他焦慮地望著清晨澄澈的天空，「要是天氣再這樣冷下去的話，獵物很快的就會精光。」

榛尾跟在灰色戰士後方，「昨晚真是又冷又漫長。」她說。

蜜妮擺動鼻頭，小心翼翼地鑽出戰士窩。灰紋停下來磨蹭蜜妮的鼻頭。「妳好暖和喲！」蜜妮的身體緊挨著灰紋，「去休息吧。」她跟他說：「裡面很溫暖喔。等你一覺醒來，我就會帶好吃的東西回來給你啦。」

清晨的第一道曙光劃破窪地上空，育兒室頓時沐浴在一片橘黃色的光幕下。鴿掌再次豎起耳朵，試圖聽聽之前讓她驚醒的對話，但獅焰和松鴉羽正準備走出營地，除了他們踩過結冰樹葉的腳步聲之外，她什麼也沒聽見。

為什麼他們要這麼神祕兮兮呢？

「嘿！」藤掌從廁所隧道匆匆跑出來，「妳怎麼沒有等我？」

鴿掌努力裝出一派輕鬆的口氣說：「妳覺得咧？」她皺皺鼻子。

「妳是說我很臭囉？」藤掌蹬起後腿，玩笑地給她一擊，但因腿部疼痛很快又縮回去。

「妳要不要去給松鴉羽看一下腳傷。」鴿掌建議。

「我沒事啦。」藤掌要她不用擔心，「妳看。」她轉身望向在半岩調派一天巡邏隊伍的棘爪和火星。「還有更多重要的事需要操心好不好。」

「我要兩支巡邏隊去巡視和影族之間的新邊界。」火星抬高下巴，發號命令，綠色的眼珠透露出疲憊。他喉嚨周圍的毛髮，還沾黏著被枯毛咬傷時所留下來的血漬。

蟾蜍步、冰雲、煤心和玫瑰瓣聚集在半岩旁，沙暴和塵皮坐在後邊較遠的地方，等葉池和松鼠飛走過來。

「今天有什麼任務？」雲尾睡眼惺忪地加入他們。

「兩支巡邏隊必須一起出發。」松鼠飛告訴他。

火星繼續說：「我要你們雙邊同時進行。湖邊巡邏隊由棘爪帶領，另一隊則由塵皮負責。刺爪、白翅還有松鼠飛，你們跟著棘爪走。」

刺爪和白翅點點頭，松鼠飛則是帶著不確定的眼神看著棘爪。當棘爪瞇起眼與她對看時，她隨即低下頭，避開他的目光。

火星繼續發令：「雲尾、栗尾、蛛足，你們到塵皮那一隊。」

雲尾立刻轉身，豎起皮毛，走到營地入口旁。栗尾跟了上去，其他的族貓亦緊跟在後，一隻接一隻步出營地，個個以備戰的姿態掃動尾巴。

「煤心。」火星將注意力轉向灰色母貓，「目前正值禿葉季，部族需要狩獵高手。妳一定要好好訓練藤掌追蹤獵物的技能。我不希望因為這次的戰爭而拖延了她們訓練的進度。獅焰，你也要好好盯著鴿掌。」

火星掃視營地，忽然發現獅焰不在隊伍內，急忙問道：「獅焰上哪兒去了？」此話一出，鴿掌不由地僵住。

莓鼻走向前：「快要天亮的時候，我看到他和松鴉羽走了出去。」

火星直視鴿掌，銳利的眼神帶著疑惑。鴿掌看得出他想把事情弄清楚，想知道這是否和三力量有關。但鴿掌聳聳肩，她和他一樣一無所知。

火星皺皺眉頭說：「那麼，鴿掌，妳今天就和煤心、藤掌一起訓練。」他轉向莓鼻，「今天你就頂替獅焰的工作，和他們一起去。」

藤掌將身體挪近鴿掌，「這下可好了，」她小小聲地說：「我們不但得上狩獵訓練課，還多了一個莓鼻來湊熱鬧。」

鴿掌很了解為何藤掌這麼沮喪。她們昨天風光的和戰士們一起出征，今天卻又得回到見習生的身分。

「走啊。」莓鼻領在前頭，帶隊走向入口。當隊伍經過育兒室時，依偎在罌粟霜身旁的小錢鼠和小櫻桃，立刻又蹦又跳地衝到莓鼻腳邊，差點把他給絆倒。他從喉嚨發出響亮的呼嚕聲，「你們很快就會變成戰士了。一旦你們當上戰士，影族肯定不敢越雷池一步。」

藤掌翻翻白眼，偷偷地跟鴿掌說：「他一定要那麼愛現才行嗎？」

鴿掌根本無心聽她說什麼，因為她把注意力全集中在尋找松鴉羽和獅焰的聲音上。**你們到底在哪裡啊？**

她被身後突如其來的一推給嚇了一跳，「別望著樹林發呆。」煤心輕聲責備：「火星說得沒錯，獵食才是我們在禿葉季的首要工作。我要妳們把重心放在狩獵上。」

鴿掌點點頭，跟著莓鼻和藤掌走出窪地。

「記得抓田鼠回來給我們吃喲！」小櫻桃在他們身後喊道。

他們一路穿越森林，來到訓練窪地，不過鴿掌內心還是浮躁不安。**為什麼獅焰和松鴉羽會**

談起藤掌？她回想起藤掌和虎心在戰場上對看的一幕，兩隻年輕貓兒彼此的眼神短暫交會，彷彿在瞬間化敵為友。她皺起眉頭。獅焰是不是也有看見？他是不是對藤掌的忠心起了疑慮？

「鴿掌？」莓鼻要她別發呆，「專心點！」

他們抵達窪地，在沙地中央停下腳步。

「我剛才說的話，妳到底有沒有在聽？」莓鼻責問。

鴿掌抬起下巴，兩眼呆滯地看著他，毛皮一陣漲熱。

莓鼻嘆了好大一口氣，聲音大到足以嚇跑附近所有的獵物。他踱步到她面前，「我剛說即使是經驗老道的戰士，還是免不了需要持續練習狩獵蹲姿。一些習慣性的不良動作一旦出現，很容易就會失去攻擊的準確度，讓獵物有機會逃脫。」他一邊說教，一邊擺動尾巴。「妳擺個蹲姿給我瞧瞧。」鴿掌做了一個蹲伏的姿勢。

「後腿要縮緊一點，不然妳的跳躍會無力。」莓鼻用鼻子碰碰她的腰腹，並伸腳把她的尾巴舉平。「尾巴不要拖在地上，身體不要亂動。毛髮刷過葉片的聲音很容易驚動獵物。」

鴿掌把下巴壓低伸直，保持不動。

「不要把脖子伸得這麼出去。」莓鼻糾正她，「妳要像蛇一樣拱起身體，隨時準備一擊，千萬別學黃鼠狼全身攤平，嗅聞鳥巢的動作。」

鴿掌伸出腳爪，戳進硬梆梆的地面。

煤心走向前，「她的蹲姿看起來還挺有模有樣的。」

「我敢打賭，她一定沒辦法撲到那顆七葉樹果實。」藤掌使出激將法。

「誰說我不行了？」鴿掌定神瞄準前方離她三個尾巴遠的刺果，腳掌加足馬力，然後奮力往前一躍。

她不偏不倚踩到果殼，「嗚啊！」果殼上的刺扎進她的腳掌，她蓬起皮毛哇地一聲跳開。

藤掌忍不住哈哈大笑，「對不起，鴿掌！我沒想到妳會真的撲上去。」

「好啦，好啦！」鴿掌一屁股坐在地上，開始舔舐被刺傷的腳掌。「我是鼠腦袋，這樣總可以了吧！」她發出呼嚕貓鳴聲。

藤掌繞著她蹦來跳去，「就連老鼠也不會那麼笨。」

鴿掌假裝心靈受創的樣子，接著撲向藤掌，把她扳倒在地。

藤掌扭動身體，掙脫她的箝制後，發出渾亮的呼嚕聲。

「玩夠了吧！」煤心輕聲道：「趕快練習。」她用鼻頭輕推藤掌，「換妳做蹲姿了。」

藤掌將白色肚皮貼緊泥地。「妳的身體歪一邊了。」莓鼻提醒她。

藤掌的腳傷仍隱隱作痛。莓鼻和煤心圍在藤掌身邊，不厭其煩地一個動作接著一個動作地指導她，鴿掌豎起耳朵，專注聆聽湖邊新邊界的動靜。松鴉羽和獅焰正在湖岸邊的岩石上竊竊私語。

「你確定藤掌是自願去那裡嗎？」獅焰低聲吼道。

鴿掌全身變得僵硬。**去哪裡？**她閉起眼睛，獅焰和松鴉羽的氣味和聲音在她腦袋裡盤旋，她想像著那兩隻貓坐在湖旁，水波一前一後地拍打岸邊，冷風灌進他們的毛皮。

「她看起來就是和他們一夥的。」松鴉羽喃喃地說。

獅焰咬著牙，深吸了一口氣，「這下嚴重了。」

「嚴重？」松鴉羽重複他的話。「這可是四族空前的危機！」

「不是只有藤掌！」松鴉羽急切地說：「黑暗森林充滿來自各部族的貓！貓兒的數量之多，要是黑暗森林戰士真的攻過來，我們肯定會被打得慘兮兮！」

鴿掌聽到松鴉羽所說的話，不由豎起肩膀上的毛。她知道鷹霜與虎星和一些貓咪有所接觸，但她做夢也沒想到連雷族貓也會被他們的謊言所誘惑。當初獅焰要求她窺探其他部族時，她一口拒絕，因為她不相信會有貓咪背叛自己的部族，但是現在卻……

突然有東西往她腹側用力一戳，她應聲倒落，在結冰的泥地上翻滾。

「哈！」莓鼻一步步逼近她，「我就跟妳說她在睡覺吧，煤心！」

鴿掌匆匆站起身，趕緊吐掉冷冰冰的泥土。

「現在是禿葉季，」莓鼻發出嚴厲的喵聲，「光靠睡覺，獵物就會自動送上門嗎？」

鴿掌對他眨眨眼。**藤掌正在接受黑暗森林戰士的訓練課程！**

她的妹妹在空地另一端站起身，因為剛在沙地翻滾的關係，全身毛髮翹得亂七八糟。乍看之下，她突然變得好瘦小，眼神呆滯、肩膀下垂，看起來很累的樣子。

這不可能是真的！為何他們會選中她？她一點特殊能力都沒有！

不要再想了！她整個腦袋裡像龍捲風掃過，一片凌亂。她大大吸了一口氣，讓自己冷靜。

可能是松鴉羽搞錯了，也許這只是虎星的障眼法，刻意讓松鴉羽誤會藤掌。

「鴿掌！」莓鼻發出不悅的喵聲，再次打斷她的思緒。「妳平常跟著獅焰受訓，該不會也是這副心不在焉的蠢樣吧？」他語帶諷刺地說。

鴿掌忙著搖頭說：「對不起。」她低下頭，看著地上說：「自戰場回來後，我有點無法集中注意力……」她愈說愈小聲，聽到莓鼻口氣放軟，才安了心。

「妳還年輕。」他用溫柔的喵聲說道：「怪不得會被打仗的場面嚇到。」他的尾巴輕輕拂過她的腰腹。「現在我們就把重心放在為部族捕獵上頭，這個技能和打鬥一樣重要。我要讓妳學會在禿葉季狩獵的特殊技巧。」他快步跑到空地中央，「藤掌，妳也要仔細看好。」

鴿掌瞪眼看著藤掌穿過空地。藤掌與她目光相觸後，問了一句：「妳還好吧？」

「妳們兩個，看我這邊。」莓鼻把身體放低，做了一個蹲伏的姿勢後，接著注視在前方幾個尾巴遠的一小坨結冰的葉片。「地面一旦結了冰，每踏一步就容易發出有如啄木鳥啄擊空樹幹的叩叩聲，一下子就會驚動獵物。」他慢慢地滑動腳步，往前方結冰的樹葉移動。

「你看起來好像蛇喔。」藤掌喵了一聲。

煤心圍在她身邊說：「任何獵物聽到聲音，也會誤以為那是蛇。」她指出：「牠們會開始慌張查看蛇的動靜，等到一驚覺是貓時，已經來不及逃了。」

她話一說完，便看見莓鼻向前一個撲身，身手如老鷹般矯健，四腳咻地落在樹葉堆上。接著他坐起身，轉過頭來。「換妳試試，鴿掌。」

鴿掌連走帶跑地滑了幾步，她凍僵的腳像冰棍，輕鬆地滑過結冰的地面，順勢騰躍。

「做得很好！」莓鼻看到她撲在樹葉堆上，忍不住大聲讚美。

鴿掌彈彈尾巴。課程愈早結束，她就能愈早跟藤掌問清楚。

「換妳了。」莓鼻對著藤掌說。

鴿掌坐立，把身子挺直，對莓鼻眨眨眼。「由我陪藤掌練習就行了。」她喵喵說道：「天色很快就暗了。」她遠望樹林上方。日光微弱到連最頂端的枝枒都罩著一片昏暗，太陽應該不久就會下山了。「你剛剛的示範很清楚，我相信藤掌一定能學會這個移動技巧。」

莓鼻鼓起胸膛，「說得也是。」

煤心抬頭問：「妳確定妳都學會了嗎？」

「確定。」鴿掌要她別擔心，「如果藤掌需要任何幫忙，我們一定馬上衝回去找你們。」

煤心瞇起眼睛，「藤掌？」

藤掌點點頭。

「不要太靠近影族邊界。」煤心吩咐她們。

「遵命！」鴿掌因為擔心兩名戰士當下改變主意，於是頭回都不回地匆匆奔出訓練窪地，沿著金雀花道跑上山坡，到山谷頂端。

藤掌緊跟在後也奔馳著，鴿掌一路能感覺她溫暖的呼氣在她屁股後。

「做得好！」藤掌喘著氣說：「那個莓鼻超愛現，真是受不了。」

鴿掌沒有吭聲。她在腦中不斷演練著待會兒要質問她的問題。**這到底怎麼一回事，藤掌？妳為什麼要這麼做？妳怎麼會傻到去做這種事？**

她們來到懸崖邊，鴿掌沿著石壁繼續往前跑，無心留意遠遠下方營地的一舉一動。

「嘿，玫瑰瓣！」蟾蜍步大喊手足：「妳要不要跟我和鼠鬚一起去打獵？」

「葉池的狩獵隊剛帶回來一隻歌鶇。」

「天曉得這種冷天氣還要持續多久？最好還是多貯存些新鮮獵物。」

鴿掌感覺有東西在拉扯她的尾巴。

藤掌輕咬她的尾巴，「我們不用去打獵嗎？」她上氣不接下氣，帶著不耐煩的口氣。

鴿掌不理她，繼續迎頭往前跑，穿越山毛櫸樹林，往風族邊界方向接近。雖然看到一隻松鼠啪嗒啪嗒從附近疾步而過，但她還是沒有心情停下來捕捉獵物。她堅持要把藤掌帶到遠離部族的地方，要她親口告訴她，松鴉羽所說的是不是一切屬實。

她突然意識到藤掌沒有跟上來。藤掌在落葉上踩住腳步，一個轉身迅速趴下，做出捕獵的姿態，悄悄靠近一隻正忙著在咬一顆山毛櫸果實的老鼠。藤掌撲身一躍，目光牢牢鎖住獵物。

妳怎麼還有辦法若無其事地打獵？一股怒火在鴿掌喉嚨悶燒，最後終於忍不住爆發出來。

「住手！」她大聲一吼。

受驚嚇的老鼠，趕緊丟下果實，一溜煙鑽進山毛櫸樹根下，逃走了。

藤掌一個騰躍轉身，憤怒地嘶吼：「妳這個鴿腦袋！」

「那是真的嗎？」鴿掌邁開步伐走向妹妹，毛髮倒豎，又怕又氣。當下她多希望自己能有像松鴉羽看穿其他貓咪心思的能力。她怎麼知道藤掌是不是在騙她？她從沒有像現在這樣，如此懷疑自己的判斷能力。

藤掌對她眨眨眼睛。鴿掌做了一個深呼吸，「妳是不是有去過黑暗森林？」

「什麼？」藤掌退了一步。

「妳知道我在說什麼！」鴿掌頓住腳步，瞪著藤掌，「妳是不是有去過黑暗森林？」

「當然沒有！」現在換藤掌聳起皮毛，睜大綠色眼珠，「妳為什麼要誣賴我？」

「松鴉羽在夢裡跟蹤妳。」鴿掌看到藤掌吞吞吐吐。

「我……我……」

「所以這是真的囉？」鴿掌的心怦怦地愈跳愈快。

藤掌的藍眼睛轉為堅決，「我去了又怎樣？為了成為偉大戰士，我就只剩這條路了。雷族上上下下一心只想把妳訓練成最好的戰士，有誰在乎過我？對他們來說，我只不過是鴿掌的笨妹妹……」

鴿掌再也聽不下去，「妳怎麼會這麼傻？黑暗森林的貓都是一些十惡不赦的大壞蛋！」

「妳又知道了？」藤掌怒斥：「妳又沒看過他們！」

鴿掌瞪著她，「他們當然是大壞蛋，不然怎麼會淪落到黑暗森林去？要不是因為虎星太壞，妳想星族會無緣無故將他放逐到黑暗森林嗎？」

「妳親眼看過虎星嗎？」

「沒有！但我們小時候所聽的床邊故事裡有講到他。那些故事妳也有聽過！他千方百計想毀掉火星，還慫恿血族攻擊他……」

「他現在不同了！」藤掌用鼻頭在鴿掌臉上磨蹭。「在被放逐到黑暗森林的那段期間，他領悟到了忠心的重要。」

她還替他辯白？

鴿掌沒有退縮，「不對。」她嘶聲說道：「他一心想摧毀火星，取得權位。」

藤掌嘟起嘴說：「妳又沒和他說過話。不過我有！他把所有事情都告訴我了。他說要不是因為藍星逼他退出雷族，他也不會跑去當影族族長。雖然雷族做了很多對不起他的事，他對自己所出生的部族還是一樣很忠心。」

「雷族做了很多對不起他的事？」鴿掌不敢相信自己所聽到的。

「昨天又是誰打了勝仗？」

「這和打仗有什麼關係？」

「那是虎星的建議！就是他要我說服火星和影族打仗的。他警告我說，影族正計畫侵略我們的領土。多虧了虎星，我們才可以把領土搶回來。妳說，這不是忠心是什麼？」

「但是虎星是黑暗森林的貓。不能相信他。這場仗打得很冤枉！」鴿掌啐了一口，「那塊地沒什麼用處不說，還害得火星賠上一條命、枯毛也因此戰死！」

藤掌將眼睛瞇成一線，「虎星依舊對雷族很忠誠。我看妳是在嫉妒吧，鴿掌。妳嫉妒虎星選擇跟我說，而不是跟妳說！妳害怕我會變得比妳還優秀！擔心火星會因此開始注意我！擔心我會取代妳的位置！」

「別那麼鼠腦袋好不好！再怎麼說我們也是親姊妹啊。」但鴿掌發現自己在對空氣吶喊。藤掌早已轉身，跑進蕨葉叢裡去了。鴿掌獨自站在冷冰冰的森林裡，不由地開始打起哆嗦。她只能眼巴巴望著一株株蕨葉在藤掌的碰撞下，輕輕顫動。

她的妹妹在黑暗森林受訓！星族怎麼會允許這種事發生呢？

第四章

「我覺得我們應該先按兵不動。」松鴉羽轉身準備走上山坡，他縮著身體，抵擋刺骨的寒風。「我要回家了。」慘淡的陽光驅不走凝結的霜，草地隨著松鴉羽的腳步發出聲響。

獅焰還杵在湖邊沒走。松鴉羽停下來，意識到他的哥哥因為太過憂心而僵住身體。「抓幾隻獵物回去給族貓吧！」他回頭喊道：「打了一仗後大家都餓了。」

獅焰一個箭步奔離湖邊，石礫瞬間發出碰撞的清脆聲。松鴉羽狂奔上頂坡進入樹林，一股腐葉的臭味撲鼻而來，他再次想起在黑暗森林目睹的一切。他不敢相信虎星竟然吸收了雷族的成員。他搞不懂為何會是藤掌，或許鴿掌並不是兩姊妹中唯一負有使命的貓，他一定要仔細觀察她的一舉一動。藤掌雖然不至於會對部族造成多大的威脅，但她還是有利用價值。藉由監視藤掌的行為舉止，或許可以幫他認出其他黑暗森林的新成員。

松鴉羽試著保持冷靜，集中注意雷族地盤上的熟悉氣味。獵物倉皇爬上鋪了一層霜的樹幹，鳥兒在樹枝頂端放聲鳴叫。無情的禿葉季籠罩著森林，這是死亡的季節，弱者終將會被飢寒吞噬，等不到新葉季來臨，生命就此隕落。松鴉羽渾身發抖，似乎感覺到黑暗森林的霧氣瀰漫在他腳間。

他跨過一條鴿掌和藤掌氣味混雜的路徑。荊棘屏障外冷風颼颼，但當他鑽出隧道，一股暖空氣灌進他的毛皮，族貓們忙成一團。

「我們可以把這邊的樹枝扶正。」戰士窩傳來葉池的叫喊聲，「接著在這附近築新牆，就可以多出起碼三張睡鋪的空間。」

松鴉羽讓路給花落先過去，接著在堆滿準備用來建造新戰士窩的細枝間躡足前進。

「小心。」蜜妮警告走近新鮮獵物堆的松鴉羽。「樺落正在挖洞，要用來貯存獵物。」把獵物埋在結冰的地面下，可以保鮮好幾天。

松鴉羽逗留在存放獵物的洞口旁，「妳覺得這種天氣會一直持續下去嗎？」他問蜜妮。

「我不是很確定，但有準備總比沒準備好吧。」她回答：「葉池的狩獵隊抓到了一隻肥獵物，鼠鬚正帶著玫瑰瓣和蟾蜍步在外面打獵。這可能是能捕到一些像樣獵物的最後一天了，接下來的一個月就沒這麼好運了，所以我們必須儘量囤積食物。」

「松鴉羽！」巫醫窩傳來蜂紋的號叫聲。

松鴉羽連忙抬起頭，蜜妮露出擔心的眼神。該不會是薔光怎麼了吧？他擠開蜂紋，鑽過叢生的刺藤，衝進洞穴。

蜂紋匆匆忙忙跟在他後面，也進入洞穴口。「你看我們找到什麼了？」他笑容滿面地說。

松鴉羽聞到了蜘蛛網的濁味，「我還以為出了什麼事了！」

蜜妮站在刺藤叢中，上氣不接下氣地問：「薔光還好吧？」

「沒事啦。」亮心站在窩室中央，「蜂紋在大橡樹上的常春藤蔓後面找到好多大團的蜘蛛網。」獨眼戰士很驕傲地說：「他可是爬好高才找到這些的。」

在床上的薔光急躁地翻動身子，「你們說，他是不是很勇敢呢？」

蜜妮趕緊走到她的孩子身邊，焦慮地舔著她的身體。

松鴉羽聞了聞亮心的毛皮，特別留意她傷口感染所散發的酸味。「妳的傷口好多了嗎？」

「雖然還是有點痠痛，」她承認：「但就只剩表面的擦傷了，應該很快就會好了。」

「注意別讓傷口再裂開。」松鴉羽提醒她。「你耳朵上的裂傷還疼嗎？」他問蜂紋。

「還是覺得有些刺痛。不過，這種天氣，每隻貓多少都會覺得耳尖痛痛的吧。」

松鴉羽在薔光的睡舖旁停下腳步，用鼻頭把蜜妮推到一旁，彎下身體，聆聽這隻年輕貓咪的呼吸聲。她的呼吸已經順暢多了。「今天記得要做復健。」他吩咐道。

「她今天已經能自己走到新鮮獵物堆了。」蜂紋大聲說。

「你要不要看看這些蜘蛛絲？」亮心問松鴉羽：「它們可是根根堅韌的極品喔。」

「我知道。」松鴉羽多希望自己也能感染到族貓們的活力和生氣蓬勃的氣氛，好趕走低落的情緒。「亮心，」他喵聲說道：「可以麻煩妳帶些青苔到育兒室去嗎？小貓們需要換新的床墊。」松鴉羽感覺她因一時錯愕而僵住，「我知道這是見習生的工作，」他不好意思地說：「可是我們的兩個見習生都外出訓練去了。」

「沒問題。」亮心往入口走去，「蜂紋可以和我一起去。既然他都能找得到蜘蛛絲，找青苔對他來說應該算小事一件了。」

松鴉羽等他們離開後，轉身對著蜜妮說：「樺落一定很需要一位幫他挖洞的助手。」

「你確定薔光沒事嗎？」蜜妮追問。

「她的病情一天比一天好轉了。」

「你不覺得太快要她走動了嗎？」蜜妮的尾巴拂過薔光的腹側，「她看起來很累。」

松鴉羽悠悠吐了一口氣說：「如果她身體撐不住，我也不可能要她去做。」

「去走走也比較不會無聊。」薔光插嘴。

松鴉羽感覺出蜜妮的遲疑不決，「回去工作吧。」他喃喃地說：「妳在這裡瞎操心也沒有用。」

戰士鑽出窩室的同時，薔光的睡鋪輕輕動了一下。「你應該謝謝亮心和蜂紋給你那些蜘蛛網。」她斥責松鴉羽。「那些蜘蛛網夠你撐到綠葉季了。」

松鴉羽還來不及回應，洞穴的刺藤叢已沙沙晃動。

「松鴉羽！」此刻傳來鴿掌焦急的吶喊聲。

薔光在睡鋪裡急急抽動身子，「發生什麼事了？」

「沒什麼事。」松鴉羽很快地回應他的病患，內心卻很清楚那年輕見習生的困擾。「跟我來。」他把她推到洞穴外，「我得先去看看栗尾和火星！他們的傷口可能要重新包紮。」

「我知道藤掌的事了。」他們一踏出刺藤叢，鴿掌立刻嘶聲說道。她一個踉蹌被松鴉羽推到一旁，閃過樺落挖的獵物洞。「她正在接受黑暗森林戰士的訓練。」她說。

「小聲點！」松鴉羽怒斥：「妳想讓所有的貓都聽見是不是？」

「可是我們一定得想想辦法！」

松鴉羽的前腳被一根散落的山毛櫸樹枝扎了一下，痛得將臉擠成一團。「有什麼辦法？命令她不准去？妳覺得她會聽得進去嗎？」

「為什麼不會？」鴿掌發出一聲焦慮的喵聲。

松鴉羽把她帶到空地邊緣，「聽好，」他小聲地說：「她既然已經做了那樣的選擇。或許我們應該在旁監視她的一舉一動，說不定可以因此更了解敵方。」

「藤掌不是我們的敵人！」鴿掌語帶絕望：「她是我的妹妹，我不能讓這種事發生在她身上，天曉得虎星會對她做出什麼事！」

花落拖著一根樹枝經過他們身邊經過，兩隻貓瞬間噤聲，等到拖曳聲消失在遠方才又開始說話。

「我不想在這裡和妳談這個。」他咆哮。接著他聽到荊棘屏障騷動的聲音，立刻轉過身，鼠鬚、蟾蜍步、玫瑰瓣正帶著新鮮獵物從外邊鑽了進來，空氣中頓現一股溫熱。「不要現在談，更不要在這裡談。」他準備往戰士窩走去。「去幫族貓的忙，很多事情夠妳忙的。」

他走向戰士窩，讓鴿掌獨自站在原地，承受困惑與擔憂。**等一有機會出營地，避開眾貓耳**

目時，他告訴自己，我就會跟她說。

當松鴉羽爬進山毛櫸樹叢下時，灰紋正呼呼大睡；榛尾呼吸輕柔，在睡夢中微微抽動身體。栗尾一聽到松鴉羽進來，立刻溜回自己床鋪。

松鴉羽在這白底玳瑁母貓旁邊蹲了下來，「妳的傷好點沒？」

栗尾嘆了口氣說：「還是會痛。」

松鴉羽在傷口上嗅了嗅，聞到了一股發酸的味道，「妳餓嗎？」他問。

「一點點。」

「很好。」松鴉羽滿意地點點頭。雖然還是有些感染，但不至於影響食慾，她應該很快就會痊癒了。「去吃點東西後，再到我的窩裡來，我幫妳重新換藥。」

栗尾伸完懶腰，接著一跛一跛走到窩外，松鴉羽跟在她後面走了出去。獵物堆散發出歌鶇、田鼠和鴿子的氣味，這些都得歸功於鼠鬚的狩獵隊。

松鴉羽沿著岩堆攀上擎天架，沙暴從火星的窩裡探出頭來。

「他好點沒？」松鴉羽邊問邊攀到頂端。

「他看起來很累，但成天嚷著要出去。」

松鴉羽從她旁邊擠過去，進入族長窩。雷族族長打了一個呵欠，坐起身。他睡得昏頭昏腦，松鴉羽可以感覺出他努力想讓自己清醒些，他喉嚨上的傷已經結痂，也沒有散發出酸味。

「還痛嗎？」松鴉羽用鼻尖輕輕碰觸他的傷口，摸摸突起的部分。他的毛髮雖然因為沾著血漬而變得乾硬，但底下的皮膚柔軟，也很健康。

火星挪開身體，「如果痛的話，我會跟你說。」他甩動睡到扁掉的皮毛，「棘爪回來了嗎？」

沙暴回答：「還沒。」

「但願標示氣味的任務一切順利。」火星發出一聲渾厚的低吼，「我要讓影族清楚知道哪些是我們的地盤。」

松鴉羽抽動尾巴。**他以為這只不過是兩族之間的地盤爭奪戰罷了。**

「松鴉羽？」火星緊張地說：「你要說什麼嗎？」

我該告訴他藤掌的事嗎？要跟他說這隻說服他為一塊兩腳獸空地而戰的貓咪，其實是黑暗森林戰士的訓練對象嗎？的確是應該警告雷族族長，並不是每隻族貓的動機都跟表面看起來一樣單純；夢和預兆再也不是星族的專利。

不，這件事我們可以自行解決。

「他們回來了！」沙暴迅速轉身，一溜煙跑出洞穴，「棘爪，還有塵皮！」

她連跑帶跳趕到空地，腳下的石頭發出鏗鏘撞擊聲。火星擠開松鴉羽也跟了過去。松鴉羽站在擎天架上傾聽，棘爪、塵皮和他們所帶領的狩獵隊在他下方停住。他們的皮毛散發出寒霜與森林的氣息，腳掌上則圍繞著一股淡淡的影族刺鼻味道。

「氣味都標上了嗎？」火星問副族長。

「我們這邊已經標上了。」棘爪回應。

塵皮走向前，「不過影族還沒有標上他們的氣味標記。」

蜜妮從獵物洞快步跑過來，「他們一定是不想承認新的疆界！」她憤慨地說道。

「他們不想承認，也得承認才行！」葉池放下修築戰士窩的工作，跑來湊熱鬧。

「他們沒有必要做任何事。」樺落指出。

蜜妮的皮毛燃起怒火，「他們可是吃了敗仗欸。」

松鴉羽認出波弟緩慢扎實的腳步聲，那獨行貓從長老窩一步步走過來，「妳確定他們**承認**自己戰敗嗎？」

「那當然！」鼠毛擠到她的室友前面說：「獅焰已經除掉他們的副族長。」

全場一片鴉雀無聲，只聽見腳掌動來動去和尾巴沙沙掃過泥地的聲音，接著火星走向前，「枯毛的死亡讓我們感到很遺憾。」他以沉痛的口吻喵嗚說道。

獅焰在哪裡？松鴉羽坐立不安，獅焰應該在這裡為自己辯白。

「獅焰應該更小心才對。」棘爪低聲抱怨。

松鴉羽忍下心中的怒火。獅焰必須自己面對這樣的責難。如果松鴉羽挺身為他辯護，他們一定會認為獅焰敢做不敢當。刺藤屏障窸窣搖晃，他聽到了荊棘鈎住毛髮的聲音。是獅焰回來了嗎？松鴉羽嚐嚐空氣的味道。

是藤掌。

她一聲不響地溜進營地，混入族貓之間。「發生什麼事了？」

松鴉羽的皮毛忽然竄起一股寒意。光線穿透他藍色的盲眼，剎那間他看見了藤掌，模樣和夢境一樣清晰。她燦亮的銀色皮毛掩映在一片霜白的空地，眼珠綠得有如新葉季的新芽。這樣的畫面一出現，他的內心即刻湧上一股不祥的預感。不知不覺間，團團暗影已經鋪天蓋地而來，包圍所有窩室，吞噬雷族戰士。黑暗森林的群貓們順著峭壁一湧而下，像一條條蜥蜴般爬過岩石，不一會兒全湧進了窪地。他們的眼睛射出紅光，如水晶般透亮的牙齒和爪子在黑影下閃爍。

雷族貓怒聲咆哮，起而與他們迎面對戰。灰紋朝棕色公貓揮擊，但對手一個撲身，朝他的咽喉一陣猛攻，這灰色戰士砰的一聲倒地而死。蜜妮頓時失控尖叫，撲上殺害她伴侶的凶手，但只見兩名戰士從背後擒住她的毛皮，一把將失聲號哭的蜜妮拖進暗處。

雷族寡不敵眾，眼看就要被殲滅。

樺落發出陣陣驚恐的怒嚎，被凶殘的利爪狂襲致死。敵方的尖牙惡狠狠地撕破塵皮的喉部，塵皮瞬間倒地不起。雷族戰士一個接著一個倒下，空地上屍橫遍野。血從他們的嘴角不斷滲出，流了滿地，營地的窩、屏障、育兒室荊棘叢全被染成一片腥紅，四處流蕩著陰森魅氣。

只有藤掌毫髮無傷。

黑暗森林的戰士們閃著勝利的目光，團團圍繞在她身邊。月光灑落在藤掌身上，她直挺挺地站立在中央，沒有半點傷、沒有絲毫畏懼。藤掌抬高鼻頭，直視松鴉羽。她的眼珠暗如黑夜，目光空茫。松鴉羽與她四目相接的那一剎那，感覺自己心臟幾乎要停止。

松鴉羽身旁突然爆出一聲充滿驚恐的嘶嚎聲，他豎起毛髮，猛地轉頭。

斑葉蹲伏在他身邊，一臉愁雲慘霧，「對不起。」她幽幽地說：「我無能為力。」

第五章

焰尾在冰凍的針葉上連跑帶滑，一路奔回營地。他張開爪子，好穩住步伐，但卻又想起獅焰。**雷族那傢伙，跩什麼跩，還以為自己是星族最寵愛的貓。**

一隻烏鶇嘎嘎從高空往松樹林俯衝而過，蟾蜍足大步一躍，擋住焰尾的去路。

焰尾急急煞住腳步，「小心！」

「只是想測試你的反應能力。」蟾蜍足半開玩笑，轉身跳開。

「看招！」焰尾一個猛撲，將族貓壓在地上。

蟾蜍足騰空一躍，順利掙脫，並喵嗚說道：「我敢打賭，在其他部族絕對找不出像你一樣有戰士打鬥本領的巫醫。」他甩動暗棕色皮毛，「你去哪裡了？」

「我去了新邊界一趟。」

蟾蜍足哼了一聲說：「他們標上氣味了嗎？」

「我離開時，看到棘爪正忙著標示氣味記號。」

「雷族要是真以為我們會讓出那塊地，他們的腦容量肯定比我想像中的還小。」

焰尾也哼的一聲，同意他的看法，「雷族就等著瞧吧。」

附近傳來皮毛掃過地面，腳步在冰凍泥地疾行的聲響。焰尾連忙轉頭，聞到死亡的味道時，不由地皺皺鼻子。

蟾蜍足順著他的目光看過去，「他們在埋葬枯毛。」

「我們去加入他們。」

焰尾領在前頭，看到花楸爪和鼠疤正拖著影族前副族長僵硬的屍體，穿過日影斑駁的松樹林。花楸爪的橘色皮毛在陽光觸到的地方，閃著火紅的光芒，和枯毛暗沉的棕色皮毛成了一大對比。花楸爪是焰尾的父親，昨晚才被拔擢成副族長；焰尾向他恭敬地鞠了一躬。

族貓們從營地一路縱隊來到松樹林的墓地集合。

「她的智慧將長存我們心中。」高罌粟眼睛泛著淚光，走到其他長老旁邊準備坐下來。杉心和白水挪出一個空位給她。

蛇尾高高抬起布滿白斑的下巴，望著枯毛一步步被移到安息的地方。「很多難能可貴的技能和回憶已隨著我們的族貓消逝。」他以粗重的嗓子說。

鼠疤和花楸爪把枯毛擱在墳墓邊緣。焰尾聞到枯毛身上散發一股松樹液的味道，那是他先前幫小雲準備影族前副族長守靈時，兩隻貓合力為枯毛抹上的。他們梳順她的毛，盡量遮蓋傷口部位。不過，讓她致命的傷口並沒有遮掩的必要，她脖子上那塊輕微浮腫的掐痕，細微到只有巫醫才看得出來。

「就要跟她告別了，真是難過。」鴞爪低聲說。

鼩鼱足靠在室友身上，「有哪一次的告別不令人難過？」

黑星走到枯毛旁邊，「她在戰爭中勇敢犧牲。不愧為實至名歸的戰士。」

杉心的眼睛發出光芒，「她是我的導師，也教了我很多。」

花楸爪點頭致意，「她來影族時還是隻惡棍貓，現在以光榮戰士之姿捐軀。」

黑星仰頭注視松樹林上方，頂上的太陽正吃力地發出僅有的光亮。「星族會迎接她。我們雖然失去了一位戰士，但星族因此受益，她的智慧將幫助祂們。願她的回憶延續成我們的回憶，她的技能延續成我們的技能。」他向花楸爪點點頭後，那橘色戰士叼住枯毛的頸項，在一片肅穆中，把她的屍體拖到墓穴邊緣，讓它順勢落下。

眼中閃爍著憂鬱的黑星轉身，焰尾在營地入口趕上父親的腳步，「小雲在哪裡？」

「他一整個晚上忙著檢查戰士的傷勢，已經累翻了。黑星要他去休息。反正他會在月池和枯毛分享舌頭，到時再跟她道別。」花楸爪看了兒子一眼說：「你一整晚都跟在他身邊，忙到天亮才離開，應該也累了吧。」

焰尾雖然累到四肢發軟，但依然逞強地說：「我可以等一下再休息。」他強調：「我只是想去看一下戰場。」

「很好。」花楸爪點點頭，「要記住，我們一定要把那塊地奪回來。」他用鼻頭碰了碰焰尾的頭，接著鑽進入口隧道。焰尾緊跟著穿過刺藤叢，看見父親和黑星已經走進族長窩裡。

「不好意思要麻煩你了。」鼩鼱足對他眨眨眼。這灰色母貓伸出一隻腳掌在他鼻頭下晃呀晃。「你可以幫我看一下這隻腳嗎？」她喵聲說道：「小雲正在睡覺。」

焰尾檢查她的腳掌，最下方的關節腫脹，毛皮摸起來有些發燙。他用鼻子觸碰她的腳時，她稍稍退縮了一下。

「只是扭傷而已，」他要她放心，「沒有骨折啦。跟我來，我拿些罌粟籽給妳止痛。」他帶她鑽進布滿刺的入口，來到草叢包圍的巫醫窩，裡面是一個深邃的空間，沙土已被移走，整個巫醫窩變得更為寬敞。鋪著乾針葉的地面，看起來十分柔軟。

在巫醫窩的最裡面，小雲正在床鋪伸懶腰，坐起身。這隻公貓看上去比平常還要嬌小，他張大眼睛，因為剛起床，全身的毛髮還十分凌亂。

焰尾皺起眉頭說：「你還好吧？」他走進最裡邊，嗅聞導師的皮毛。小雲的毛比他想像中的還燙，也可能只是剛睡醒，體溫較高。

「我沒事。」小雲強調：「只是累了點。」

「那就待在睡窩裡，別起來。」焰尾跟他說。

小雲順了他的意思，不再堅持。接著他瞄了在入口等候的鼩鼱足一眼，「她怎麼了？」

「腳扭傷。」焰尾跟他報告：「我準備給她一點罌粟籽。」

小雲搖搖頭，「去用紫草和蕁麻幫她包紮一下就可以了。」他用頭指了指碎葉堆，「鼩鼱足和其他的貓不一樣，她吃了罌粟籽會產生嗜睡，我怕她吃了就起不來了。」

「如果我只幫妳做消腫處理，妳能忍得住傷口的疼痛嗎？」焰尾問她。

她舉起腳，點點頭。焰尾把碎葉嚼成泥狀，敷在她的腳上，然後用羊蹄葉把藥草泥裹住。包紮完後，鼩鼱足鬆了一口氣，「好像已經好多了。」

「記得休息一天，走路時動作不要太大。」焰尾吩咐道。

鼩鼱足點點頭，一溜煙跑出刺藤隧道。焰尾轉過身，想告訴小雲他也準備出去，但影族巫醫已經又打起盹來。焰尾頓時感覺腳步沉重，但還是得忍住爬上睡窩的欲望。他只能等到檢查傷患結束之後，再回來睡覺。

他晃動鼻頭，鑽出巫醫窩。松樹林寬敞平坦的空地上光影閃耀，讓他不由地瞇起眼。好幾隻族貓正在空地邊緣，享受禿葉季的淡陽。雪鳥拉長四肢，不停翻滾身體。雖然焰尾知道雪鳥的傷口已經清理乾淨，也抹上大量的金盞花汁液，但看到她白色肚皮上一條條紅通通的傷痕時，還是忍不住皺起眉頭。躺在雪鳥旁邊的焦毛，用腳掌蓋住鼻頭，啃了一半的鶇鳥被他丟在一旁。紅柳躺臥在戰士窩入口，一撮撮棕色雜毛特別顯眼，他彎起身體，想搔搔腰腹，但突然又躺回去，不停地喘著氣。橄欖鼻和鴞爪搔搔口鼻，雙雙伸起懶腰，把皮毛都弄亂了。

虎心衝進入口，刺藤牆被撞得沙沙晃動。他把嘴裡叼著的一隻松鼠甩到新鮮獵物堆。此刻，曦皮也叼著一隻鴿子，跟在他後面衝了進來。

「你當然會先到家！」她一邊大喊，一邊放下獵物。「因為你的獵物比我的輕。」

焰尾快步走到哥哥和姊姊旁邊，嗅聞他們的傷口。「希望你們的傷口沒有再裂開。」

「我們剛剛都很小心。」曦皮趕緊低下頭，讓他檢查她肩胛骨上那道平滑的傷口。一看到傷口還緊緊包著蜘蛛絲，也沒有鮮血滲出的情況，焰尾便放心多了。

褐皮從戰士窩鑽出來，這隻玳瑁貓一看到她的三個孩子，綠色眼珠立刻一亮，馬上跑過去舔他們的下巴。

曦皮閃躲她的舔拭，「唉喲！我們都長大了欸！」

褐皮發出呼嚕聲，接著看看空地四周。「你們的父親上哪兒去了？」

「他在黑星那裡。」焰尾繞過他們來到褐皮面前，「他現在是副族長了，所以應該會常去那裡。」

虎心動動腳爪說：「真希望他趕快當上族長。」

「噓！」曦皮推了他一下。

虎心聳聳肩，「我又沒說錯，黑星總不可能永遠活著。」

褐皮的尾巴刷過兒子的嘴巴，「不要亂說話！」

「至少我們隨時都知道虎心心裡在想什麼。」焰尾用尾巴拍拍哥哥的肩膀。

虎心豎起鼻頭說：「我敢打賭，你們現在一定不知道我心裡在想什麼。」

曦皮抽動頰鬚說：「我是不知道你在想什麼。但我敢打賭你一定很快就大嘴巴說出來。」

虎心的眼睛立刻射出光芒，蹲低身子，做了準備攻擊的姿態。

曦皮假裝很害怕的樣子，「救命呀！」她邊尖叫，躲到母親後面。

「好了啦，你們兩個。」褐皮責罵道：「部族還在為枯毛守喪欸。」

在空地遙遠的另一邊，焰尾注意到花楸爪已經從黑星的窩裡出來，正朝他們走過來。虎心和曦皮繞著褐皮相互追逐，根本沒有注意到花楸爪的到來。

虎心把曦皮壓在地上，「等哪一天我當上副族長，看妳還敢不敢再惹我。」

「你不可能當副族長！」曦皮掙脫他，「因為我才是副族長！」

花楸爪停在兩隻扭打成一團的貓兒旁邊，「我這麼快就有競爭對手了啊？」他問道。

虎心和曦皮馬上跳了起來。

「我們只是在玩而已。」曦皮很快喵了一聲。

「我很高興我的孩子們都這麼有志氣。」花楸爪喵嗚道：「但是在你們取代我之前，也該先讓我當當一兩個月的副族長吧。」他看了焰尾一眼說：「你也想當副族長嗎？」

「我寧願當巫醫。」焰尾回答。

花楸爪開懷地說：「這樣我就放心了。要和自己的三個親生骨肉競爭，我可吃不消。」

褐皮用口鼻磨蹭花楸爪的下巴，「你們每一個都讓我感到很驕傲。」她的目光突然移向黑星的窩。

影族族長出現在族長窩前，他的眼神炯炯發光，毛皮梳理得光滑整齊。「戰士和見習生！」黑星走進空地喊道：「你們的體力已經恢復差不多了！統統來這裡集合！昨天的敗仗有很多需要檢討的地方。」

「我們雖然已盡力一搏，」黑星開始說話，「但還是失去了地盤。如果想收回失土，我們就必須謹記教訓。這次的戰敗也是給我們一個增強戰力的機會。」

先等我把每隻貓都治好了，再策動下一次的戰鬥吧。焰尾舔舐空氣，四周瀰漫著酸味。他和小雲昨晚為傷貓所包紮的傷口，必須趕快換藥才不會有感染的危險。他瞄到正扭動身子鑽出育兒室的藤尾。第一次懷孕的她，肚子已經開始鼓起來。她應該有一段時間不會上戰場，或許她可以幫他的忙。

「藤尾！」他走向黑白相間的貓后，為了避免干擾黑星說話，焰尾小小聲對她說：「妳可以幫忙我處理換藥嗎？」

藤尾眨眨眼，「當然可以。」

藤尾和焰尾走到巫醫窩，只見小雲還在熟睡，他們匆匆拿完草藥後，隨即又跑回空地。鼠疤不斷來回踱步。陽光灑落在林間，把他棕色的毛皮烘得微微發亮。「我們拿什麼跟那些像貓頭鷹一樣從樹上飛撲而下的貓鬥？」他沉重地問。

焰尾把一堆草藥放在橄欖鼻旁邊。「妳的傷口需要換新鮮藥草。」焰尾聞聞她腹側的抓傷，「妳就儘管聽鼠疤在說什麼，我一邊幫妳處理傷口。」他指示藤尾靠過來，「注意看我怎麼做。」他開始舔掉橄欖鼻腹側傷口上乾掉的藥泥。橄欖鼻則是伸出爪子，緊抓著地面，專注聆聽討論。

煙足走到前面，「或許我們可以把他們的優勢變劣勢？」

黑星點點頭，眼睛瞇成一直線說：「要怎麼做？」

「他們急速落地，容易站不穩。」煙足說：「我們可以趁他們穩住重心時發動攻擊。」

蘋果毛把雜棕色的頭歪到一邊，「下一次我們就知道該怎麼對付他們的貓頭鷹招式。我們只要提高警覺往上看，當他們跳下來時，我們應該就可以很輕易地躲掉。」

鴉霜興奮地睜著圓滾滾的眼珠，「爬樹很花時間，雷族戰士似乎已經忘了他們是貓，而不是鳥。」

雪鳥點頭說：「就讓他們去浪費時間和力氣爬樹。我們正好可以等他們落地的瞬間，來個大突擊。」

曦皮加入討論，「只要摸清楚他們的底細，打敗他們就很容易了！」她抬頭看了看遮蔽空地上方的一截榛樹樹枝。「我們現在就來練習！」

虎心已經朝那棵立在空地外緣，周圍長滿密密麻麻刺藤的榛樹衝了過去。他吃力地爬上樹幹，沿著樹枝小心攀爬。曦皮看著他，不由動動腳掌，尾巴在地上掃動。

虎心咻地一聲墜下。

曦皮一看到他落地，立刻一個撲身，輕而易舉地將他壓倒在冰冷的地上。

黑星的眼睛為之一亮。「雷族自以為聰明，沒想到只是鴿腦袋罷了。」他吼道。

鴞爪走向前，「我們不只有森林的戰鬥處於劣勢，」他提醒族長：「在空地搏鬥時，他們更是把我們的戰線一分為二。」

「也許我們應該把戰線重新調整？」花楸爪建議道：「較資深、有經驗的戰士，應該和年輕、較生澀的貓一組。這樣一來，即使他們把我們的戰線打散，我們的每一個小隊都還是有強大的戰鬥力。」

「說得好，花楸爪。」黑星稱讚他的新副族長，「在下次打仗之前，我們必須把組別分好，資深和資淺配成一組。」

焰尾突然為自己的族貓感到驕傲。影族決心從戰敗中站起來，在下次戰鬥中表現得更好、更強大、更敏捷。族裡沒有自怨自艾、相互指責的聲浪，只有齊心改革的力量。

鴉霜站起來，「我們可以讓最強壯的戰士們留到最後關頭才上陣。」他建議：「等到敵人認為他們快贏了，我們就發動另一波攻勢，一舉把他們擊潰。」

「說得沒錯。」花楸爪緩緩點頭，「戰術固然重要，但是千萬不要忘了戰鬥技能才是最後贏得勝仗的關鍵。」他轉向松掌，「妳不就是被榛尾擊倒在一旁嗎？」他提醒這隻年輕貓咪。

「可是她的體型比我大，而且又是出其不意地出現。」松掌忿忿不平地說：「而且我是和刺爪對決，又不是和榛尾。」

「話是這麼說沒錯。」花楸爪承認道：「但是妳應該可以更有效地阻擋她的攻擊才對。」

「該怎麼阻檔？」松掌抬高頭，露出好奇的眼神。

「你們過來。」花楸爪要橡毛和雪貂掌也到空地中間。

焰尾瞄著族貓的一舉一動，一邊把新鮮藥泥抹在焦毛的傷口上。雖然橡毛還是跛著腳，但依舊忍不住興奮地蓬起皮毛。

「雪貂掌。」花楸掌為米灰色相間的公貓指定角色，「你當刺爪。」

雪貂掌將毛髮蓬成一團。

「橡毛，你當榛尾。」

橡毛點點頭，身子一蹲，準備攻擊。

花楸爪對著松掌點頭，「妳就像昨天攻擊刺爪那樣，攻擊雪貂掌。等到橡毛朝妳撲過來時，妳就順著他使力的方向，把身體放輕，讓他一下失去平衡往後倒。」

松掌皺了一下眉頭，轉身撲向雪貂掌。當雪貂掌在松掌腳下掙脫的同時，橡毛撲過去，一把擒住松掌，用力將她從雪貂掌身上拉開。松掌將身體放軟，順著他拉扯的方向一靠，橡毛一時失去重心，往後跌了一跤，松掌趁勢一個轉身，咬住橡毛的脖子，並掙脫他的控制。雖然橡毛很快又站了起來，但這見習生已經跳到他背後，猛力踢蹬後腿，尖牙戳進戰士的頸項。

「非常好！」黑星走到前面，「我們今天學到了很寶貴的技巧。」

「動作真是靈巧，松掌！」鼠疤大聲喊道。

松掌對著導師點點頭，滿是驕傲地蓬起全身的黑毛，族貓們此起彼落地發出讚許聲。

焰尾把最後一坨藥泥舔在焦毛傷口上。「感覺怎樣？」

「好多了。」這灰色公貓回答。

黑星瞥了一眼新鮮獵物堆，「花楸爪，」他對著副族長喊道：「請召集狩獵隊伍。」

花楸爪動動腳爪，「不用先去標示新界線嗎？」

黑星聳起皮毛，「枯毛都還屍骨未寒，我們怎麼有心情去標新界。」他的眼神瞬間一沉，「火星選擇用陰險的手段把地搶回去。他先假裝給我們禮物，然後再開殺戒取回來，這還算是真正的戰士嗎？」

「蛇舌！」

「狐狸心腸！」

寒冷的營地間謾罵聲四起。黑星甩動尾巴，要大家安靜。「焰尾！」

焰尾驚訝地抬起頭。

「到我的窩來，順便叫小雲也一起過來。我想和你們兩位巫醫談談。」影族族長轉向花楸爪，「召集狩獵隊，」他又重複了一次。「但要避開兩腳獸空地。在所有戰士們傷口痊癒之前，我不准有任何打鬥的事件發生。」

焰尾趕到巫醫窩，想把小雲推醒。巫醫的體溫還是異常地高。

他昏昏沉沉地醒來。「怎麼了？」他喃喃地說。

「黑星要我們到他的窩裡一趟，說有事找我們商量。」

小雲立刻下床，很快走出巫醫窩。

看到這隻年邁貓咪走路平穩的樣子，焰尾放心多了。他加快腳步，在黑星的族長窩外頭趕上小雲。他停下來讓小雲先進去，接著低下頭，穿過拱形刺藤跟了進去。

黑星的眼睛在昏暗中閃閃發亮，「關於這場戰爭，星族有給你們任何預警嗎？」

焰尾搖搖頭，並看了小雲一眼。

「沒有。」這巫醫拉著粗破的嗓子說著，頓時間，焰尾發現他的導師喘得很厲害。

黑星眉頭深鎖，「真的都沒有一點警示？」兩隻貓都搖搖頭。

「我還以為星族很看重枯毛。」族長半自言自語地說。

「也許祂們也不知情。」焰尾說：「或許枯毛的死是無可避免的。」

黑星貼平耳朵，「天底下沒有所謂無可避免的事！」他大吼。他轉向小雲，「去和星族分享舌頭，問清楚這究竟是怎麼一回事。我要知道雷族接下來還會玩什麼把戲。火星沒有必要奪回一塊對雷族而言根本毫無用處的地，他們有可能是想藉此攻進影族領土的核心。這場仗恐怕只是個開端。他們已經進到樹林邊線，對我們的營地已造成壓迫。」

小雲對他眨眨眼，「早在大遷移前，雷族就沒有再奪取領土的紀錄。」

焰尾換換腳的姿勢，對他的導師祖護其他部族很不是滋味。這已經不是小雲第一次幫雷族說話。

這老巫醫繼續說：「我以為火星已經帶領他們走出貪婪。」

「但他們還是一樣自大。」黑星咆哮。「他們動不動就想指揮其他部族。或許這次他們覺得沒有必要再浪費唇舌，直接行動比較乾脆。」他動一動長長的爪子，「你去月池跟星族請示我們接下來該怎麼做。」

小雲鞠躬時，腹部兩側微微發顫。

「讓我去吧。」焰尾衝口而出。要小雲在大寒天中露宿一晚，身體恐怕會撐不住。

黑星看了小雲一眼。資深巫醫的眼神慘淡無光，尾巴不停顫抖。影族族長看了他這副模樣或許感到震驚，但並沒有表現出來。「很好。」

焰尾跟著小雲走出族長窩。一到外面，小雲的尾巴抖得更厲害。「你自己去行嗎？」

「只要你能待在窩裡好好休息，我就很高興了。千萬別讓自己太累，小雲。藤尾可以幫你處理一些簡單的工作。」

小雲張開嘴，似乎想要抗議，但卻只有咳了一下。「謝啦。」他有點不高興地說。

焰尾點頭，很不習慣小雲這麼快就妥協。這老巫醫的身體一定是真的很不舒服。

「凡事小心。」小雲走回窩裡去。

「黑星說了些什麼？」藤尾搖晃著肚子，急急忙忙走到焰尾旁邊。

「我得去月池請示星族。」焰尾告訴她，一邊看著他的導師走進刺藤叢。「妳可以多留意一下小雲嗎？他身體不舒服，需要好好休息。」

「我會的。」藤尾點頭。「你不在的這段時間，我也會多加注意每隻貓的傷口。」

「妳還記得怎麼做嗎？」

「要是傷口有酸味，就必須把舊藥泥舔掉，嚼一些新鮮草藥放上去。」

焰尾點點頭，「小雲會告訴妳儲藏室中哪些藥草可以使用。明天中午我就會回來了。」他轉頭喊道。

「保重喔。」藤尾喵聲說道。

焰尾鑽出刺藤叢，營地外邊的冷空氣襲來，讓他忍不住眨起眼睛。他開始加速快跑，沿著舊獾道一路到湖邊。滿地的針葉被他的踩得漫天飛舞，團團白煙從他的口鼻中不停冒出來。

他往下繼續奔馳，銀灰樹幹圍繞的一汪湖水在底下閃閃發光。他衝出森林，湖面在太陽照射下波光燦爛，焰尾不自覺瞇起眼。他啪的一聲躍上湖岸，然後一個轉彎，沿著岸邊繼續狂奔。肉墊踩在硬梆梆的石礫上雖然有些難受，但奔跑的感覺很舒服。冷冽的微風吹散了他的疲倦，他皮毛底下的肌肉結實有力，心跳急速加快，血液漲滿耳朵。

雷族休想欺負影族。影族可不是一支可以被任意擺布的部族，他們非給那自大的鄰族一些教訓不可。

第六章

「發生什麼事了？」

藤掌一拐一拐地走回窪地。前晚跟著鷹霜受訓回來後，腳就開始痠痛到現在。剛剛又和鴿掌吵了一架，心情更悶。**她憑什麼批評我！**

她緊張兮兮地走進隧道，極力掩飾扭傷的腳掌。不過，並沒有任何貓注意到她悄悄溜進空地。族貓們都圍著火星，個個毛髮直豎。

「發生什麼事了？」她重複問了一次。

接著她發現松鴉羽從擎天架往下，兩眼直瞪著她，好像她長了什麼怪翅膀一樣。在與他四目相觸的瞬間，藤掌不禁打了個寒顫。他可以看到她嗎？**他知道我在黑暗森林接受訓練。**她甩開擔憂，**一旦我變成族裡優秀的戰士，他就會懂了！**

花落的喵聲騷動她的耳毛，「影族還沒去標示新邊界。」

藤掌轉身，突然鬆了一口氣說：「就這件小事呀？我還以為星族又有什麼新預言咧。」

她抬頭瞄了一下松鴉羽，他鋒利的眼神已經消失，回復了平時空茫的藍色盲眼。

「就這件小事？」花落瞇起眼看她，「這表示影族根本不承認那是我們的地盤。這是很嚴重的事欸。」

藤掌動動腳掌，腿上突如其來的一陣疼痛，讓她的臉跟著抽蓄了一下。「這麼說是沒錯。但是，只要他們不越界……」

「最好是不要給我越界。」花落咕噥道。這玳瑁白貓走向築到一半的戰士窩，「妳要不要一起過來幫忙？」

鴿掌已經在那裡，耳朵緊貼，和葉池一起奮力將一根樹枝折彎，塞進另一根樹枝底下。

「等一下。」藤掌喊道。

「妳跑到哪裡去了？」煤心的喵聲把她給嚇了一跳。藤掌立刻轉過身來，猜想她的導師是不是也起了疑心。「鴿掌都已經回來很久了。」

「我想把跟蹤獵物的技巧練好，所以才會這麼晚回來。」藤掌其實是獨自坐在湖邊，生她那高傲的姊姊的氣。**我的忠心決不輸任何雷族戰士，或許還更忠誠！我連在夢裡都在受訓，為的就是能報效部族。**

「妳應該餓了吧。」煤心喵聲說道：「先去拿點東西吃，今天的食物很豐盛。吃完後再去幫鴿掌築戰士窩。葉池應該是希望能在日落前，將新增的部分完工。」

藤掌低頭看腳掌。「還有什麼事是我可以幫忙的嗎？」

煤心靠向前，「妳是不是又和姊姊吵架了？」她的頰鬚刷過藤掌的臉頰。「妳知道嗎，妳根本沒有必要嫉妒她，妳的狩獵和戰鬥技巧都和她一樣棒。」

那還用說！我可是有最厲害的戰士在訓練我欸！為什麼都還沒有任何貓發現我的格鬥技術其實比鴿掌還強呢？

「妳昨天的表現讓我很驕傲。」煤心繼續說：「妳的戰技很有戰士之風。」

「謝謝。」藤掌咕噥道。鷹霜才不會浪費時間說客套話。他在戰場上觀看她打鬥，等到在黑暗森林碰面時，會指導她如何更精進技巧。扭傷一隻腳又算得了什麼，反正她學到了很多！

「去吃點新鮮獵物。」煤心推推她，要她到獵物堆。香味四溢的讓藤掌肚子開始咕嚕叫。

「趕快把妳想吃的挑出來。」樺落開始把獵物堆上的獵物丟到旁邊的坑洞裡去。「等會兒我會把剩下的獵物都埋起來。」

藤掌抽出一隻肥鼩鼱，大口大口吃下肚。她舔舔嘴巴，看到葉池和狐躍正朝著她走過來。

「煤心說妳會來幫忙建新的戰士窩。」葉池喵聲說道。

狐躍難掩內心的雀躍。「新的戰士窩建成後，一定會超棒的。」他喵聲說道：「到時候就會有新的床位給花落和蜂紋睡了。」

「好啦，我幫忙就是了。」藤掌嘆了一口氣。她不能永遠都避著姊姊。她叼起堆在獵物堆旁的樹枝。

「我也來幫忙！」玫瑰瓣從空地另一端匆匆跑過來。

狐躍聳聳肩，用頭示意窩牆上的縫隙說：「我正在填補縫隙。」他們把一根根長長的山毛櫸枝條折彎，插進土裡。「現在幾乎已經看不出這是一棵倒塌的樹了。」

玫瑰瓣點點頭，「它現在已經和營地融為一體了。」

「縫隙幾乎都已經補滿了。」狐躍喃喃說道，從一叢突出的樹枝旁擠過去。

「這樣很好啊。」玫瑰瓣喵了一聲說：「營地再也不會冷颼颼了。」

藤掌把啣在嘴裡的樹枝放在鴿掌旁邊，「拿去。」鴿掌來不及開口謝她，藤掌已經跑到突起的牆面前，開始調整樹枝間的縫隙。

「妳的腳很巧哦。」花落走到她旁邊幫忙。「這裡。」她把一條長柳枝戳進樹枝縫隙裡。「妳幫我看著，我來拉。」

藤掌把另一根樹枝戳進牆面的空隙中。「為什麼族貓好像都把昨天打仗的事給忘了？」

「這有什麼關係？」花落把編好的枝條拉得更緊。「我們贏了，不然還要怎樣？」

「我們應該要好好檢討，或許還可以贏得更漂亮。」

花落看著她，「可是我們已經贏啦！」

「這並不代表我們下次會贏。」藤掌說：「如果影族真的拒絕承認新邊界，說不定戰爭會比妳想像中來得更快。」

「**妳**又知道了？」

藤掌遙望著遠方，「這是影族的一貫作風。」

花落哼了一聲說：「想想我們雷族吧。現在是禿葉季，還有比打仗更急迫的事等著我們去煩惱。」

藤掌不屑地看了她一眼，**難怪鷹霜不會到妳的夢裡去。**

藤掌在睡窩將身體捲成一團，覺得又累又煩。剛剛和花落一起吃新鮮獵物時，她忍不住偷偷觀察和獅焰分享舌頭的鴿掌。鴿掌用擔心的眼神瞥了她好幾眼。蜂紋和花落已經搬到戰士窩去了，見習生窩就只剩她們兩個，若一直不跟鴿掌講話會很尷尬。

「藤掌？」鴿掌頭一搖一擺地鑽進蕨葉叢，走上床舖。「藤掌？」

藤掌放緩呼吸，假裝已經熟睡。今天真是累爆了，雖然心情不是很好，她還是很快進入夢鄉。她身子捲成一團，在暖呼呼的睡窩裡愈睡愈沉。

她在夢裡睜開眼睛，四周煙霧繚繞，咆哮聲在死寂的冷空氣中愈發清晰。站在黑暗森林中，她突然覺得有股失落感。這是她第一次有這樣的感覺。她好想睡覺，好想偷懶一個晚上不要訓練。在戰場上所受的傷還微微刺痛，還有她的腳也在痛。日夜不停地訓練對身體真是一大負擔。她閉起眼睛，希望夢能消散，但是腳下冰冷的迷霧硬是緊緊纏著她不放。

她嘆了口氣，睜開眼睛。黑暗森林的樹圍在她四周，一片稀疏的矮草皮斜斜地在她眼前蔓延而上，頂上漆黑的天幕，找不到一絲星光。藤掌伸伸懶腰，準備開始受訓。起碼她黑暗森林的同夥從不會拿她和鴿掌比較。在這裡，她的技能是有目共睹的，她不用活在姊姊的陰影裡。

後方一陣窸窣的腳步聲讓她轉過頭來。她看到一隻棕毛黑耳公貓走過來，那嬌小輕盈的體態一看就是風族貓。他停下腳步，對她隨便點了個頭。藤掌皺起眉頭，努力想記起他是誰。她在大集會時看過他。正當她絞盡腦汁搜尋名字的同時，突然一個聲音從坡頂傳來叫住那隻貓。

「蟻皮。」

對了，他叫蟻皮。

棕色戰士連忙朝聲音的方向跑去，藤掌墊起後腳，想要看清楚誰在叫他。她扭傷的腳突然感覺一陣刺痛。她只好趕緊收起後腿，回復四腳站立。結果在暗影中什麼也沒看到。

後面突如其來的一聲喵叫把她給嚇了一跳。「妳好像很累欸。」

「嗨，虎心。」她很高興看到熟識的貓。雖然濃密的虎斑毛髮披蓋在他那強而有力的身軀上，但他看上去卻是兩眼無神。「你看起來也很累的樣子。」她深有同感地說。

「真想休息一個晚上。」他打了個呵欠。

「他們應該是想把我們訓練得更健壯。」

虎心似乎沒在聽她說話。「鴿掌沒有跟妳來嗎？」他看看她四周，一副鴿掌會從樹後面跳出來似的。

藤掌激動地蓬起毛髮。「他們選的是我，不是她！」她不等虎心回應，旋即像吃了炸藥一樣，沿著蟻皮剛剛踩過的草皮，一路往坡上的樹林衝去。她穿越樹線，奔進暗處，耳朵因憤怒而漲熱。**要擺脫姊姊真的有這麼難嗎？**

虎心為什麼想見到鴿掌？他該不會像玫瑰瓣迷上狐躍那樣，傻傻愛上她了吧？

她哼了一口氣。**他在做白日夢。**鴿掌才不會把時間浪費在別族的貓身上。她那麼愛聽獅焰稱讚她有多棒，絕不可能會冒然違反戰士守則。

藤掌在林間急速暴衝，嘴裡不時發出低吼。她忽然瞥見眼前一團蓬亂的橘白色皮毛，但已來不及煞住腳步，直接迎頭往一隻毛髮濃密的母貓側邊一撞。在穩住腳步後，她轉身對著那隻擋住她去路的貓咪說：「只有白目的貓才會坐在這裡！」藤掌齜牙吼道，火氣還是很大。

她還來不及喘氣，橘白色母貓已經撲向她，將她撂倒在地。戰士的利爪抵住藤掌的脖子，藤掌掙扎殘喘，瞬間被驚恐淹沒。橘白色戰士單掌掐住她，利用身體的重量將藤掌牢牢壓在冷冰冰的地面。

戰士緩緩把頭靠得更近，藤掌瞪大眼睛，全身僵硬。橘白色母貓咧嘴怒罵，口中不時呼出惡臭，「放尊重點，見習生。」她將刺進藤掌皮膚的利爪一彎，「別淪落到慘死在這裡，這裡除了一片黑暗，什麼都沒有。」

一團虎斑身影閃過藤掌的眼角。「夠了，楓影。」

聽到鷹霜的喵叫聲，藤掌頓時鬆了一口氣，腿癱軟了下來。

「放開她。」鷹霜發出凶狠的吼聲，楓影立刻鬆掌。

藤掌大大喘了一口氣，連咳了好幾聲。她肚子刷過地面，勉強半撐起身體，拚命穩住呼吸。她從鼻頭到尾巴，渾身抖個不停。

「給我振作點。」鷹霜厲聲斥喝。

楓影彈彈尾巴。「好好管一管你找來的貓。」她怒氣沖沖地轉身走開，口中碎碎念道：「我還是比較喜歡以前，現在這裡到處是一堆眼睛睜得大大的老鼠屎，真是要不得。」

藤掌眨眨眼，抬頭看看鷹霜。「對不起。」

「不要理楓影。」他很快回答。「她從很久以前就住在這裡，不過她來日不多了。」

藤掌緊張地瞄了那白色戰士一眼，暗影似乎正吞噬著她。藤掌忽然驚覺這隻母貓的形體竟如迷霧般盪在空氣中。她可以穿透楓影的身體，看到另一端的樹。藤掌發起抖來，「在這裡的貓，他們的身體最後都會消散嗎？」

「這是遲早的事。」鷹霜低吼，「若他們活得夠久的話。」

他走進林子。藤掌繃緊肚子，遲疑了一會兒。她不想消失。她加快腳步，跟上鷹霜。

「妳沒事吧？」鷹霜看著她的後腳，不由皺起眉頭。

藤掌突然意會到他在問她的腳傷。「沒事了，謝謝。」

鷹霜飛躍過林地上的狹長深溝。「如果妳沒辦法練習，就給我回去。」

藤掌跟著他一躍而起，咬著牙，砰的一聲落地。「你應該高興我來這裡。松鴉羽**知道**了。」她一時脫口而出。雖然她沒有打算說，但這些話讓她憋得很難受。

鷹霜轉過頭來，「知道什麼？」

「知道我來這裡的事。」藤掌坦承：「這是鴿掌告訴我的。」

「這麼說她也知道了。」鷹霜停了半响，瞪眼看著藤掌，「然後呢？」

他想要我說些什麼？藤掌聳聳肩：「然後……就這樣。」

鷹霜點點頭，又繼續往前走。

「我應該沒有做錯什麼吧？」藤掌加緊腳步，趕上他。「我另外自己做訓練，他們應該要高興才對呀。可是雷族戰士好像不是很關心打仗的事，我一整天都在負責建睡窩。」

鷹霜的皮毛刷過光滑的樹皮，「妳做得很好。」他告訴她：「要是妳錯了，妳想，我會不吭一聲嗎？」

他帶她走進空地，一塊灰黑的岩石猶如一隻駝背的老獾從地上冒出來。藤掌從圍著岩石的群貓間，認出蟻皮和虎心。虎心向她打招呼，但藤掌不理他，忙著找尋其他她認識的貓。她從沒有看過這麼多貓聚在黑暗森林的浩大場面。她瞥見河族母貓鯉尾暗灰色的光滑皮毛。再更旁邊，她看到風皮在一棵遭雷劈中的松樹下走動，他一身風族短毛沿著脊椎高高豎成一直線。

藤掌在一隻瘦小的白公貓旁邊停下腳步。她看到他肚子上一條光禿禿的大疤痕，將身上的毛劃成兩半，直直繞到肩膀，延伸到耳朵，彷彿一條突起的粉紅蛇。

「這是雪叢。」鷹霜向她介紹。

藤掌害羞地點點頭，不敢正眼瞧他的傷疤。

「那是破尾，那是雀羽。」鷹霜彈彈尾巴，指著黑暗森林的另外兩名戰士。破尾的暗色虎斑毛皮布滿了大大小小的舊傷，而嬌小的雜色母貓雀羽，有副猶如被狗撕爛的口鼻。藤掌彎起腳爪，抬高下巴，不准自己在新族貓面前洩露出一絲緊張。

「薊爪！」

鷹霜的打招呼聲讓藤掌嚇了一跳。她在兒時床邊故事裡有聽過薊爪這個名號。他是虎星的導師。聽一些貓咪說，這個火星的死對頭之所以會這麼殘暴，全是薊爪的啟蒙。她猛然轉身，看到一隻巨大公貓正一步步走進空地。他白色的臉布滿一塊塊大小不一的灰斑，強而有力的白色肩膀起伏擺盪，長長的灰色尾巴急急甩動。

「你好，鷹霜。」他銳利的綠眼睛瞥了他的黑暗森林同夥一眼。「今晚沒有很多貓。」

「最精良的都到齊了。」鷹霜回答。

薊爪緩緩繞著岩石走一圈。藤掌屏住呼吸，今天會是什麼樣的訓練呢？她微微抬起那隻疼痛的腳，希望能撐過訓練。

「你。」薊爪對著蟻皮點點頭。「到岩石上去。」

蟻皮立即起身，站在那平滑的大岩石上。

薊爪的綠色眼珠閃爍著。「我要你們合力，」他命令道：「在不讓他擊到你們頭的距離，將他從岩石上擊倒。」他盯著蟻皮說：「知道了嗎？」

蟻皮點點頭。

薊爪後退，一聲令下：「開始。」

雀羽打頭陣，猛撲上去。雖然她身材嬌小，但卻力大無窮。她往蟻皮臉上猛力一揮，把他打得一時失去了重心。血不斷從這風族戰士的臉頰湧出。藤掌看了，不禁寒毛直豎。他們連訓練都要伸出爪子嗎？她蹲低身子，正要朝蟻皮撲過去時，卻被準備攻擊的破尾撞到旁邊去。

「我說你們要合作！」薊爪大聲斥責，並重擊破尾的耳朵。藤掌感覺一種帶著鹹鹹血腥味、暖暖的東西，滴濺到自己的頸部。她的眼神刻意避開破尾，她不忍心看到破尾只因為擋了她的路，就被處罰的慘狀。她立刻跑到岩石另一邊，加入虎心，兩隻貓一起蹬起後腿，一邊朝蟻皮揮擊，一邊保護頭，閃躲蟻皮的攻勢。

蟻皮發了狂似的，對付從四面八方襲來的貓掌，拚命做出最準確的揮擊，將他們一個一個給打退。藤掌閃掉蟻皮的鉤拳，趁他轉身應付背面的貓時，她撲身向前，雙掌猛力一擊。看到蟻皮踉踉蹌蹌的樣子，她忍不住沾沾自喜。**被我打到了吧！**

但蟻皮隨即轉身，抽動嘴唇，發出咆哮，利爪出鞘，朝她的眼睛猛攻。他爪子咻地一聲掃過她的睫毛，幸好藤掌及時退後，躲過他的攻擊。

她不禁嚇出一身冷汗，**他差點把我眼睛戳瞎！**她趴下身體，不停發抖。此刻蟻皮的後腳突然被用力一扯，他錯愕地瞪大眼，瞬間被仆倒在地。藤掌抬起頭，看見雀羽狠狠咬住蟻皮，試圖將這隻風族戰士拖到岩石下。蟻皮痛苦哀號，爪子緊緊抓住岩石，不讓她得逞。

「這樣不行！」薊爪大吼，大掌一揮。雀羽哀叫一聲，倒臥在草地上。

藤掌倒抽一口氣。**她不動了！**

藤掌感覺到在一旁的虎心不停地顫抖，但她不敢看他，她不敢亂動。她的眼睛注視著薊爪，不知道他下一步又會有什麼樣的舉動。

灰白戰士甩動頭，掃視這些驚恐不已的貓。「我已經說了，要把他擊倒。」他的聲音有著一種令人毛骨悚然的溫柔。「而不是去拖他。」他看了雀羽一眼。這隻瘦小的棕色貓抽動身體，抬起頭。「妳作弊。」薊爪嘶吼。

「對不起。」雀羽發出低啞的喵聲。

薊爪腳步緩慢，繞著她走動。接著他用腳掌戳了她一下。「起來。」他咆哮：「換妳了。」他看著她勉強站起身，爬到岩石上去。

「這次別再作弊。」

第七章

焰尾累壞了。他拖著沉重的腳步走到窪地邊緣，沿著蜿蜒而下的碎石路到月池。已經兩天沒睡的他，像個被打敗的戰士倒在水邊，腳掌也已經凍僵、磨破皮。

冰霜點綴的石壁閃爍著光芒。一陣強勁的風把映著星點的池面吹得微微亂顫。焰尾閉起眼睛，把下巴擱在腳掌上，讓池水打在鼻子上。頃刻間，他的周圍竄出火光，石壁上的冰被火燃得劈啪作響。

焰尾嚇一跳，恐慌地查看四周。一整片絢爛耀眼的橘色火光阻隔他的去路。他一時間感到非常害怕，心跳加速，耳朵直豎。**星族救救我！**他沒想太多，硬著頭皮便往池邊衝去。

「不要亂衝，你這笨蛋！」一個吼聲把他給叫住。

他轉過臉，瞇起眼睛，瞥見火牆上映著一團貓影。「你是誰？」當這隻貓慢慢靠近，焰尾也漸漸看清楚祂的輪廓，是一隻灰色虎斑公貓。

「給我離池水遠一點。」灰貓大吼。

「別怕。」一隻母貓突然現身，祂一身雪白的毛色映著斑駁的火光。焰尾認出祂是影族前巫醫賢鬚。

星族戰士們一臉平靜地看著他。

「祢們難道沒看到火嗎？」焰尾大喊。

「看看你四周。」賢鬚輕聲說。

焰尾張望被火光團團包圍的窪地，忍不住倒抽一口氣。這些發出星光的貓兒們，在窪地山壁的岩架上排排坐立。圍繞在祂們四周的火焰，把祂們的皮毛烘得閃閃發亮。即便如此，卻沒有一絲火焰觸到祂們的身體。焰尾張口嚐空氣的味道，霜寒凍住他的舌頭。除了暗夜的冷風，他的毛皮什麼都沒感覺到。火只是個幻影，靜靜地在他周圍燃燒著。火所發出的冷光照亮了窪地。

焰尾的恐懼漸漸消失。他定下心，深呼吸了一口氣，開始環顧眼前的祖先們。他認出了鼻涕蟲、夜皮和蕨影。當看到枯毛時，他心裡更是高興。祂看起來青春有活力，這一定是祂生前年輕時的樣貌，當時焰尾都還沒出生呢。祂的暗紅色皮毛顯得光滑，尾巴整齊地盤在腳掌上。祂沉著幽深的眼睛裡透著火光。

「你看到誰了？」賢鬚帶著和緩的口氣，要他說出來。

「鼻涕蟲、蕨影……」他開始逐一點出。**祂為什麼要問？祂自己就可以看得出來啊。**「枯毛、鴉尾……」他開始認出更多貓咪來。「石齒、狐心……」所有去世已久的前影族戰士紛紛出現在他眼前。「就我們的祖先啊。」為什麼賢鬚要這麼認真看著他？

「還有呢？」

焰尾再掃視祖靈行列一遍。「冬青花、燧牙……」他皺起眉頭，「就只有我們的祖先啊。」他又重複了一遍。

他豎起皮毛，現場只有影族貓。「影族該不會即將葬身火窟吧？」他的心就要跳出喉嚨了。「這是祢們要警告的嗎？」

賢鬚搖搖頭，「我們要說的恐怕沒那麼簡單。」

「其他的星族呢？」焰尾換換腳邊的姿勢。

「他們各自找自己的部族去了。」

「但貓兒死後不是應該都成了一個部族嗎？」焰尾側著頭，不解地說：「部族間的界線會消失才對啊。」

一團暗影閃過火焰，只見一隻大虎斑貓一躍而下，落在平坦的石頭上。是尊貴的影族前族長鋸星，焰尾鞠了一躬。

「以前的星族是沒有界線沒錯。」祂渾厚低沉的喵聲回盪了整個窪地。「不過，時代不同了，很多事情也會跟著改變。」

焰尾的爪子在腳掌裡顫動。「改變什麼？為什麼？」

「影族和雷族的那場仗打得不公不義、莫名其妙。但雷族的祖靈卻沒有去制止，甚至導致枯毛死亡。」祂恭敬地對影族副族長點頭鞠躬。

「還有更可怕的事情即將發生。」賢鬚將焰尾的目光從鋸星身上拉回來。祂的眼睛閃爍微光。「現在沒有任何部族可以信任。為了讓自己的部族存活下去，已經管不了其他部族了。」

焰尾聳起毛髮，「什麼事即將發生？」

賢鬚將身體貼得更近，「我們千萬不能讓他族的叛徒給拖累。」

突如其來的一陣驚恐，讓焰尾縮緊肚子。「可以告訴我是怎麼一回事嗎？」

賢鬚搖搖頭。焰尾又轉向鋸星。「發生什麼事了嗎？」他哀求。

鋸星絕望地看了賢鬚一眼。「我們真的不能告訴他嗎？」

賢鬚低吼：「要是把事情告訴他，以後他可能就沒辦法信任任何貓兒了。族貓間的互相猜忌，很可能會毀了整個部族。」

鋸星低頭看著自己巨大的前掌。「這已經超出我們所能掌控的範圍。」他咕噥道。

「什麼事情會超乎祢們的掌控？」焰尾跨步向前，為鋸星的言行感到憤慨不已。「祢們是星族欸！」

「我們可以引導你們，」賢鬚喵聲說：「給你們意見，但我們沒有能力阻止事情的發生。」

焰尾放緩呼吸，壓抑內心的恐懼。「那麼，祢們可以給我什麼指示？」

鋸星對著山壁上的火焰點點頭。「你必須和這熊熊的火光一樣，燃起保護部族的決心。部族的生存比巫醫守則更重要。從現在起，影族沒有盟友。記住：戰爭將至，除了你的戰士祖靈外，別寄望其他貓會在旁邊挺你。」

戰爭將至。焰尾喃喃自語的當下，火焰和閃著星光的祖靈紛紛開始退散。**你必須和這熊熊的火光一樣，燃起保護部族的決心。**

焰尾眨開眼睛，打了一陣哆嗦。他躺在月池旁邊，窪地裡除了微風拂過水面的聲音外，只見一片暗夜的寧靜。空氣裡依舊繚繞著星族的氣味。

我會銘記在心，他暗暗發誓，**我將不計代價保護部族。**

第八章

鴿掌突然驚醒，身體開始發抖。她周圍的蕨葉牆窸窣搖晃，一股冷冰冰的風灌進來，讓她忍不住繃緊身體。沒有鋒紋和花落的見習生窩比以前更冷。她豎直耳朵，聽見藤掌在睡夢中啜泣。**怎麼了？**

「醒醒啊！」鴿掌的腳掌戳了藤掌一下。要是黑暗森林的戰士傷害她的話該怎麼辦？

白翅從蕨葉叢外探出頭來。「怎麼了？」

鴿掌快速轉身，擋在藤掌面前，不讓母親看到妹妹的樣子。「藤掌在做惡夢。」她喵了一聲：「我正在叫醒她。」

白翅伸出腳掌把蕨葉叢撥得更開些，讓晨曦透進去。「我剛剛好像有聽到她在哭——」

「沒有啦，她沒事。」鴿掌搶著說。

白翅聳聳肩，「如果只是做夢，那就趕快叫她起床準備。棘爪正在整理狩獵隊伍，他希望能有愈多貓參加愈好。松鴉羽嚐出空氣中的雪氣，如果真的下雪，獵物會在今晚前躲得無影無蹤。」她退出見習生窩，蕨葉叢唰地密閉。

鴿掌伸出兩隻腳，大力搖醒藤掌。「醒醒呀！」

「什、什麼？」藤掌張開眼睛。

鴿掌看到藤掌一眼瘀青，眼袋附近腫脹。「妳受傷了！」

藤掌把臉別到陰暗處，想要掩飾傷口。「這又沒什麼。」

「這是在妳做夢時發生的嗎？」鴿掌氣急敗壞地說：「妳又去那暗無星光的地方打鬥？」

藤掌甩動鼻頭，推開鴿掌的臉，「不要再說了！」

「不要再去那種地方了！」鴿掌感覺出藤掌腫脹的眼睛已經冒出火來。

藤掌從她身邊擠過去，「我的事不用妳管。」

「那裡很危險，妳為什麼都講不聽？」鴿掌未說完，藤掌已經衝出蕨葉叢。

幫幫她，星族！幫助她清醒，讓她知道自己是錯的，也請保佑她。鴿掌閉上眼睛。**請星族一定要保佑她！**她深呼吸緩和情緒後，鑽出窩室。

榛尾、蕨毛和蟾蜍步圍著棘爪；蜂紋和花落緊挨在族貓們的腳跟旁；雲尾和亮心來回走動；塵皮、沙暴和刺爪則在一旁靜候指示。

淹沒在群貓中的雷族副族長只露出耳尖。「塵皮！」他喊道：「帶沙暴去查看影族是不是已經把新邊界標上了。」他轉向雲尾，「你帶著花落和蜂紋去狩獵。」他對著蕨毛點點頭，「你和榛尾、蟾蜍步去抓些獵物回來。我希望在太陽下山以前，能把另一個獵物坑填滿。」

藤掌到哪裡去了？鴿掌掃視營地四周，就是不見妹妹銀白色皮毛的蹤影，不過，她倒是發現了站在空地遠端的獅焰。那隻金色戰士正忙著和松鼠飛、蛛足交頭接耳，講悄悄話。好奇的鴿掌忍不住用起她的千里耳，想聽清楚他們在說什麼。

「那些腳印有多大？」獅焰擔心地問。

「還滿大的。」蛛足稟報：「聞起來像是母狐狸的味道。」

「那條路被牠來回走了好幾次。」松鼠飛補充。

獅焰皺起眉頭說：「所以，牠不只是路過而已。」

松鼠飛爪子出鞘，「我們一定要逮到牠，然後把牠趕走。」

「先稍安勿躁。」獅焰推斷：「現在是枯葉季，森林裡獵物稀少。所以，牠有可能去別的地方。在狩獵困難的情況下，狐狸會放棄新鮮食物，而選擇吃鴉食。」他突然昂頭直視鴿掌，「妳去加入蕨毛的狩獵隊。」他從空地另一端喊道。

鴿掌動動腳掌，知道他已經猜到她在偷聽他們說話，「那訓練怎麼辦？」

「訓練的事晚點再說。」獅焰把頭轉回去對著蛛足。

蟾蜍步和榛尾正跟著蕨毛穿過刺藤隧道，鴿掌跑過去，跟上他們的腳步。「獅焰要我和你們一起去。」她對著蕨毛說。

「很好。」蕨毛嚐了嚐空氣的味道，「愈多隻爪子加入愈好。今天的狩獵會很辛苦，天氣太冷，很難聞到氣味。」

「你身上的毛，在雪地裡肯定跟狐狸一樣醒目。」榛尾繞著他轉圈。她的灰白腳掌把地上結冰的樹葉踩的沙沙作響。

蕨毛哼了一聲：「有本事妳就帶頭啊？」

榛尾帶隊走上山坡，她的淡色皮毛在霜白的矮木叢下變得模糊。鴿掌走在最後頭，冰冷的地上透出族貓們剛走過的溫暖足印。她豎起耳朵，尋找藤掌的聲音。花落和蜂紋跟著雲尾走到湖邊；塵皮和沙暴則沿著與影族的新界線，小心地穿過草地。

「等一下！」榛尾在坡頂停下來，做了一個蹲伏姿勢，緊盯前方。冰凍的樹葉上有隻黑鳥在跳動。鴿掌屏住呼吸，蕨毛和蟾蜍步像石頭般，一動也不動地站著，榛尾開始擺動後臀。

啪！

鴿掌腳下的小樹枝突然爆出喀擦一聲。受到驚嚇的黑鳥隨即振翅一飛，穿越樹枝，消失在盡頭。

「對不起！」鴿掌將身體縮成一團。

蕨毛聳聳肩，「森林裡的樹枝很容易斷裂。」

「我們分開進行可能會比較好。」榛尾提議。

蕨毛側著頭說：「你覺得咧？」他問蟾蜍步。

「好像有道理。」黑白公貓同意道，「起碼，要是我們什麼都沒抓到，除了怪自己之外就沒什麼好埋怨的了。」

蕨毛點點頭。「好，我們現在就各自去抓獵物。」他看了看狩獵隊成員，「有人介意我到河岸去嗎？」

鴿掌搖搖頭，她還蠻高興自己可以待在有樹蔭掩護的地方，「我會到小溪去。」

榛尾已經沿著坡頂出發，「待會兒營地見。」她轉頭喊道。

「我會到沼澤邊看看。」蟾蜍步喵了一聲：「搞不好會有兔子在那裡出沒。」

蕨毛與鴿掌擦身而過。「妳能自己單獨行動嗎？」

鴿掌點點頭，「我可以順便練習一下跟蹤獵物的技巧。」她要他放心。

黃褐色戰士漸漸消失在山頂。鴿掌往森林更深處走去，努力傾聽樹林遠處是否有藤掌的聲音。然後，她頓住腳步。藤掌已經告訴她不要插手管她的事。而且，為什麼要在她清醒時監視她？只有趁藤掌在睡夢時，鴿掌才有留意她的必要。

穿梭林間的鴿掌，聽到了前方潺潺的水聲。樹幹圍繞的溪流閃閃發亮，鴿掌走到小溪邊，正當她低頭準備喝水時，腳下的冰突然喀地一聲裂開，害她嚇得往後跳開。這條寂靜淺溪的邊緣已經開始結冰，對岸有塊細沙洲，或許到那裡比較容易喝得到水。鴿掌躍過溪流，飲了好大一口冰水，但喝下肚後，又感覺肚子怪怪的。水沿著她的下巴滴下來，她嗅聞空氣中的味道，卻聞不到獵物溫暖的氣味，只有幽幽的雪天徵兆。天色逐漸轉黃，森林愈來愈暗，很快就會開始下雪。鴿掌豎起耳朵，為這一片死寂感到不安。歐掠鳥響亮的叫聲劃破了寂靜。

獵物！鴿掌興奮地往聲音的方向走去，儘量不出一點聲響。歐掠鳥又叫了一聲，現在更靠近了。鴿掌伸出爪子，掃視頭頂上方的樹枝。只要能抓得到牠，就算要爬樹，她也願意。

在她身後的蕨葉叢發出窸窣的聲音，她趕緊轉身。歐掠鳥跑到蕨業叢裡？**通常是不會才對呀。**她還是撲了進去，尾巴興奮地揮動著。

「喂！」

一聲意外的號叫聲，讓她不由地豎起皮毛。鴿掌感覺腳下有毛在騷動，這不是歐掠鳥。她毛髮倒豎，往後鑽出蕨葉叢。「誰呀？」她害怕地用低啞的喵聲說道，並嚐嚐空氣的味道。

影族！她被那酸臭的味道嚇了一跳，繃緊身體，準備一戰。影族在雷族地盤做什麼？蕨葉叢又是一陣沙沙搖晃，隨後是虎心跳了出來。

鴿掌吃驚地瞪著他。他擅闖雷族地盤！「你好大的膽子，竟敢來這裡。」她壓抑住內心的雀躍，起而對他挑釁。

「我竟敢？」虎心瞪著圓圓的眼睛，「妳在影族的地盤做什麼？」

「影族的地盤？」她皺眉：「可是，這是雷族地盤欸。」她很快瞄了一下四周，松樹、橡樹、山毛櫸交相林立。她嚐嚐空氣，發現雷族與影族氣味交混。哪裡是邊界？她又嗅聞了一遍。**那邊！**邊界在虎心後方。

他立刻轉過身，瞪眼看著氣味標示的樹線，一副很驚訝界線在他後面的樣子。他轉回來，「不好意思啦！」他睜大藍色眼睛，臉上堆滿歉意，「天氣太冷，把氣味都蓋掉了。我今天除了結霜的氣味，什麼都沒聞到。」

鴿掌發出呼嚕聲：「我也這麼覺得！我一整個早上都沒有聞到半點獵物的味道。」

虎心鬆了一口氣，「幸好不是只有我自己這麼覺得。」他往後看了邊界一眼，說：「妳該不會要把我驅逐吧？」他說著，發出貓嗚。

「喔！沒有啦！」鴿掌搖搖頭。「要跟你在戰場上對戰已經夠糟了。」他的藍色目光移回到她身上，讓她感覺身體一陣發熱。「我的意思是，我知道之前在打仗，我們是有義務要打……」她的舌頭開始打結，到最後只能默默望著他。

「邊界這東西只會帶來麻煩。」虎心喃喃地說。

「什麼？」她不敢相信自己所聽到的。不過，他說得沒錯。如果沒有邊界，他們就可以想見面就見面。這個念頭讓她心頭揪了一下。

虎心清清喉嚨，「當然，邊界就是邊界。」他停下來，溫柔地看著她。

「雖然你聞不到它的存在。」鴿掌開玩笑地說。為什麼他要這樣看著她？

她的後方傳來咚咚的腳步聲。「巡邏隊！」她警告。

虎心已經豎直耳朵。「回到你的邊界去。」她告訴他，「我來把他們引開。」虎心有些遲疑。「快點呀！」她催促。

腳步聲愈來愈近，虎心朝氣味標記奔去，然後停下腳步回頭說：「我想再見到妳！」

鴿掌眨眨眼，「什麼？什麼時候？」

「今晚，就在這裡，可以嗎？」

「喔、好……」鴿掌不敢相信自己真的答應了。她後腿一蹬，匆匆飛奔離去。

獅焰、蛛足、松鼠飛正朝她走來，他們鮮豔的皮毛在林間閃耀。鴿掌趕緊跑到前面，擋住他們的去路。

「妳在這裡做什麼？」獅焰煞住腳步，差點滑了一跤。

「抓獵物呀。」她無辜地喵聲說道。

松鼠飛和蛛足在她旁邊停了下來。蛛足聞聞她，「妳有抓到什麼嗎？」

「還沒。」鴿掌坦承。

「蕨毛到哪裡去了？」獅焰問道。

「他在河岸那邊。」鴿掌告訴他：「我們分開狩獵。」

獅焰抓抓腳下凍爛的樹葉。「獵物都躲到地底下避寒了，妳自己在這邊晃來晃去也沒什麼用。」他坐在地上，甩掉黏在前掌的小碎冰。「妳還是回去營地，幫忙修補戰士窩好了。」

「如果我就這樣跑回去，蕨毛不會擔心嗎？」鴿掌不想回窪地，她想待在森林裡，回味虎心藍色的眼眸。

「等我們逮到狐狸後會去找他，」獅焰的喵聲打斷她的思緒。「跟他說妳已經回去了。」

「狐狸在這裡嗎？」鴿掌頓時緊張起來，認真看了看四周。

松鼠飛一臉困惑，「妳難道沒有聞到味道？」

鴿掌聞了聞，不禁寒毛直豎。她剛才怎麼會沒有聞到？此處的林地的確瀰漫著狐狸的臭味。「我……我只專注在獵物上，沒有注意到狐狸。」她結結巴巴地說著。

獅焰瞇起眼睛，「回營地去吧。」

鴿掌點點頭，鬆了一口氣，終於不用再編藉口了。當她匆忙準備離開時，松鼠飛在她背後喊道：「把眼睛擦亮點！」

「我會的。」她回頭喊道。

她心想，應該已經給虎心充裕的時間躲開了吧。她等會兒還要再跟他碰頭。她邊跑下山谷，邊想著虎心濃密的皮毛和那光滑的長尾巴。那種飄飄然的感覺幾乎讓她忘了地面的存在。

她衝進刺藤叢，心臟噗通噗通地狂跳著。

她急忙煞住腳步。黛西和罌粟霜站在育兒室外，拉長脖子，豎直耳朵；鼠毛從長老窩探頭凝視；在新鮮獵物堆前的莓鼻叼著一隻麻雀，彷彿被釘在原地般定格不動。在戰士窩旁的葉池，用腳掌把枝葉撥得窸窣亂顫。

所有貓咪的目光全停在蜜妮和松鴉羽身上。這兩隻貓在空地中央，蓬起皮毛，針鋒相對。

「你對她實在太嚴苛了！」蜜妮氣得一雙藍色眼睛直冒火。

松鴉羽甩動尾巴，「她需要密集治療！要是不復健，她早就死了！」

「你沒看她累壞了嗎？」

「這總比成天躺在床上，慢性窒息而死好吧。」

「你確定嗎？」蜜妮全身顫抖。

松鴉羽瞪大眼睛，「妳難道要她死？」

「我要她健康活著！」蜜妮嘶吼：「我要她在森林裡盡情奔跑，我要她有狩獵和戰鬥能力，我要她感受到當戰士的喜悅！」

「那已經不可能實現了。」松鴉羽溫和地說。

「如果是這樣，這一切又有什麼意義？」蜜妮激動地說。

「能活著不就是一種幸福嗎？」松鴉羽靠向這隻心急如焚的戰士。

「幸福？」蜜妮啞著嗓子，不敢置信地喵聲說道。

松鴉羽抬高下巴，「我是不會放棄薔光的。」

蜜妮發出低吼，「你只是在延長她病痛的時間罷了。」

葉池從戰士窩匆匆跑來，「她沒有一絲病痛的感覺。」她喵了一聲：「這一點，松鴉羽可以跟妳保證。」

「可是她不會好轉了。」蜜妮指出。

「身為巫醫，除了醫術外，更要對病患有信心。」葉池的尾巴拂過松鴉羽的腰腹。「星族之所以沒有帶走她，必定有原因。」

松鴉羽扭過身去，「我的事我自己處理，葉池！」

但蜜妮和雷族前巫醫鼻頭對鼻頭看著，「信心？」她嘶聲吼道：「星族竟然讓這樣的不幸，發生在像薔光這樣一個忠心又勇敢的戰士身上，妳叫我們怎能對星族有信心？」她再次甩動尾巴，「要是妳的戰士祖靈真的這麼法力無邊，為什麼祂們沒辦法把她治好？這要是發生在我的舊家，我的主人早就已經把她的病給治好了。」

「蜜妮？」入口飄來灰紋震驚的低語。

鴿掌轉身，看到這灰色戰士正望著他的伴侶，緩緩走進空地。「妳真的這樣想嗎？」他的喵聲輕柔得有如微風呢喃。

蜜妮往後退開。「我不知道該怎麼想。」她激動地說：「我只看到自己的孩子殘廢又無助，每天和死神搏鬥。死神像狐狸一樣緊跟著她，就等著她無力掙扎時，立刻把她抓走……」她的喵聲逐漸微弱，最後轉為沉默。

「可是她還活著。」灰紋眨眨眼，「她現在還在我們身邊呀。」

「她在受苦。」蜜妮吸了好長一口氣，「她除了每天呻吟、咳嗽，拖著身體在獵物堆之間走動之外，什麼也做不了。她只能眼睜睜看著自己的兄弟姊妹過戰士生活！」

巫醫窩入口的刺藤叢沙沙晃動，薔光用腳掌撥開長滿刺的荊棘，吃力地拖著身體往外移動。窪地一片寂靜，只聽見薔光肚皮上的毛沙沙掃過冰冷泥地的聲音。她停下來，看著蜜妮說：「我會愈來愈健康的，不是嗎？」

蜜妮衝到孩子面前，使勁舔她的臉頰。「我當然不要妳死掉！妳一定做得到。」

「我會乖乖做所有的復健。」薔光保證道。

「我知道妳會，」蜜妮安撫她，「我也會在一旁幫妳。」

「復健雖然很累，但不會痛。」

「感謝星族，幸好蜂紋和花落沒在這裡聽到這些話。」罌粟霜突然在鴿掌耳邊喵聲說，把鴿掌給嚇了一跳。鴿掌閉上眼睛，定神凝聽遠處的蜂紋和花落在岸邊互相追逐、奔跑的腳步聲和愉悅的喵聲。

「我一定會抓到最大隻的獵物！」花落臭屁地說。

「我一定會抓到最多獵物！」蜂紋不甘示弱地嗆她。

他們非常幸運，不用聽見所有聲音，可以安然地活在自己的小小世界裡。

鴿掌環顧窪地四周。葉池已經回去工作；黛西正大聲喊著小貓，要他們從育兒室出來。莓鼻叼著麻雀離開新鮮獵物堆，忙著把食物吞進肚裡。灰紋則是獨自站在空地。此刻已經開始飄雪，小小的雪花落在他的皮毛上。鴿掌頓時感到一股罪惡感，她今晚就要和虎心相見了。

第九章

午後的陽光從轉薄的雲層中透了出來，焰尾悄悄走進影族營地。籠罩在一片晶透冰雪下的刺藤牆和營地被凍得發紫，枯萎的樹葉在寒風中沙沙作響。焰尾羞愧地看著空地四周。他原本只是打算在月池旁邊小瞇一下，沒想到因為太累，就睡了一整個晚上。他醒來時，已是雪花瑩瑩閃爍的清亮天色。

藤尾在育兒室外梳理毛髮，抬頭見到焰尾穿過被雪覆蓋的空地，忍不住瞪大眼睛。他點點頭，默默經過她身邊。他必須先去向導師報告，隨後還得去找黑星。

焰尾鑽過刺藤牆，進入巫醫窩。看到小雲已經下床，在一旁整理乾藥草，讓他放心多了。不過因為藥草沾滿灰塵，小雲邊撥弄，還邊咳嗽。

「我們必須趕在所有草藥被凍壞之前，把它們摘採回來。」小雲頭抬都沒抬，喵聲對著焰尾說道。

「你要不要吃點款冬葉？」焰尾建議：「它可以幫助止咳。」

「只是一點灰塵而已，沒事的。」

焰尾在導師旁邊停下來，「你現在感覺怎麼樣？」他的毛皮已經稍稍退燒，不過兩眼還是有些渙散。

「好多了。」小雲固執地說：「只要好好睡一覺就沒事了。你在月池出了什麼事？怎麼這麼久才回來？」

焰尾低頭看腳掌。「我在窪地睡著了。」

「往月池的旅途艱難，辛苦你了。」

「不過在做了這麼一個夢之後，我應該立刻回來的！」

小雲把頭湊過去，「什麼？」

「星族警告我，將會有動亂發生。」

小雲皺眉，「什麼動亂？」

「祂們沒有說得很清楚，不過聽起來很嚴重。」焰尾發抖，「窪地裡一片火海，鋸星說戰爭將至。」

「戰爭？」小雲豎起耳朵，「祂還說了些什麼？」

「要我們拋開巫醫守則，全心照顧自己的部族。」

「拋開巫醫守則？」小雲的尾巴開始抽動。

「甚至和別族巫醫之間的約定也要拋掉。」

小雲眨眨眼說：「這在以前從沒有發生過！」

焰尾想讓小雲明白，「現在連星族都分裂了。除了自己的祖靈外，我們誰都不能相信。」

小雲連忙跑到入口，「我們得趕緊稟告黑星才行。」

黑星已經在空地前頭，和花楸爪並列站立。橡毛朝入口趕來，後面還跟著雪鳥和鼠疤。鴉霜和焦毛正在一旁等候指示，橄欖鼻和鴞爪則在他們旁邊，急躁地走來走去。

黑星發現小雲正在看他。

黑星對他點點頭。「鴉霜！」

黑白公貓抬頭挺胸說：「是？」

「剩下的狩獵隊伍交給你處理。我希望在太陽下山以前能把獵物堆補滿。花楸爪，跟我來。」

黑星走回窩室，此刻一雙雙急切的眼睛全落在鴉霜身上。花楸爪跟在族長和小雲後面。等他們消失在暗處後，焰尾也跟著鑽了進去。

黑星的眼睛在昏暗中綻放炯光，看著焰尾走進來。「你在月池做了一個夢？」

焰尾點頭。「戰爭將至。星族已經一分為四，我們必須打破部族間的共同約定，把自己的部族顧好。」

黑星一臉困惑。「可是我們沒有共同約定啊？」

焰尾看了小雲一眼。「各族巫醫間有立過一個承諾。」他提醒族長。

小雲皺皺鼻子，「你確定這真的是你夢到的嗎？」

焰尾不禁豎起肩膀的毛。「賢鬚確實是這樣跟我說的。」

「我們不能就這樣背離別族巫醫。」小雲爭辯：「畢竟長久以來我們都互相扶持。」

焰尾將爪子戳進針葉散落的地面，忍住不說話。**小雲難道聽不懂他說的話嗎？**

「我認為，」小雲繼續說：「我們要小心解釋這個夢。星族已經警告會有動亂發生，我們必須做足準備。不過，為什麼我們一定要毀掉彼此患難與共的情誼呢？巫醫之前通力合作，幫助四族展開大遷移的事，不該這麼快就被遺忘。」

黑星瞇起眼睛，「我相信你的判斷，小雲。」他對焰尾點點頭說：「謝謝你去月池帶回這個警告。我們不會笨到為別族犧牲，但也不至於固執到完全不挺身相救。」

小雲開始咳個不停。

「去休息吧。」黑星命令。

小雲努力憋住咳嗽，走出族長窩。

「焰尾，謝謝。」黑星彈彈尾巴，焰尾知道黑星要他離開。他走進斜陽籠罩的空地，失落感頓時爬上心頭。

「你也去休息吧。」

花楸爪突如其來的喵聲，把他給嚇了一跳。焰尾轉過身，看到父親正在看他。「你應該很累吧，」花楸爪把眼睛瞇成一直線，「怎麼了？」

焰尾哼了一聲，把臉別開。

「你剛剛說了些什麼？」花楸爪追問。

「我把在月池的所見所聞，」焰尾低吼道：「一五一十全說了出來。」他看到他導師的尾梢消失在巫醫窩的盡頭。「但小雲太袒護雷族了。」

「他當巫醫的資歷比你久。」花楸爪說道：「有別族的朋友是很正常的事。」

「不過，這樣容易混淆他的判斷。」焰尾爭辯：「戰爭將至，難道就沒有一隻貓聽得進去？鋸星已經把我們該怎麼面對說得很清楚。到了生死決戰的時刻，是不會有別族貓來營救我們的。為什麼小雲和黑星就是聽不懂？」

「別小看黑星。」花楸爪眼神一沉，「他不是傻瓜。」

「但我的話他根本聽不進去！」焰尾急急甩動尾巴，「他只聽小雲的，但小雲和他的巫醫朋友感情又太好。」

「別擔心。」花楸爪的尾巴輕輕拂過焰尾的背脊。「影族一直以來都是獨立自主的。」

「戰士也許是這樣沒錯。」焰尾閃掉父親撫慰的尾巴。「但巫醫就不是了。星族內部出了些問題。」他語氣轉為堅決，疲憊的肌肉也瞬間繃緊。「所有部族都會受到影響。這一次我們沒有任何貓可以依靠，只能靠自己。」

第十章

天氣太冷，鴿掌忍不住動動腳掌。地面鋪著一層薄雪，天上的雲朵已經散去，只留下閃閃星光映在森林之上。鴿掌凍得受不了，在氣味標記來回又走了一遍。**虎心要來了嗎？**她豎直耳朵，將聽力延伸，穿過林子，經過山毛櫸樹叢，穿越松樹林，最後到影族營地。

「睡過去點，松掌！妳壓到我的床了。」

「睡前吃點杜松止喘吧，小雲。」

各種聲音紛紛竄進她的耳膜。鴿掌將聽力範圍再擴大。

「燕尾！」

風刮過沼澤地，把風族營地的聲響一併吹了過來。

「白尾在哪裡？」

「她今晚睡在一星的窩裡。」

河族營地邊緣傳來潺潺水聲。

「柳光？」蛾翅對著她的見習生喊道：

「妳確定有把撲尾的床修好嗎？」

馬場附近傳來狗兒凶惡的吠叫聲。這讓鴿掌不由得想到狐狸，於是她將聽力拉回來，轉而聆聽附近森林的動靜，冷天的嗅覺很容易失靈，還是靠聽力比較保險。

幾個尾巴遠的地方傳來腳步刷過薄冰的聲音。雖然聲音很輕，但她還是可以感覺到腳步的重量。鴿掌繃緊身體，猛地轉頭，檢視陰暗的樹林。她再次嚐嚐空氣的味道。這該死的冷空氣似乎凍住所有氣味。她豎起被凍得發疼的耳朵，蹲低身體，爪子不斷摩擦地面。

「鴿掌？」

虎心！

「你嚇死我了。」

「我以為妳有聽到我來的聲音。妳是我認識的貓兒當中聽力最敏銳的。」

太敏銳了。她因為太過專注聽，一時忘了自己是在等虎心。有時能聽到全部，還不如只聽到部分聲音。

「鴿掌？」虎心的眼睛在月光下閃爍。

她眨眨眼睛。「對不起。」她甩動身子，把注意力集中在虎心身上，她要讓他知道她是正常的戰士。

虎心的鼻頭輕輕碰了她的肩膀一下。「不要一直說對不起。」

他們頭頂上的彎彎殘月猶如一根鉤爪，掛在紫黑的天空。森林沐浴在淡淡的月光下。鴿掌看著虎心閃亮的皮毛，不禁有種昏眩的感覺。

「跟我來。」他走出林子。

「我們要去哪裡？」

「我知道一個很隱密的地方，在那裡一定不會被發現。」鴿掌匆匆跟過去。他沿著影族邊界離開河邊。沿途坡度緩緩上升，樹木愈來愈稀疏。跟在後面的鴿掌開始喘起氣來。

「妳一定會喜歡那裡。」虎心回頭喊道：「除了我和焰尾之外，沒有誰知道那個地方。」雷族和影族的氣味愈來愈淡。鴿掌往後一望，湖水有如一面平滑的圓盤，在林間遙遙閃爍。「我們要離開部族領地嗎？」一想到這裡，她的背脊不由打了個哆嗦。

奇怪的氣味飄進她的鼻子裡。這會是山間的氣味嗎？這股麝香味又是從何而來？鴿掌的舌頭突然嚐到一股熟悉味道，驚訝地聳起毛髮。

松鴉羽。她停下來，聞聞身邊的矮刺藤叢。松鴉羽的氣味確實殘留在藤蔓上，其中還混雜獅焰的味道。他們在這裡做什麼？她的舌頭碰觸藤蔓，上面的氣味已經很淡，應該是幾個月前留下來的。

「快來啊。」虎心在她上方的山坡停下來。他的側影映在月光下，前掌四平八穩地佇立著，下巴高高抬起，很有族長的架式。

鴿掌甩開這個念頭。「來了！」她吃力地跟著他爬上山坡。小徑繞著山腰蜿蜒而上連接一塊空地。兩腳獸搖搖欲墜的巢穴像座灰色樹墩，矗立前方，體積要比雷族地盤內的廢棄巢穴來得小一些，也比較少殘餘的石塊。它一半的牆壁已經坍倒，屋頂也幾乎不見。

「哇！」鴿掌興奮喊道。她從虎心身旁跑了過去，衝上礫石覆蓋的小徑，在暗影斑駁的巢穴入口停住腳步，轉頭問虎心：「這裡安全嗎？」

虎心點頭。鴿掌穿過擋在入口的岩石，走進巢穴。月光灑落在石地上，她抬起頭，看到滿天繁星。筆直的木頭七橫八豎地交疊在上方，這一定是巢穴還完好時用來支撐屋頂的。

「你們怎麼發現這個地方的？」她對著也跟進來的虎心喊道。

「我和焰尾發現它時，我們都還是見習生。」他躍上一大塊從牆角缺口突起的岩石。岩石的形狀有點像一顆貓頭。「我們以前常來這邊玩。」他縱身一躍，落在一根兩邊扁平的木頭上，他熟練地走在上面，彷彿以前已經走過無數次。

鴿掌跳上突起的岩石，腳掌不小心滑了一下。她努力站穩，灰塵被她這麼一踩，立刻漫天飛落。她看著虎心剛走過的木頭，小心目測距離，一躍而上。在她降落的瞬間，木頭喀地發出響聲，但她的爪子很容易就攀住木頭粗糙柔軟的表面。她的心臟不停噗通跳動著。

「這沒有很高，」虎心從木頭另一端對著她喊：「不用害怕。」他彈彈尾巴，然後像飛行一樣，又是高高飛躍，腳步穩穩地落在另一個木頭上。他轉頭，對著鴿掌眨眼睛，說：「妳看好囉。」他二話不說，馬上起身，跨越整個巢穴的距離，遠遠躍到另一根木頭上。然後回過頭，像在河面上踩踏腳石似的踩過根根木頭。

「小心點！」鴿掌倒抽一口氣。他每跳一步，鴿掌的心就撲通跳一下。要是他沒踩穩怎麼辦？他難道都不怕嗎？

「這沒什麼！」他喵了一聲，落在她身邊。他往上看了看兩根斜斜豎立、在頂端交會的木頭，立刻蹬起後腿，往上一躍，爪子攀住其中一根木頭後，開始挪動身體，爬上頂端。

「別鬧了！」鴿掌幾乎不能呼吸，她可以隱隱感覺到，自己皮毛底下那股興奮感。她無法想像還會有哪隻貓像他一樣強壯敏捷——或是勇敢。

虎心從木頭上溜下來，跳回她身邊。當他落在她旁邊的木頭上時，木頭爆出喀地一聲。鴿掌被這聲響給嚇了一跳，突然想起當時山毛櫸樹幹劈啪斷裂，倒榻在空地上的那一幕。

「小心！」她從喉嚨爆出一聲尖叫，跳過木頭縫隙，一把抱住虎心。兩隻貓在碰撞的剎那，砰的跌落在一處布滿青苔的柔軟地面，厚厚的灰塵跟著瞬間揚起。

鴿掌眼淚直流，喉嚨灼熱，不停扭動腳掌。「你沒事吧？」

虎心沒有答腔。**哦，星族，一定要保佑他沒事！**

「虎心！」

「我應該沒事。」一個微弱聲從她底下飄來。「但是妳得先把身體挪開，讓我喘口氣。」

鴿掌尷尬地扭動身體，一步步爬離在她底下的柔軟肉團。「對不起！」她尖聲說道：「我不是故意要壓在你身上。」

虎心坐起來，舉起一隻前掌，接著換另外一隻，然後搖搖頭說：「我沒死啦。」他的眼神既溫暖又迷惑。

鴿掌忍住不看自己的腳掌。

「發生什麼事了？」他問。

她抬頭看了木頭一眼。幸好木頭沒有斷成兩半。「我聽到啪的一聲。」她一臉抱歉地喵道：「我以為木頭就要斷了。」

虎心半瞇著眼，隨著她的眼神看過去。「哇。」他低聲說。

「哇？」

「妳連這麼小的裂痕都看得出來？」

鴿掌在月光下對著木頭仔細一瞧，發現上面有條新裂痕。

「妳的耳朵比我想像中還敏銳。」虎心抽動頰鬚。「妳救了我一命！」他爬起來，翹高尾巴，發出呼嚕貓鳴，開始繞著她轉圈圈。「要不是妳，我可能已經沒命了。妳是我的救命恩人，我該怎麼好好答謝妳呢？」

鴿掌抬高下巴，跟他玩了起來。「你要抓老鼠給我吃。」她高傲地喵聲說：「每天一隻新鮮松鼠，持續一個月；還有幫我的床換新青苔；還有……」她用尾稍彈彈他的下巴。「……你必須每天跟在我身邊，幫我挑掉針球，整理毛髮。」

虎心收起嘻笑的臉，溫暖的琥珀色眼睛頓時變嚴肅。鴿掌開始緊張，心想自己是不是玩笑開過頭了。

「我很樂意為妳付出一切。」他的喵聲和眼神一樣堅定。「即使妳沒有救我的命，我也會這樣做。」

鴿掌回應他的眼神。「我不算是救了你的命。」她輕聲說：「那只是一個小裂痕，木頭還是可以支撐你的重量。」

「也許是這樣。」虎心同意。「但是妳擔心我。這表示妳心裡在乎我，不是嗎？」鴿掌看到影族戰士眼裡閃爍著疑問。「我的意思是，妳的關心超過朋友的情誼，對不對？」他強調。

鴿掌吞吞口水。第一次她感覺到星族賜予的力量從腳底竄起。

「是。」她輕聲說道：「沒錯，我關心你。」她的心揪成一團，喜憂摻半。「我不應該關心你，但我沒辦法克制。」

虎心靠過去，當彼此鼻口相觸的瞬間，她的胸膛發出呼嚕喵聲。他們的氣息彼此交會，形成一團白煙。他的尾巴盤在她的尾巴上面，一陣暖呼呼的熱流在她的毛皮底下蔓延開來。

虎心嘆了一口氣，「我們得趕快回去，不然被發現不在營地裡就慘了。」他退了一小步，讓她有空間站起來。兩隻貓相互依偎著走到巢穴口。

他們在岩石旁停住，鴿掌往外望向下方的森林湖畔。「我們之間應該可以繼續下去吧？」

「當然。」虎心要她放心。「沒有任何界線能把我們分開。」

鴿掌對他眨眨眼。「真的？」相信他，她必須相信他。從沒有任何事讓她感覺如此重要。

「半個月內我們再見一次面。」虎心提議。

「明天。」鴿掌大膽地說。

「妳覺得我們有辦法連續兩天都離開營地嗎？妳願意冒這個風險嗎？」

「願意。」她的鼻子拂過他的臉頰。他暖呼呼的氣味留在她舌尖。他現在是她的，他不屬於影族，他們屬於彼此。

「妳的室友們怎麼辦？」虎心退開一步。「他們會發現妳不見。」

「現在只剩下藤掌了。」鴿掌替虎心摳掉毛髮上的一團青苔。「她不會說出去的。」

她感覺到他突然僵住。「藤掌？」

鴿掌的肚子像沉了一塊冷冰冰的石頭，然後她想起了妹妹在戰場上和虎心眼神相會的那一刻。「你認識藤掌？」

虎心笨拙地拍掉她肩上的一撮乾草。「我在大集會時見過她幾次。」

「就只有這樣？」鴿掌追問。

虎心坐回去，直視她的眼睛。「妳是不是想問，我是否也有邀請她在半夜和我私會，然後把她帶到這裡，冒著被木頭壓死的危險，和她獨處？」他歪著頭說：「讓我想想……」

鴿掌忍住將他推開的衝動。

「……沒有欸，我很確定我沒有。」他的鼻子在她的耳間磨蹭。「我只對其中一個姊妹感興趣。」

他的鼻息是如此溫暖。他甘願冒著這麼大的風險來這裡，只為了表達他的心意。她怎麼可以懷疑他？那天戰場上的眼神應該是她自己看錯了。

我相信他。

「走吧。」她帶著他走下山坡。到了森林深處，他趕到她旁邊，為她撥開擋路的刺藤，讓她繼續往前走。當部族氣味愈來愈濃，疆界出現在眼前，她頓時覺得感傷，內心湧現一陣酸楚。感覺明天還有好久好久。他們來到今晚會面的山毛櫸樹叢下，漸漸放慢腳步。

「明天很快就來了。」虎心溫柔低語。他一定是和她心靈相通。

他們彼此磨蹭鼻頭。「明天見。」她悄聲說道。

「一言為定。」他喵聲說：「祝妳有個甜美的夢。」

第十一章

清晨時分，棘爪和火星站在擎天架的岩石堆下，族貓們急切地圍繞在他們身邊。

「塵皮、蟾蜍步、狐躍，你們到老橡樹一帶狩獵。沙暴、白翅、樺落，你們到沼澤地澈底搜索獵物蹤跡，但不要跨越風族邊界。」火星命令道。

鴿掌打呵欠，「我們要狩獵還是上課？」

「兩個都要。」獅焰納悶，為何鴿掌看起來一副沒睡飽的樣子。「我們今天會跟煤心和藤掌一起出去。」昨晚他和煤心一起在月光下沿著河岸散步時，順便討論了課程安排。「我們要看看妳們在雪地裡狩獵的技巧。」他一不小心掉進回憶。煤心的皮毛在月光下閃耀，閃爍的夜空彷彿山嶺蒙上晶瑩冰霜一樣。「我們比普通朋友還好囉？」他在煤心耳邊絮語。

她用臉頰碰碰他的臉頰。「你難道還不明白？」

「我希望是。」

她發出呼嚕聲，尾巴環繞他的尾巴。「鼠腦袋。」

「灰紋。」火星的喵聲打斷了他的思緒。「你帶蜜妮、亮心和花落到河岸狩獵。」

獅焰抬頭一看，天空烏雲密布。他抽抽鼻子，把落在鼻頭上讓他奇癢難耐的雪花抖掉。破曉後，雪開始緩慢地飄了下來。地面已經積了一個爪子深的雪，看樣子雪會愈下愈大。

空地的另一端，藤掌興奮地圍著煤心轉圈圈。這見習生在短短一個月內，已經長高、長胖不少。獅焰瞇起眼睛。今天訓練的目的，不只是要看鴿掌的狩獵技巧，他還要觀察藤掌。雖然他已經被松鴉羽說服要按兵不動，先觀察藤掌在黑暗森林訓練後的改變。他向松鴉羽保證，不會盤問這隻年輕的貓咪，但他並不同意完全放任不管。煤心看到自己的自習生，每天身上出現不同的傷痕而感到憂心忡忡。藤掌總是告訴她，她是從床上掉下來、或是在窪地外練習狩獵姿勢時受的傷。很顯然地，黑暗森林的戰士對這隻年輕貓咪的訓練很嚴酷。

火星繼續下命令。「松鼠飛、蕨毛和鼠鬚到溪岸抓獵物。那裡可能會有田鼠出沒。」

當戰士們整隊朝入口走去的同時，黛西從空地匆忙趕來，小錢鼠和小櫻桃在她腳邊蹦蹦跳跳。「這樣一來，營地內就沒有任何戰士留守了。」她對著雷族族長喊道：「空蕩蕩的窪地裡只有長老和小貓咪。影族若是發動攻擊，怎麼辦？」

小櫻桃蹬起後腿，對空揮擊。「我會把他們撕爛。」

小錢鼠緊偎著黛西的乳黃長毛。「我會把他們的尾巴扯下來。」

「謝謝，小東西。」接著黛西看著火星，眼神轉為深沉的擔憂，「你說該怎麼辦？」

火星搖搖頭。「影族的戰士不會攻擊沒有反抗能力的小貓和長老。」

「可以走了嗎？」獅焰聽到藤掌的喵聲，驚訝地抬頭，看到她就站在離他鼻頭不到一個頰鬚的位置。**她比以前速度更快，腳步更輕盈。**

煤心打了一個呵欠，加入他們。「她一大早就吵著要出來。」

玫瑰瓣、栗尾、蕨毛在外面嗅聞空氣。「在岸邊根本是浪費時間。」蕨毛對伴侶喵聲說。

栗尾點點頭。「愈往森林裡走，才愈有可能找到獵物的蹤跡。」她同意。

玫瑰瓣充滿期待地看了他們一眼，「要往哪邊走？」

「往那裡。」栗尾用尾巴指了指一處布滿荊棘的山坡。

玫瑰瓣咻地衝過去，草叢上的雪塊被她嘩啦撞落。栗尾搖搖頭，「她最好不要那樣橫衝直撞，不然獵物都被她嚇跑了。」

蕨毛發出鼓鼓貓鳴，和栗尾肩並肩，齊步走上山坡。

獅焰在背後望著他們，希望有一天也能和煤心那樣走在一起。他想像成群的小貓在他們腳邊咚咚跑著。突然一個溫暖的口鼻對著他的鼻頭磨蹭，他才意識到煤心已經看他好一會兒了。

「我也好想和他們一樣哦。」她輕聲說。

他望著她溫柔的眼睛，感覺心跳加速。他仍舊可以從她的皮毛聞到昨晚微風的味道。「妳怎麼知道我心裡在想什麼？」

「喂！」鴿掌突如其來的喵聲，讓獅焰急急轉身。

見習生忙著甩動煙灰色的身子，想把身上的雪抖落。藤掌則是坐在姊姊頭頂上方一根大雪覆蓋的樹枝上。她彈彈那帶著銀色斑紋的尾巴，一大團的雪就這麼滾落在鴿掌身上。

鴿掌立刻衝到樹幹，準備往上爬。「我非抓到妳不可！」

「妳們兩個，還不趕快下來！」獅焰蓬起毛髮。「要玩等狩獵結束再玩。」

藤掌輕輕鬆鬆往地面一躍而下。「往哪邊？」她的眼神炯炯有光。

獅焰的腳突然抽了一下。**她變得更有自信了**。

「松樹林。」煤心提議。「那裡比較隱蔽。」

藤掌飛快跑開。「我們來比賽，鴿掌。」她回頭大喊。

鴿掌急急忙忙從樹幹跑下來，追趕在妹妹後頭，一陣雪花順勢揚起。獅焰皺起眉頭。

「怎麼了？」煤心把頭側到他身邊。「你想到別的地方狩獵嗎？」

「松樹林有狐狸出沒。」他提醒她。

「那我們要好好看住她們。」煤心沿著見習生的足跡飛奔過去。

獅焰跟在她身後奔跑。被他踩得吱吱作響的雪濘，飛濺到臉上，半遮蔽了他的視線，在前方的煤心也變成模糊一團。因為看不清楚，他不只一次撞到樹幹，還擦破了皮。他們趕上他們的見習生，此刻的山毛櫸樹林漸漸轉為松樹林。影族的味道清晰可辨，兩族邊界近在咫尺。

「你們看！」藤掌繞著一棵松樹走動。「是狐狸腳印？」她抬頭，興奮地看著獅焰。

她的觀察力很敏銳。他趕過去查看，雪地裡的足跡確實清晰可見。「是狐狸沒錯。」

鴿掌豎起耳朵。「我什麼也沒聽到啊。」

「不如我們就跟著腳印走。」藤掌提議。

煤心沿著足跡走去。獅焰不理會她的抱怨聲，快速搶在她前頭。他才不要因為要顧及她的自尊心，而冒讓她受傷的危險。如果狐狸真的出現，他一定立刻挺身與牠對決。

大大的腳掌印一路延伸到接骨木莓叢下。他回頭，壓低嗓子說道：「在這裡等著。」他慢慢地鑽到草叢底下，發現裡面被挖了一個洞。狐狸的臭味從泥土滲出，但幸好味道已經很淡。

「要把洞填起來嗎？」煤心的喵聲把獅焰給嚇了一跳。

「我不是告訴妳別過來嗎？」

她對他使了一個生氣的眼色。他想辯解，想想還是算了。「如果我們把洞填起來，」他推斷，「狐狸搞不好會在更靠近營地的地方重新挖洞。」他屁股一搖一擺，倒退鑽出草叢，抖掉沾在皮毛上的雪。煤心跟在他後面竄出來。

藤掌小心翼翼走著，「我們要回去稟報火星嗎？」

她依舊很忠心。「等上完課再說吧。」獅焰決定。「狐狸到目前為止還沒有對我們造成威脅，現在應該還算安全。」

「不過，妳們眼睛得睜大些。」煤心提醒。

「還有耳朵也要警覺聽著。」獅焰直視鴿掌，發現她正對著樹林發呆，突然對她感到失望。她怎麼這麼不專心？「去抓獵物。」

她猛然頭一轉。「現在嗎？」

「不然妳以為我們來這裡是要做什麼？」

藤掌抓扒雪地，一副迫不及待的樣子。「我們是要一起狩獵還是分開？」

「分開。」煤心告訴她：「這樣我們才可以更清楚看出妳的實力。」

「好。」藤掌興沖沖地越過接骨木莓叢，銀白的皮毛隱沒在林間。煤心隨即跟了上去。

獅焰看著她們遠去的背影，皺眉心想早知道就提議一起狩獵，這樣才有機會觀察藤掌。

「我該往哪邊去？」鴿掌問。

「是妳要狩獵。」獅焰喵了一聲。「所以妳來決定。」

鴿掌拉長耳朵，抽動鼻子，掃視森林一遍，接著往緊鄰影族邊界的山坡走去。獅焰在原地停留一會兒後，看到她已經不見蹤影，才跟了過去。

他在山頂停下腳步，放眼望向四周。雪愈下愈大，在漫天的雪花下，很難看到鴿掌在哪裡，但他可以聽到她腳步的聲響。她哧哧嗅聞獵物，像忍住噴嚏一樣，用力抽動鼻子。這種惡劣的天氣，實在很難抓到獵物。他在鴿掌後方匍匐前進，希望她的超強聽力能派得上用場。他什麼聲音也聽不見，雪色的森林一片靜謐，他們彷彿是湖邊唯一活著的生命。

鴿掌的足跡繞過一大片刺藤叢，接著直接穿入細楓樹叢。剛下的雪不一會兒就將她的腳印遮蓋。身形更小的獵物就更別說了，要看到或聽到牠們的蹤跡真是一件難事。獅焰在樹林裡瞥見鴿掌模糊的灰色身影，茫茫中看到她蹲低身子。她一定是在跟蹤某隻獵物。他儘可能不出聲，緩緩往前移動，祈求雪能蓋住自己的腳步聲。

他忽然間聞到松鼠的味道。鴿掌一路跟蹤到半淹沒在雪堆下的樹根，獅焰瞥見松鼠冒出的半截尾巴，然後鴿掌撲上去時突然絆了一跤，松鼠拔腿逃到樹上，雪球嘩啦啦從上面落下來。

「只是運氣不好。」獅焰趕到她身邊。

「該死的刺藤害我跌倒。」她咕噥。「刺藤被雪蓋住了，害我一時沒注意到。」

「在這種惡劣的天氣下，連經驗豐富的戰士都不見得能施展身手。」他安慰她，「更何況妳是第一次在雪地狩獵。」

鴿掌仰頭看著頂上的樹枝。「為什麼我們不到上面打獵？獵物好像都躲到那裡去了。」

獅焰動動爪子。雖然他不喜歡爬樹，但她說得沒錯。「就這麼辦。」

他讓她先爬上楓樹樹幹，然後吃力地跟著爬上去，在第一根樹枝上喘口氣。此時的鴿掌已經攀爬到下一根樹枝，等到他跟上來時，她已經又飛快穿過主樹幹，準備躍到下棵樹去。

獅焰甩掉頰鬚上的雪花，感覺自己活像一隻獾在捕松鼠。他伸長根根爪子，用力抓住滑溜溜的樹皮。

「我看到一隻黑鳥了！」鴿掌回頭小聲說道。

「我在這裡等。」獅焰在紛飛的雪中看到鳥兒黑色的羽毛。牠躲在松樹裡，距離他們的樹枝只有一小步。鴿掌往前移動身體，肚子緊貼樹皮，搖搖臀部，隨即飛撲而上。

松樹被她撞得沙沙搖曳，黑鳥淒厲叫了一聲。樹枝因為承受不住鴿掌的重量，突然應聲斷裂，她「啊」地一聲，跌入底下的雪堆。

獅焰急忙從樹上爬下來，「妳沒事吧？」

鴿掌搖搖晃晃擺動後腳，黑鳥撲撲振翅在她爪子間死命掙扎。她將牠用力壓在地上，準備給牠致命的一咬。

突然間，驚恐的尖叫聲充斥了整座森林，鴿掌鬆開黑鳥。「營地裡有狐狸！」她狂奔穿過林子，黑鳥鼓動翅膀，發出憤怒的嘶鳴，再度飛進松樹。

獅焰在鴿掌後面急馳。雪地裡視線不清，獅焰差點撞到煤心。

「發生什麼事了？」煤心跟上他的腳步。「那是什麼聲音？」

藤掌奔到他們前面，緊追在鴿掌之後。

「窪地有狐狸！」獅焰大吼。他爪子出鞘，在雪地裡奮力奔跑。

當抵達營地附近時，他們看到蜜妮匆匆滑下山坡，雪堆劈啪從她腳下滾落。花落跟在她腳邊，灰紋和亮心則豎起寒毛，出現在後面幾步之遠的地方。

窪地的慘叫聲變得更加淒厲。

獅焰扯開凌亂的屏障，忽見狐狸就在眼前，內心一陣驚愕。狐狸不停瘋狂轉圈，巨大的身形佇立在大雪覆蓋的育兒室前，火紅的皮毛映著結冰的牆面。罌粟霜和蕨雲在育兒室門口，發出嘶聲，拱著背，揮動長爪，抵抗來勢洶洶的狐狸。狐狸齜牙咧嘴，耳朵緊貼，甩動尾巴，準備攻擊剛建好的窩。黛西緊靠在巫醫窩入口，全身毛髮蓬成一團，發出憤怒嘶鳴，有如一隻陷入絕境的蛇。

棘爪的狩獵隊比鴿掌和獅焰早到一步。雷族副族長在狐狸前腳之間來回狂奔，閃躲牠的利齒攻擊。塵皮蹬起後腿騰躍，往牠的鼻子襲擊，鮮血飛濺了整個白色空地。狐狸痛得哀號，於是更發了狂似地亂咬。

塵皮跳開，換蟾蜍步一躍而上，利爪狠狠劃過狐狸腹側，把牠的紅色毛髮抓掉了好幾塊。獅焰血液沸騰，耳朵漲熱，此時的時間似乎慢了下來。他縮緊後腿，身體緊貼地面，全身肌肉賁起。他努力壓制內心的狂怒，全神貫注，將焦點鎖定狐狸的紅色皮毛，接著往前飛撲。

他不偏不倚落在野獸的肩膀，狠狠將利牙刺進牠的肉裡。狐狸狂叫一聲，奮力前衝想要甩開他。獅焰被迫鬆開嘴巴，砰的一聲，跌到冰雪覆蓋的空地。亮心咆哮一聲，緊抓狐狸尾巴。狐狸立即將這隻獨眼戰士啪的撞到山毛櫸樹枝。但亮心咬著牙，耳朵貼平，仍舊緊抓不放。鴿掌衝到狐狸下方咬住牠的後腿，藤掌則揮爪攻擊牠的前腳。煤心蹬起後腿，猛襲牠的鼻子。狐躍一個飛撲，利爪在牠的腰腹一陣猛戳。驚慌失措的狐狸連忙往營地口逃走。牠猛力躬背，扭動身體，急急甩開亮心，鑽出屏障，最後發出一聲長嗥，往樹林狂奔而去。

棘爪攀上半岩，環顧窪地四周。「有誰受傷？」他查問。

獅焰看了看族貓。他們檢查自己的皮毛，搖搖頭。此刻，松鴉羽已經步出巫醫窩，穿梭在戰士之間，嗅聞傷口。

「薔光還好嗎？」棘爪喊道。

「她沒事。」松鴉羽開始檢查塵皮。

棘爪點點頭。「莓鼻、樺落、狐躍，你們去修屏障。灰紋，你去找火星的狩獵隊，跟火星稟報剛發生的事。」他對著在育兒室入口的蕨雲點點頭，「小貓們都沒事吧？」

「狐狸沒有機會靠近他們半步。」蕨雲回報。

獅焰走向前，「我發現牠的巢穴。」

塵皮拱起背，憤怒嚷道：「我們去給牠一個教訓。」

棘爪揮動尾巴，「我們應該算已經教訓過牠了。」

獅焰感覺有張溫暖的臉緊靠自己的臉頰。「你確定沒事嗎？」是煤心。

「我沒事。」他看到她慌張地蓬起皮毛，脖子周圍的毛高高豎起。「妳呢？」

「是受了點驚嚇，不過沒事了。」

藤掌興奮地跳到他們面前。「我們已經證明了自己的實力，是吧？」

鴿掌拖著腳步走過來。「我應該早點聽到才對。」她的話哽在喉嚨。

「妳正忙著捕獵。」獅焰告訴她：「妳很優秀，但這並不表示我們就得要求妳什麼都得聽到。」但他並不確定這樣說對不對。或許鴿掌不應該打獵，或許她應該專心運用特異能力，專門為部族留意危險。

藤掌擺出臭臉，瞪著姊姊。「為什麼妳非得聽到不可？」她質問：「我們當時離窪地最遠欸！為什麼妳每次都要耍特別？」

煤心退怯。獅焰急急甩動尾巴，氣自己剛剛為什麼要白目到在藤掌面前稱讚鴿掌。他知道煤心一定是認為他的話傷了她的見習生。「別吵了。」他說。

刺藤一陣沙沙作響，只見火星衝進營地，刺爪和沙暴跟在灰紋後面進來。雷族族長放下叼在嘴裡的歐椋鳥，查看窪地四周。「大家都沒事吧？營地內有沒有受損？」

「就屬荊棘屏障受損最嚴重。」棘爪回報。

沙暴已經在育兒室安撫蕨雲。「小貓們都安然無恙，妳做得很好。」

松鴉羽正在用紫草葉替狐躍包紮腳傷。

「你受傷了嗎？」火星問這年輕戰士。

松鴉羽回答他：「他掉了一根爪子，不過會再長回來。」

玫瑰瓣倒抽一口氣，趕緊從空地另一端衝過來。「會痛嗎？」她屏氣問道。

狐躍抬起下巴，「有一點。」

松鴉羽輕輕放開狐躍的腳。「我們很幸運，沒有其他的傷患。」他用腳把紫草葉折好。「我庫存所剩不多。雪再不停的話，恐怕就要沒草藥了。」

蕨雲擔憂地揮動尾巴。「要是小貓們咳嗽怎麼辦？」

「我已經儘可能將兩腳獸巢穴旁的草藥新葉全都採收了。」松鴉羽繼續說道：「要是再摘下去，植物恐怕就長不出來了。我建議到森林找新鮮草藥。」

獅焰綳緊身體，「這種下雪的天氣，還會有草藥嗎？」

「要是我們動作快的話，也許可以摘到一些。」他提醒：「因為草藥很快就會變黑，失去藥效，所以我們現在就必須把它們採回來。」

亮心跑向前。「我去。」她自告奮勇，「我知道它們長什麼樣子。」

「我也來幫忙。」葉池走向前，「我知道哪裡有。」

「謝謝你們。」火星接著對刺爪和塵皮點點頭，「你們沿途保護她們。」他命令道：「說不定狐狸還在附近逗留。」他轉向棘爪，「出動更多狩獵隊。」他踢踢剛剛放在地上的歐椋鳥，「這麼一丁點食物根本無法餵飽整個部族。」他穿過空地，爬上岩石堆，留棘爪在原地召集所有戰士。

獅焰不顧煤心和鴿掌好奇的眼光，匆忙跟在雷族族長後面，攀上擎天架。「請讓我去和狐狸決鬥。」他請求。

火星轉身，瞪大眼睛。

「我會讓牠永遠消失在我們的地盤。」獅焰直視火星道，「你知道我不會受傷。」

火星坐下來。

「從此以後我們就可以安心狩獵。」獅焰強調。

火星皺著眉頭說：「你確定你不會受傷嗎？」他眼睛一沉，「你從沒受傷過，並不能保證你永遠都不會受傷。為什麼要冒險和狐狸對決，萬一你陣亡了怎麼辦？難道你不知道還有更危險的敵手，在暗處虎視眈眈等著嗎？」

「這將會是個嚴酷的禿葉季。」獅焰想說服他：「獵物已經夠少了，還要跟狐狸爭食，這不是雪上加霜嗎？」

「你要怎麼跟族貓解釋你單槍匹馬擊退狐狸？」火星質問：「你有特異能力這件事，不是想保密嗎？」

「族貓不會知道的。」獅焰表明：「我可以跟他們說我偷襲狐狸，能戰勝牠算是僥倖。我也可以跟他們說狐狸在攻擊營地後已受了重傷。」

火星的尾巴蓋住腳掌。「好吧。」他答應。「但是要帶鴿掌一起去。」

「鴿掌？」獅焰抽動耳朵。「她可能會受傷。」

「叫她站遠一點。」火星命令。「如果你臨時需要幫忙，起碼她可以回來討救兵。」

「我不需要——」獅焰急忙收回抗議。**我不需要幫忙，我心裡很清楚**。既然已經得到許可，就不用再多說了。

第十二章

獅焰在床鋪上與煤心背貼著背。煤心沒有醒來，只是喃喃幾聲，又繼續睡。黎明的光被窩室纏結的藤蔓擋在外頭。此時忙碌的身影已經在他周圍晃動。塵皮打了個呵欠，悄悄步出窩室，準備加入清晨第一支巡邏隊。

白翅坐起身，一隻腳掌伸進蕨毛的睡窩。「該起床了。」她悄聲嘀咕。

金棕色戰士嘟囔一聲後爬起來。「又下雪了嗎？」

「我還沒看過外面。」白翅在睡鋪縫隙躡足行走，迅速彎身鑽出窩室。

獅焰等蕨毛離開後才起身。他恨不得昨晚就去和狐狸拚鬥。在牠剛受傷，體力還未恢復之際，趁勝追擊。但火星命令他緩一緩。

「如果你現在去，」雷族族長勸他，「別的戰士會質疑為什麼我要偷偷派你去，心裡難免不是滋味。要是你多等些時間，他們比較容易相信你真的是和狐狸不期而遇。」

煤心翻身仰躺，抽動耳朵，好像是在作夢。她毛茸茸的灰色肚皮，看起來很暖和。獅焰頓時湧起一股罪惡感。她對他的特殊能力一無所知，他從未對她提過預言的事。現在彼此已經這麼親密，他還刻意隱瞞她。但是他要怎麼跟她說？她要是知道了，一定會對他有所改觀。他們的愛雖然濃烈，但畢竟還處於剛萌芽的階段，嫩得有如一株小綠蕨。它能通過真相的考驗嗎？

獅焰甩開煩心的事，聞聞她睡夢中的溫暖氣味。**我會為妳驅走狐狸，我親愛的煤心，如此一來，妳整個禿葉季都能安心打獵。**他用尾巴輕輕掃過她的尾巴，悄悄爬到戰士窩的洞口。剛剛落了一地新雪，空地宛若平靜無波的水面，綴上清晨狩獵隊的點點足跡。窪地上方，微光穿透粉色天空，灑落在營地。

獅焰迅速鑽出窩室。火星正站在擎天架上，望著空蕩蕩的空地。當他瞥見獅焰時，立刻半瞇起眼，對他點頭示意。獅焰彈彈尾巴，跑到見習生窩。「鴿掌！」

雖然他的聲音輕到聽不見，但不久就看到蕨葉叢窸窣晃動，灰色見習生隨即鑽了出來。

「要開始上課了嗎？」她伸展前掌，肚皮壓在雪地上，伸了個大懶腰。

「我們今天要出一個特別任務。」

鴿掌挺直身體，「松鴉羽要和我們去嗎？」

「我們不需要他的特殊能力幫忙。」**也不需要妳的能力**。他走出營地，鴿掌緊隨在後。

「我們要去哪裡？」

「到時候妳就知道了。」

「你需要我先聽看看嗎？」

「不需要。」他被鴿掌問得很煩。他昨晚本來就應該自己去。鴿掌在旁邊吱吱喳喳，讓他無法專心。他沿著一條舊小徑而行，腦中全想著那隻狐狸。獅焰一想到昨天狐狸在營地撒野，對蕨雲怒吼，朝黛西甩動尾巴的情景，就滿肚子怒火，牠膽敢危害他的族貓？

一團灰色皮毛擋在他面前。「我們要去哪裡？」鴿掌沮喪的喵聲讓他停住腳步。

「我要去把狐狸趕走。」他半推開她，半擠過去，繼續往前走。

她跟在他旁邊。「就只有我們兩個去嗎？」

「只有我。火星要我帶妳去，若我受傷的話，妳可以回來找救兵。」

「火星知道這件事？」鴿掌語帶驚訝。

「他有什麼不能知道的？」獅焰豎起皮毛，「他是族長，他也曉得我的特殊能力，他知道我不會受傷。」

「可是我們的特殊能力不應該用在這種地方！」

獅焰停下來，瞪著鴿掌。「妳覺得我們應該袖手旁觀，讓狐狸威脅部族囉？」

「我不是這個意思。」鴿掌堅持己見，「我是說，其他部族不會用特殊能力來對抗狐狸。一般巡邏隊就能達成的事，為什麼你非得單獨行動？」鴿掌說出「一般」這兩個字時的語氣，透露出些許感傷。**她是不是開始厭惡被預言挑選出來呢？**

「因為這樣比較不麻煩。」獅焰信心滿滿地說：「更不會有貓咪受傷。」

鴿掌把臉別開。「不管怎麼說，這聽起來就不太對。」

「不太對？」

「像是在作弊。」她沿著小徑，繞過蔓生的長春藤叢。

「作弊？」她愈說愈離譜。獅焰急忙跟在她後頭，「我們用特異能力保護部族，這怎麼會是作弊？」

鴿掌繼續走。「在部族裡，大家都應該互相照顧，這也是我們團結在一起的動力。要是所有的工作你都全包了，那還要部族做什麼？」

「重點是我不會受傷，而他們可能會。」

「我敢說刺爪和塵皮一定很高興聽到你這麼說。他們可以直接搬到長老窩去了，反正部族現在有你就夠了。」

「這是什麼話！」獅焰大吼。「為什麼妳偏要把事情搞得這麼複雜？」

「我只是把我的看法講出來。還是，現在連說心裡話都不行？只有你的意見才是意見？」

「妳知道我不是這個意思。」獅焰沒想到鴿掌會這麼咄咄逼人。「我只是想得比較實際。我自己去趕走狐狸，可以免去其他貓咪受傷的處境。」

鴿掌彈彈尾巴。「我倒希望你也能這樣為藤掌著想。」

「妳在說什麼？」

「你有去勸過她不要再到黑暗森林去了嗎？」

「松鴉羽覺得我們應該再等等看。」

「等什麼？等她醒來時，身上的傷口大到讓所有族貓都看得出來嗎？」

獅焰停下腳步，「聽好。」他開始說：「松鴉羽認為如果我們觀察她，或許可以知道黑暗森林的戰士如何進行訓練。」

鴿掌將頭側到一邊，瞪著他。「你為什麼不直接去問她？」

「她會告訴我們實話嗎？」

「當然會！」鴿掌生氣地說：「她根本不知道他們在利用她，她只是單純想受訓成為優秀的戰士。」

「若是這樣的話，利用這段期間先觀察她的動靜又有什麼不對？」即使獅焰嘴巴這樣說，心裡不免也有些懷疑。畢竟藤掌還只是見習生，那無星之地所發生的一切，絕非她所能招架。

「要是她受重傷怎麼辦？」鴿掌憤怒地說：「明明知道該阻止她，卻沒有阻止，到時候你心裡會是什麼感受？」她轉身，用腳踹雪。

現在沒有時間跟她多做解釋。他們已經來到接骨木莓叢的附近，狐狸洞就隱藏在那樹叢下。獅焰慢慢走向前，並用尾巴指了指，「躲到那邊的冬青叢底下，耳朵張大點。」

鴿掌背上的毛豎成一直線。「小心。」她小小聲地說。

「我不會有事的。但要是真出了什麼差錯，一定要回營地找救援。」

鴿掌點點頭。

獅焰轉身，張開嘴巴，狐狸氣味盈滿了他的舌頭。鴿掌的一番話讓他分了心，他一時間無法集中精神。**狐狸入侵我們的地盤**，獅焰提醒自己。牠攻擊營地，危及小貓生命安全。怒火沸騰的他，鑽到接骨木莓叢下，一步步往狐狸洞爬去。

地上不見從洞口出來的新腳印，狐狸一定是在裡面。獅焰仔細往暗處瞧，臭氣撲來，讓他忍不住皺皺鼻子。不安的預感在他腳下蠢動，洞口消失在漆黑之中。他豎起根根毛髮。

狐狸給我出來。他蹲伏在洞口，發出尖銳的怒嚎，繃緊身體，留意裡面的一舉一動。

沒有動靜。

膽小鬼！

他在盛怒中突然想到這隻狐狸喜歡攻擊沒有抵抗能力的小貓。他拉長身子，蹲得更低，忍著難聞的狐腥味，發出一聲微弱的嗚咽聲。

他豎起耳朵。沒有動靜。

他試探性地爬到洞邊，接著往黑漆漆的洞裡鑽去。他匍匐前行，肚皮底下的雪地，變成泥濘一片。他豎直頰鬚，毛髮怒張，憋住氣，忍著熏死人的狐騷味，一步步朝巢穴深處挺進。

他的尾巴突然感覺到一股劇痛，兩排利齒夾住他的尾巴，將他往後拖。他緊扒住泥地，奮力掙扎轉身，但狐狸已經抓住他的身體，把他從洞口拖出，甩到雪地上。獅焰跳起來，和竄出接骨木莓叢的狐狸迎面對峙。狐狸用黑亮的眼珠回瞪他，眼中充滿恨意。經過昨天那一戰，牠鼻子上的傷痕仍清楚可見。

獅焰站在原地，不停發出嘶鳴。狐狸咧嘴露出利牙，衝向他。獅焰蹬起後腿，一躍而上，朝牠一陣猛擊。但獅焰砰的一聲被壯碩的狐狸撞了回去，跌落在地。他氣喘吁吁，扭動身體，抽動尾巴，試著站起身，但狐狸肥大的腳掌再一次將他強壓在地上。牠張開雙顎，對著獅焰的耳朵亂咬，口水滴了他滿臉。

獅焰喘著氣，將爪子剷進雪地，身體慢慢往前移動。等到脫離狐狸的箝制後，他立刻撲身一躍。狐狸的力氣大的出乎意料，他以前從沒有和這麼大的動物對決過。他移動的速度必須加快，給狐狸來個措手不及。獅焰一個大轉身，咻咻揮動爪子。

慢了一步！

獅焰感覺皮肉一陣灼痛。他舉起腳掌，在空中胡亂抓扒，內心泛起恐慌。狐狸的牙齒用力往他的肩膀刺進去，獅焰第一次產生害怕身體被撕裂的感覺。

鴿掌站在幾個尾巴距離的地方，嚇得張大嘴巴。「我去找族貓來救你！」她尖叫。

「不！」狐狸的利牙揪住他的毛皮，獅焰忍著痛，扭動身體，對著狐狸一陣猛打。他的爪子劃破狐狸的毛皮，狐狸痛得發出一聲哀號。此刻，獅焰的眼不由得閃過勝利的欣喜。

時間慢了下來。

獅焰踏在雪地上，蹬起後腿，撲了上去，爪子出鞘，狠狠給那面目猙獰的狐狸一記耳光，他的腳掌沾滿了狐狸大片的口水。狐狸甩動鼻頭，把獅焰撞得往後退了幾步。獅焰趁著狐狸反撲之際，又給牠重重一擊。狐狸爆出一聲哀號，血沫噴了獅焰整個口鼻。

隨著眼前的紅色身影漸漸模糊，獅焰繃緊後腿，又是蹬腿一躍。他高高跳起，閃過狐狸的怒咬攻勢，踩在牠的肩膀上。狐狸結實的身軀有如溫暖的泥地，被他踩在腳下；牠氣惱地頻頻哀叫，拱起背，後腿一陣狂踢，開始像無頭蒼蠅般亂竄，猛轉頭想咬獅焰。但獅焰閃掉牠的攻擊，緊抓住牠不放。

他把爪子刺得更深，牙齒咬得更緊，他感覺對手的毛皮在撕裂。血從傷口涔涔湧出，浸溼了獅焰的嘴巴。狐狸號叫一聲倒地。獅焰愣住，他的牙齒還陷在狐狸的肉裡。

狐狸躺在地上，腰腹一起一伏，從喉嚨發出一聲微弱的哀鳴。獅焰鬆開牠，退後做出蹲伏的姿勢，瞪著血肉模糊的狐狸。這野獸翻身掙扎著站起來。牠喘氣哀號著往洞裡走去。獅焰衝上前，擋住牠的路，對牠咆哮。狐狸瞪大眼睛害怕地看著他，接著繞離接骨木莓叢，搖搖血跡斑斑的尾巴，往蕨葉叢走去。

鴿掌鑽出冬青叢，豎起全身皮毛。她沒說半句話，開始將狐狸往前趕。兩隻貓各站一邊，對著狐狸咆哮，要牠沿著影族邊界走，但不准牠進入影族領地。要是牠一有往雷族森林心臟地帶逃竄的意圖，他們立刻又是一陣凶惡的怒嚎伺候。獅焰和鴿掌就這樣一路聯手將狐狸往山上趕，遠離湖邊，遠離部族領土。

當他們來到陡峭的山坡，橡木林變成了梣木林，狐狸瞬間往前急竄，消失在刺藤叢中。

「夠遠了。」獅焰氣喘吁吁坐下了來。

鴿掌停在他旁邊，看著狐狸鑽進的草叢，樹葉沙沙搖晃。

「牠應該不會再回來了。」獅焰的腳開始顫抖。「我們回營地去吧。」

鴿掌細心打量他，「你受傷了嗎？」

「只是有點累。」這次的決鬥用盡他所有的力氣，鴿掌一路攙扶他回營地。他幾乎沒有力氣認路，全由鴿掌帶他走。當窪地的氣味開始飄進他的口鼻時，他停住腳步。腳下冰涼的雪，剛好可以緩和他爪縫的疼痛。

「先讓我喘口氣。」他對鴿掌喵聲說。

她露出擔憂的眼神，「你確定你沒受傷嗎？你全身都是血。」

正當獅焰低頭看自己的皮毛時，突然聽到一聲尖叫。他僵住身體，抬頭看到煤心兩眼注視著他。她整個呆掉，眼神充滿驚恐，「獅焰？」

她衝到他面前，狂對著他聞。「發生什麼事了？你哪裡受傷？」她抽泣地問著：「誰對你下的毒手？」她立刻轉身跑回去。「我去找族貓幫忙！」她回頭大叫。

獅焰本想上前追她，好好跟她解釋這不是他的血，但他的腳步仍舊沉重，累得頭昏腦脹。血從他的皮毛滴下來，把他腳下的雪染成鮮紅。煤心一定會驚動整個部族。

「我們得趕快。」他咕噥道。

「先把身體清洗乾淨吧。」鴿掌建議。「你看起來像被剝了皮一樣。」

獅焰舔舔皮毛，狐狸黏答答的血帶著蕁麻腥味，真是令人想吐。

「在雪地滾一滾好了。」鴿掌出主意。

獅焰躺下來，使勁在雪地裡扭動身子。當他再度爬起來時，雪白的地上沾了一大攤血漬。

鴿掌抓抓地上，「趁救援隊還沒來，我們趕快回去。」

獅焰在雪地裡翻滾一遍後，已經漸漸恢復體力。他一想到煤心到了營地，大聲對全族呼號他受傷慘重的情景，心跳不禁怦怦加快。

他們在窪地外的山坡上遇到救援隊。

「你沒事吧？」火星在隊伍前頭，棘爪、灰紋和樺落抽動耳朵和尾巴，圍繞在他們身邊。

「到底發生什麼事了？」灰紋慎重其事地嗅聞著獅焰。

「我們遇上了狐狸。」獅焰低吼。

樺落貼平耳朵。「在哪裡？」他張望樹林。

「我們已經把牠逐出我們的地盤。」獅焰要大家放心，「牠不敢再回來了。」

灰紋揮動尾巴，要獅焰往荊棘屏障走去。「我們得趕緊送你去巫醫窩。煤心已經在那裡幫松鴉羽準備藥草，她緊張得一副好像你快沒命的樣子。」

獅焰抽動頰鬚，想像松鴉羽碎碎叨念，忍受煤心在一旁，吵著他要把所有草藥全拿出來幫獅焰醫治的畫面。天曉得獅焰根本沒有受傷。

火星看了看鴿掌。「妳還好吧？」他問。

她點點頭。「獅焰負責和狐狸決鬥。我只是幫忙把狐狸趕離我們的領土而已。」

「牠應該沒有跑到影族領地去吧？」火星抽動尾巴。

「沒有。」獅焰告訴他：「我們把牠趕到山頂上去了。」為什麼火星總是這麼替其他部族著想？還是管好自己的部族比較重要吧。

火星瞇起眼睛，「我們還是去查看一下比較保險。」他轉向棘爪，「你回去調派一支巡邏隊，確認狐狸是不是已經走了。」

棘爪火速跑回營地。

「來吧。」灰紋輕推獅焰，指了指窪地。「我們送你回營地。」

他們一踏入營地，就看到族貓們已經團團聚在空地上。

「幹得好，獅焰！」蕨雲大喊。

鼠毛搖搖她那灰色的頭。「即使在我走後，這件事也一定會久久地成為長老窩津津樂道的話題。」

波弟輕推她一下。「妳才不會那麼快就離開長老窩咧。」

「你是怎麼辦到的？」栗尾以無比崇拜的眼神注視他。

「你受傷很嚴重嗎？」黛西皺起眉頭。

灰紋帶著獅焰擠出團團包圍的族貓，往巫醫窩走去。「好了啦，先讓松鴉羽看看他的傷勢再說。」

獅焰鑽進刺藤叢，圖個耳根子清淨。煤心腳下堆滿草藥，緊盯著他瞧。

「你真的沒事嗎？」她焦急地問。「我以為他們必須把你抬回來。」她的話哽在喉嚨裡。

松鴉羽走向前，「我已經叫煤心混好一些草藥，準備給你敷上。」他對著那灰色母貓點點頭，「辛苦妳了，妳現在可以回去休息了。我需要靜下心幫他醫治。」

煤心抽動耳朵，「我可以幫你。」她說。

松鴉羽一口回絕，「不用了，謝謝。」他的藍色盲眼盯著煤心，她只好低頭往刺藤叢走去。在鑽出去前，她回頭一瞥。

「你確定？」

「我自己來就行了。」松鴉羽堅持。

在床上的薔光拉長脖子看著獅焰。「看她剛剛歇斯底里的樣子，我還以為你掛了咧。」

松鴉羽丟了一球青苔給她。「做妳的復健。」他一聲令下。

薔光咕噥一聲，乖乖地開始在腳邊反覆甩弄青苔球，不斷拉長身子，一腳將球抛向空中，再用一腳去接。

松鴉羽把獅焰帶到窩室後面。「你現在成為全族的英雄，這下高興了吧。」他厲聲說道。

「這件事非做不可。」獅焰有點被激怒。

「但也沒必要單打獨鬥。」

獅焰聳起皮毛。「狐狸已經被趕跑了。」他嘶聲說道：「也沒有貓受傷。」

「我看你要怎麼跟他們解釋。」

「你難道就不可以幫我清理一下，然後上點藥泥，好讓他們不要起疑嗎？」

松鴉羽嘆口氣。「好吧。」他帶獅焰到巫醫窩旁的水池，用浸泡冰水的青苔為他清洗。

疲憊不堪的獅焰靜靜讓松鴉羽幫他清洗皮毛，但心裡卻不停想著和鴿掌的爭吵。

「你真的確定我們不用制止藤掌再去黑暗森林嗎？」他小聲地說，一邊用眼角餘光瞄著在床上做復健的薔光。「鴿掌很擔心她。」

「藤掌不會有事。」松鴉羽拿起一坨新鮮青苔，放進池裡。「到目前為止她還沒來找我看過傷，而且看得出來她還算忠心，我們大可利用她來觀察虎星。」

「那我們應該找她談談。」獅焰勸他。

「找她談什麼？要她去當間諜？」松鴉羽粗魯地擦拭獅焰的耳朵。「你不記得之前叫鴿掌去幫我們暗中監視的事了嗎？我們還是先等一陣子看看，然後再找她談。到時候她會有更多的情報可以告訴我們，而且也比較不會覺得我們在利用她。」

獅焰嘟囔一聲，閉上眼睛休息，讓松鴉羽幫他清理身體。

「這應該可以矇騙過族貓的眼睛，讓他們誤以為你起碼有幾處抓傷。」松鴉羽把最後一坨嚼碎的藥草抹在獅焰的肩胛骨。

薔光的青苔球飛過窩室，滾到獅焰腳邊。獅焰把球剷起來，丟回去。

「你還好吧？」薔光問。

「我現在就像新生小貓一樣活力十足。」獅焰告訴她。

松鴉羽哼了一聲，開始收拾草藥。

「謝謝你，松鴉羽。」獅焰喃喃地說。

松鴉羽沒抬頭。「我不知道該不該提醒你下次小心點。」他碎碎唸道：「你特異能力的極限在哪裡還是個未知數。」

獅焰用鼻子磨蹭松鴉羽的頭。「我知道了。」他走到門口，「再見，薔光。」說完便鑽出刺藤叢。

在外面等候的煤心趕緊跑到獅焰面前，嗅聞他身上的藥泥。「真不敢相信你這麼快就出來了……」她說到一半，繼續更用力地聞，「怎麼只有藥泥味，」她把喵聲放慢，「而一點血的味道都沒有？」

獅焰將身體別到一邊去。「松鴉羽替我敷了藥效很強的草藥。」他喵聲說道：「大部分的氣味會因此被蓋掉。」

她瞪大眼睛，似乎有點生氣地說：「你和狐狸單挑，打得全身都是血，而現在卻裝出一副若無其事的樣子。」

獅焰聳聳肩，「戰鬥是戰士的本能。」

「你剛剛流了滿身的血！」她的眼神中充滿極度焦慮。「我以為我就要失去你了。」

「妳永遠不會失去我。」他向她保證，內心突然湧上一股罪惡感。

「不！」煤心退開一步，「我不要在你每次去打仗時都得為你提心吊膽。我不要過這樣的生活。」

「妳聽我說！」獅焰的心揪成一團，「打仗是戰士的天職，這和擁有伴侶並不衝突。」

「一般的戰士不會想都不想就往戰場裡衝，更不會趁大家熟睡時，單槍匹馬去獵狐狸！」

「可是妳看我！我現在沒事啦！」

「怎麼會沒事?!」煤心兩眼發直地瞪著他。「你流了那麼多血！」她的尾巴開始顫抖。

獅焰看看空地四周。塵皮正忙著指揮狩獵隊伍；黛西正在梳理不停發著牢騷的小櫻桃，而小錢鼠則爬到她寬大的乳黃色背上。莓鼻和榛尾忙著將樺樹枝條編好，塞進荊棘屏障。沒有貓在偷聽。

「有件事我必須跟妳說。」他小聲對煤心說。他尾巴搭在她的肩上，拉她到巫醫室旁的刺藤叢。他鑽進糾結成團的莖梗，搖搖尾巴示意她跟進來。她跟著他爬進去，好奇地瞪大眼睛。

「有件事妳必須知道。」獅焰看著她的眼睛，「以後妳就不會擔心我會受傷了。」

她對他眨眨眼。

「我有永不受傷的能力。」他脫口說出。

她哼了一聲，「那是因為你運氣好吧。」

「不是！」獅焰搖搖頭說：「很久以前，火星得到一則預言，裡面點出一些擁有特異能力的部族貓。」

煤心把頭歪一邊，聽他說。

「我就是其中之一。我擁有不會受傷的能力，不管是上場打仗，或是和狐狸決鬥，任何東西都傷不了我。」他狂顫的心臟幾乎要跳出喉嚨。他看著她，希望她能明白，並相信他。

煤心懶懶地坐下來，看著他。「一則和你有關的預言？」她喃喃說道。

獅焰點頭。**她聽懂了！**

「所以你永遠不會受傷。」煤心再度瞥了瞥敷在他身上的藥泥。

「沒錯。」

「所以你可以保護部族。」

「對。」獅焰將身體往前傾，很高興她能如此冷靜以對。「妳再也不必擔心我了。」他和她互磨臉頰，煤心的氣味溫暖了他的心。「一切都會沒事的。」

「不！」她猛地往後一退，衝出刺藤叢，眼底閃爍著哀傷。「我們不能在一起。既然星族給了你這樣的能力，我就不能當你的伴侶。」

獅焰一時愣住。「為……為什麼？」

「你的使命比我遠大得多！」煤心輕聲說：「我們沒辦法在一起了！」她哭著轉身，奔回戰士窩。

第十三章

松鴉羽在巫醫窩掃起散落一地的草藥。**真是浪費。**儘管他用最常見的草葉包紮獅焰的「傷口」，但在大雪天裡要找到蕁麻梗和艾菊的蹤跡還是很困難。昨天亮心和葉池花了老半天才找到一小撮錦葵和百里香。

「蜜妮！」薔光的喵聲讓松鴉羽回過神來。老鼠的甜味讓他忍不住口水直流。

「我帶了一些新鮮獵物來給妳。」蜜妮把它擱在薔光的床邊，「我想妳應該餓了，妳今天一整個早上都沒吃什麼東西。」

薔光嘟噥：「我說過了，我現在不餓。」

蜜妮開始把老鼠撕開。「來吃一口。」

「我又不餓。」薔光氣嘟嘟地說。

「吃一點點就好了。」蜜妮哄她。

「我不餓嘛！」

松鴉羽走到薔光睡窩旁邊，用鼻尖摸摸薔光，她的口鼻四周溼潤，沒有發燒的情況。但他可以感覺出她的內疚和焦慮。

「她的胸口又感染了嗎？」蜜妮擔心地問。

「把新鮮獵物放在這裡。」松鴉羽建議：「我先幫她檢查，然後再看看能不能說服她多少吃點東西。」

蜜妮待在孩子的床邊。「我想知道她是不是沒事。」

「妳先回去。」松鴉羽覺得在沒有蜜妮在場的情況下，應該比較容易讓年輕戰士說出她的困惱。「這樣比較方便我做檢查。」蜜妮遲疑著。

「只要發現問題，我會馬上通知妳。」他保證。蜜妮拖著沉重步伐，不情願地走出窩室。

「我不知道她為什麼要這麼大驚小怪。」看到蜜妮一走，薔光馬上氣呼呼地說。

「妳真的不知道嗎？」松鴉羽沒等她回答，立刻傾身向前，嗅聞她的呼吸狀況。她的呼吸順暢，沒有感染的跡象。他把一隻腳掌放在她的胸前，「用力吸氣。」她可以很容易就做到，而且呼吸聲顯得平穩。

「所以，妳吃不下？」他看她雖然頑固地豎起皮毛，但可以感覺其實她肚子早已餓壞了。

「對。」

「騙人。」

「你說什麼？」

松鴉羽看到年輕母貓的臉上閃過驚訝的表情。「妳或許可以騙得了蜜妮，但可騙不了我。只因為妳自覺不能狩獵就不配吃東西，反而讓她替妳擔心。妳覺得這樣對她公平嗎？」

「你在說什麼？」年輕戰士滿臉尷尬。

松鴉羽收起責備的語氣，不想把薔光的心情弄得更糟。「我知道妳覺得這樣才公平。」他在她床邊坐下，「但事情不是妳想的那麼簡單。」

薔光把臉別開。「我沒有出去打獵，所以不應該吃東西。」

「黛西也沒有打獵，」松鴉羽說：「所以她也應該餓肚子囉？」

「她有照顧小貓！」薔光咕噥。

「那妳也可以陪小貓們一起玩青苔球，讓黛西有時間休息啊。」

「這種事任何貓都可以做。」

「看看波弟和鼠毛，」松鴉羽強調，「他們也沒有去狩獵。」

「他們老了，不過他們年輕的時候，已經為部族抓了夠多的獵物。」

「可是他們已經不能打獵了。照理說，我們不是應該讓他們死一死算了？」

年輕貓咪大吃一驚。「不行！他們是部族的一分子，我們有照顧他們的責任。」她抓抓床鋪，「況且，部族要是少了他們就會不同。」

松鴉羽沉默半晌，讓她有時間想想自己剛說的話，接著喵聲說：「妳覺得部族少了妳，就不會有變化嗎？」她沉默不語。

「族貓帶新鮮獵物回來給妳吃，是因為妳值得他們這麼做。因為照顧族貓是戰士的職責。幫助妳會讓他們感到很光榮。」

「我只是希望能做些事情報答他們。」薔光激動地喵聲說道。

「沒問題。」松鴉羽坐直身子，「來，我們起來。」薔光慢慢地爬下床，毛髮刷過樹枝。

「如果妳覺得照顧小錢鼠和小櫻桃不夠看，這邊有一大堆的工作可以讓妳做。」他的尾巴對著巫醫窩四周揮動。「我需要有貓咪幫我把青苔球堆在池邊，方便我為傷患清洗傷口，或是為生病的貓止渴。亮心通常每幾天就會帶新鮮青苔給我。從現在起，妳就負責幫我挑出裡面的碎屑和細刺，然後把青苔分散搓成球狀，堆放在池邊。」

「嗯，」松鴉羽感覺薔光心情漸漸開朗，「讓我看看還有什麼可以做。」

「保持窩內地面清潔。」他指示道：「族貓在這裡進進出出，草藥容易散落一地。妳負責把灰塵掃出去，看到掉落的葉片撿起來，放到我的藥草庫存旁邊。」

「沒問題。」

「我需要助手幫我清點草藥的存量。」松鴉羽走到窩室後方的岩石狹縫，手腳俐落地滑進岩縫後，回頭喊：「我把草藥丟出來，妳負責把它們堆在牆邊。我們等一下可以一起清點。」

他開始將一捆捆草藥推出來，很多都已經乾枯碎裂。不曉得在經過泡水處理後，是否能讓草藥回復原有的藥效。他在縫隙深處摸到一團毛茸茸的東西，他爪子一彎，勾出一撮毛髮。他聞聞毛髮，心跳開始加快。**冬青葉！**她的毛怎麼會在這裡？她是不是復活了？

別這麼鼠腦袋！她曾是葉池的見習生，一定是她當時掉了一撮毛，一直留到現在。他姊姊熟悉的氣味溫暖了他的心。他回想起和小獅、小冬青在育兒室打打鬧鬧的時光。

接好，小松鴉！

小冬青是慢蝸牛！

「松鴉羽？」松鴉羽聽到聲音，馬上回過神來。

「全部就這些了，薔光。」松鴉羽把冬青葉的毛塞進岩縫中。

「松鴉羽！」聲音再次叫喚他。

「把相同的葉片堆在一起，薔光。我馬上出來。」

「松鴉羽。」這一次溫暖的鼻息騷動他的耳毛。

他急忙環顧四方，皮毛摩擦著岩石。他沒看到任何蹤影，不過另一隻貓的氣味卻濃濃地飄盪在空氣中。

黃牙！

他鑽出石縫，看到薔光已在遠處的牆邊挑揀草藥。「我在分類。」她喊道。

「很好。」松鴉羽謹慎地嗅聞四周的味道。冰冷的空氣中充斥著祂的氣味，為什麼黃牙要到這裡來？現在已經是半月，今晚他就會到月池和祂分享夢境，為什麼祂還要親自來？

「跟我來。」松鴉羽的背後飄來黃牙刺耳的喵聲。「放心，只有你聽得見我的聲音。」

「祢來這裡做什麼？」他嘶聲說道。

「來找你。」

薔光停頓了一下。「你說什麼？」

「沒事。」松鴉羽趕緊說：「我……我必須出去一下。妳繼續在這裡將草藥分類，我等會兒就會回來。」他跟著黃牙的氣味走出窩室，並穿越空地。

「你要去哪裡。」白翅看到松鴉羽走到營地口，順口喊道。

「呃……我要去找草藥。」松鴉羽喃喃地說。

「但是亮心和葉池已經出去找啦。」

「這……欸……我要找的是不同的草藥。」松鴉羽心裡很不是滋味，為什麼黃牙要來這裡？他現在看起來一定和小貓追逐自己的尾巴一樣蠢。

「祢有事難道就不能等今晚再說嗎？」一離開谷地，松鴉羽立刻氣憤地說。

「你以為我喜歡離開星族，來這種冷得讓人受不了的地方嗎？」

一團輪廓在松鴉羽眼前忽隱忽現。現在他看到黃牙粗糙的皮毛，和祂身後一排模糊的樹影。刺骨的寒風挾帶紛飛的雪花，從他們身邊呼嘯而過。

「那祢為什麼還要來？」松鴉羽的腳掌被雪凍得受不了。

「在你到月池和其他貓會面之前，我必須跟你說一件事！」

「好啦。」松鴉羽咕噥，「有話快說，說完我們可以各自回家。」

「我看見獅焰和狐狸決鬥。」黃牙發出刺耳的喵聲。

「然後呢？」

「這是一個預兆。」

「什麼預兆？表示他是鼠腦袋嗎？」

「他單打獨鬥。」

「這我知道。他真是鼠腦袋。」松鴉羽凍得牙齒咯咯作響。「可不可以說重點？」

黃牙把身體湊得更近，對著他的口鼻呼出團團口臭。「不要再抱怨，認真聽我說。」祂嘶嘶說道：「雷族必須和獅焰一樣單打獨鬥。」

「什麼時候？」

「當黑暗森林勢力崛起時，雷族必須獨自對付這個超強大敵。」

松鴉羽眨眨眼。「但黑暗森林對每支部族都造成威脅。」

「這其中只有一個部族可以存活。」黃牙低吼，「昨日四支巡邏隊都無法將狐狸逐出領地，但今日獅焰一出手就把牠打得落荒而逃。在即將來臨的大戰中，雷族必須獨自作戰。」

「但是每支部族都有貓咪在黑暗森林受訓。」松鴉羽提醒祂。

「所以每個部族都不可靠！」

「但如果我們全都身陷危險，不是更應該團結合作嗎？」

「為什麼只有雷族出現三力量，而其他族沒有？」黃牙的琥珀色眼珠燃燒著火光。「當其他部族滅亡之際，雷族注定要存活。」

什麼？四部族必須同時並存才對呀！怎麼可以只有雷族存活下來？一陣陣寒風襲來，形成滿地成堆的雪塚。「黃牙！」

老貓消失在松鴉羽的幻影中，他又再次陷入沉沉的黑暗。他轉身，往谷地走去。森林一直都是四族分立的局面，這一切會隨著即將到來的戰爭而改變嗎？

⚡⚡⚡

松鴉羽走出巫醫窩，傍晚的巡邏隊碰巧歸來，正坐在營地裡分享舌頭。

「祝你好運。」蜜妮對著悄聲走過空地的松鴉羽喊道。

「路上小心！」薔光附和。

這隻年輕戰士正和姊弟們分享一隻瘦巴巴的知更鳥，松鴉羽可以感覺出蜜妮已經放心不少。他沒告訴她薔光絕食的原因，但蜜妮也沒有問起。剛才這隻灰色戰士到巫醫窩探視孩子時，看到薔光的腳掌沾著草藥碎屑，正大口咀嚼老鼠時，心裡真是高興極了。

「找點事讓她做。」松鴉羽建議道：「她還有兩隻腳可以行動，不然她會閒得發慌。」

獅焰和鴿掌又再次在族貓們面前，描述擊退狐狸的奇蹟經過，似乎沒有貓咪注意到每次的故事版本都稍有不同。玫瑰瓣和狐躍正吵著要他們說出每個細節。

松鴉羽還沒和他們提起幻影的事。他想先去月池，了解星族是否也和黃牙有同樣的看法，然後回來再做打算。他一聲不響地穿過荊棘屏障，前往風族疆界，將族貓們的喧嘩拋在腦後。

他步出樹林，貼平耳朵，瞇眼抵抗寒風，直奔巫醫們會合的山巔，準備一道出發到月池。他的腳陷進雪堆裡，深雪淹到他的肚子，害他一時喘不過氣來。此刻飄來隼翔和柳光的氣味。

「這種天氣真不適合外出。」他對著他們喊道。

「起碼雪已經停了。」隼翔回應。

柳光抖動沾有魚腥味的皮毛。「我們現在可以出發了嗎？冷死了。」

「小雲和焰尾呢？」松鴉羽嚐嚐空氣，但聞不到影族巫醫的氣味。

「他們得自己跟上來。」柳光已經動身出發，「坐在這裡傻傻等下去，不冷死才怪。」

隼翔跟上河族巫醫的腳步，雪被他們踏得嗤嗤作響。「等會兒他們順著我們的腳印，應該會比較容易行走些。」

他們印在雪地的足跡，的確讓松鴉羽在行走上輕鬆許多。即便如此，小溪沿岸錯落的石礫還是讓他吃足苦頭。松鴉羽費盡千辛萬苦終於攀上了峭壁，氣喘吁吁地爬進一處窪地。經過這麼一番跋涉，他的耳朵和腳掌被凍得發疼，不過肚皮倒是暖呼呼的。

柳光站在窪地邊緣，她的聲音回盪在空寂的暗夜裡。「完全沒有小雲和焰尾的蹤跡。」她說道。「影族該不會是出了什麼事吧？」

「要是真的出事，我們應該很快就會聽說了。」隼翔回應。

「我們要等等看嗎？」柳光問。

松鴉羽已經沿著蜿蜒而下的小徑準備進入月池。「如果一路上都不見他們的蹤影的話，他們肯定是不會來了。」他眼前凹凸不平的石面鋪了一層白雪，上頭滿是密密麻麻的腳印。

「月池有結冰嗎？」隼翔匆匆跟上他。

松鴉羽用腳掌碰碰池面，感覺到柔波順著他的毛髮盪漾，頓時安心不少。「沒有。」一定是窪地的山壁擋掉嚴峻的寒風，讓池水躲過結冰的命運。他坐在池旁等待隼翔和柳光就定位。

「希望小雲和焰尾沒事。」柳光露出煩憂的神情。她的皮毛緊貼雪地，下巴擱在兩腳上，鼻子觸碰水面，隼翔放緩呼吸，很快地他們就會進入夢境中。

松鴉羽在一旁等候。由於黃牙已經跟他說過話，因此今晚他可以跳過自己的夢境。他把注意力轉而集中在隼翔身上，讓自己進入這年輕風族貓的夢裡。

暖風戲謔似地揪扯他的皮毛，松鴉羽眨眨眼，環顧四周，發現自己置身在岩山山脊上。眼前已不再是草木繁生的山坡，遠方陰沉的樹林隱沒在幽暗的盡頭。**這裡是黑暗森林嗎？**

山頂下傳來說話的聲音，松鴉羽趕緊躲到岩石後面。隨著聲音愈來愈近，松鴉羽看到隼翔跟在吠臉旁邊。年邁的巫醫一臉疲態，低著頭，拖著尾巴，好像天空就沉甸甸地壓在他背上似的。另外還有一隻風族貓跟在他們身邊，松鴉羽瞇起眼，但還是認不出她是誰。淺褐色母貓身上綴著薑黃色斑點，眼睛比綠葉季的湖水還藍。

「妳來跟他解釋，菊尾。」吠臉板著臉說道：「我早就知道他不相信。」

「不是我不相信祢。」隼翔反駁，「只是很難接受。」

「曾經有族長認為未滿六個月的小貓應該受訓。我為了保護部族的未來，帶領貓后起而反抗。」母貓的眼神變得凝重，松鴉羽感覺出她的驕傲與憂慮。「我們起而奮戰的時候到了。」

「但我是巫醫。」隼翔提醒祂，「我遵從的守則有別於戰士守則。」

「現在一切都改變了。」吠臉低吼：「風族將面臨空前的大戰，我們不能讓其他族的反叛行為拖垮我們的戰力。」

「我們必須獨立奮戰。」菊尾堅持。

為什麼？松鴉羽皺起眉頭。**四支巡邏隊都無法將狐狸逐出領地，今日獅焰一出手就把牠打得落荒而逃。黃牙的預言是真的囉？**

「你必須相信自己的祖靈，忽視其他部族。」吠臉警告。

隼翔激動地蓬起皮毛，「此次戰役的敵人是誰？為什麼我們一定得孤軍奮戰？高星一向認為和其他族結盟是增強戰力的好策略，這沒有什麼不好。」

菊尾瞇起眼睛，「高星已經被友情矇蔽。」祂發出尖銳的喵聲。松鴉羽心想祂是否意指火星和風族族長之間長期的友誼。

隼翔順著吠臉的目光看過去。「那邊有我們的敵人嗎？是另外一個部族嗎？」

「你還不知道敵人是誰。」祂用刺耳的聲音說：「到時你就知道了。」

松鴉羽不禁豎起脖子周圍的毛。為什麼不告訴他？他難道不應該知道，自己的部族即將迎戰的敵手是森林、沼澤或是溪岸有史以來最心狠手辣的戰士群嗎？或許他們擔心風族會因此嚇破膽，而無法獨自應付這股強勁的威脅。

菊尾走過去，擋在隼翔前面。「不准把這件事告訴其他巫醫貓。」祂警告。

隼翔眨眨眼睛。「他們還不知道嗎？」

「你永遠不知道哪天會被誰背叛，所以最好和他們劃清界線。」吠臉發出低吼，「你們必須孤軍奮戰，記住除了祖靈外，沒有任何部族是你們的朋友。」

菊尾突然轉頭，嗅聞空氣。松鴉羽立刻將頭縮回岩石後面。祂該不會已經聞到了他的氣味？為了保險起見，他沿著一條陡峭山坡往下走，兩側的石礫突然啪啪滾落，嚇得他縮起身子，趕緊溜進一條小溝谷，飛快奔離山頂。岩溝迂迴而下進入山腰，遠處傳來汩汩的水流聲。松鴉羽加快腳步，崎嶇蜿蜒的溝谷轉為草木叢生的緩坡。他沿著石道來到石礫覆蓋的溪岸。

岸邊垂柳搖曳，水邊布滿蕨葉叢。因為不是自己的夢，因此松鴉羽本能地找地方做掩護。他瞥見一顆寬大扁平的岩石立在水中。他往岩石上面一瞧，赫然發現柳光灰色的皮毛，旁邊還坐著灰池和河族前巫醫泥毛。他們的腳掌盤住石面一動也不動，任由溪水濺到他們身上。

「你們必須單打獨鬥。」泥毛指示。

嘩啦的水流聲蓋過他們的對話，松鴉羽把耳朵拉得更長。

「……祖靈會與你們同在……」灰池嚴肅地看著柳光。

柳光豎起皮毛。「……貓一直以來都是互相幫助……」

灰池搖搖頭。「……已經改變。我們必須跟著改變……」

「我可以跟蛾翅說嗎？」

灰池看了泥毛一眼。「妳可以告訴她，但她一定不會相信。」

泥毛點頭。「她是個好巫醫，她會在這場激烈的戰爭中扛起保護族貓的責任。」

「請告訴我，」柳光哀求。「是什麼戰爭？我們要跟誰打仗？」

松鴉羽看到那兩隻年長的貓咪搖搖頭。溪水在他們四周不停滾動。

「……比惡夢還要恐怖……」

「……比妳想像中還要黑暗……」

「……血流成河……」

柳光嚇得向後一縮，頰鬚急急抖動。

松鴉羽氣憤地鑽過蕨葉林，離開水邊。看樣子星族裡的每隻貓都好像得了恐慌症！祂們真的以為分裂部族，把大家搞得緊張兮兮就能解決問題嗎？他一定要把他所知道的統統告訴其他巫醫貓。若只是像被嚇傻的群鴿振翅亂飛，是絕不可能打敗黑暗森林戰士的。

「這下你相信了吧？」黃牙擋在松鴉羽前面，讓他不得不頓住腳步。

「四族必須獨自奮戰。」祂嘶聲說：「黑暗森林勢力入侵，沒有哪一隻貓是可靠的。不然你以為影族貓今晚為什麼沒有來月池？他們已經背棄你們。風族和河族很快也會這麼做。」

「只要我跟他們說清楚，他們就不會這麼做了。」

黃牙撲向他，把他撞倒在地。「不行！」祂緊緊將他壓在地上。「你難道還看不懂預兆嗎？獅焰獨自打敗狐狸！」祂發出嘶吼，「如果你不保密的話，四族會全盤皆輸。」

松鴉羽半掙扎地眨開眼睛，發現自己坐在月池旁，影像再度陷入一片漆黑。隼翔的毛拂過雪地，準備走上山坡。柳光已經在坡頂，她加快腳步疾行，似乎沒有和同伴攀談的意願。

松鴉羽連忙爬起來，想要警告他們。「黑暗森林——」

一陣劈啪啪的聲響瞬間讓他啞然失聲，在他身後的冰開始碎裂，劈啪的聲音回盪了整個窪地。松鴉羽轉身，眼前頓時星光四射，月池開始結凍，冰像火一樣快速蔓延，整個草地和水面成了一片白茫茫的冰海。

松鴉羽凝視窪地，心中燃起熊熊的希望，星族戰士在燦爛奪目的山壁排排坐立，沒有半點聲響，每隻貓的皮毛都星光璀璨。松鴉羽定神一看，磐石也在其中嗎？看到這隻禿毛老貓，松鴉羽不由一陣欣喜。祂是來幫助星族的嗎？或許祂已經扭轉了祂們的想法？或許祂們最終還是決定合力對抗黑暗森林？

正當他默默地看著祂們，企盼祂們能給他一些指示之際，星族戰士開始一個接一個變成冰身。祂們皮毛閃耀，頰鬚發直，在寂寂寒月下迸裂成碎片。

只有磐石還留在那裡，用空洞的眼神盯著松鴉羽。

松鴉羽凸出的瞎眼蒼茫得有如月池上的冰霜。

第十四章

藤掌睜開眼。**老鼠屎！**現在已經是晚上，她還待在見習生窩。她想去黑暗森林，把昨晚鷹霜教她的複雜招式練好。她豎起耳朵。見習生窩一片靜悄悄，鴿掌不在床上。

藤掌翻個身，嘆了一口氣。鴿掌每天晚上都偷溜出去，到清晨巡邏隊準備出發前才又溜回床上，假裝自己剛睡醒。她還真以為能神不知鬼不覺嗎？

我知道妳在耍什麼花樣。藤掌把鼻子塞進尾巴下。**妳不甘心自己比不過我，所以溜到樹林偷偷練習。**

這下總算換鴿掌得急起直追了吧。

藤掌閉上眼睛，想像楓影出招的動作。**要是我把後腿放這裡，前掌擺這裡……**她漸漸進入了夢鄉。

「回去，刺爪！你會受傷。」她對自己的族貓低吼一聲，接著轉身單挑影族巡邏隊。她單掌對橡毛使出一個過肩摔，隨即一邊撲向煙足，一邊蹬踢後腿，對準齜牙咧嘴的鴉霜，攻擊他的口鼻。

突然間兩隻鋒利的腳爪扒住她的肩膀，讓她痛得回過神來，影族戰士從她的腦海中消失。這並不是她虛擬的敵手，刺進她皮肉的爪子是真的。腳爪勾住藤掌的皮毛，狠狠將她甩到地上。藤掌痛得想哀號，但還是忍了下來。

「看妳下次還敢不敢分心！」

薊爪呼出的酸臭氣味灌進她的鼻子。黑暗森林就在她眼前，她的口鼻被壓在潮溼的泥地上，只見暗影斑駁的樹林籠罩在一片迷霧之中。

「放開我！」她嘶嚎。

「在戰場上哀求敵人可是不管用的。」薊爪更使勁將爪子扎進她的脖子。

驚慌失措的藤掌開始胡亂踢蹬後腿。她的腳踢到了一個堅硬的東西，應該是樹根。她用腳抵住樹根，開始拚命往前推，薊爪嚇得退了一步，倒抽一口氣。她趁機站起身，伸長爪子，咧嘴咆哮，瞬間往這戰士飛撲。

「很好。」從附近傳來鷹霜嘉許的低吼聲。

藤掌斜眼瞄了一下，看到鷹霜從濃霧繚繞的樹林冒出來。頓時間，脖子上的疼痛和皮毛上涔涔滲出的血，對藤掌來說都已不算什麼。只要有鷹霜的讚許就值得了。

薊爪拱起背，咧嘴對她嘶吼。「下次等著瞧。」他咆哮。

藤掌直視他的眼睛。「你才等著瞧。」她啐了一口，「我不會永遠當見習生。」她將目光轉向鷹霜，「他老是愛找見習生的麻煩。」她嘶聲說道：「為什麼不給他一名見習生？這樣他就不會來煩我們了。」

鷹霜的眼底閃爍光芒，「妳要我把妳分到他門下嗎？」

藤掌甩動尾巴，此時此刻的她天不怕地不怕。「如果你想的話。不過，這樣一來，你就得再找另一名新的見習生從頭訓練起。」

虎斑戰士笑笑地使了個眼色，「對呀。」他說。

「我曾經有自己的見習生。」薊爪碎碎唸道：「但她沒有通過最後的考試。」

原本信心滿滿的藤掌，開始發抖。從他說話的口氣中，似乎在暗示要是沒有通過考試一切都完了。連加強訓練，再考一次的機會都沒有。

「走，藤掌。」鷹霜魯莽地對薊爪甩個頭，要他走開。接著將注意力轉移到藤掌身上。「我們今晚要進行水裡作戰練習。」

「為什麼？」藤掌邊問，邊跟著他走進樹林。「我又不是河族貓。」

「但妳總有一天需要和河族貓對戰。」鷹霜揮動尾巴，「快點，大家都在岸邊等我們。」

藤掌在樹林裡瞥見幾團皮毛。蟻皮把尾巴盤在腿上，坐在破尾旁邊。河族見習生穴掌走到雪叢旁邊，藤掌在大集會見過穴掌幾次，所以認得他。他們身邊除了團團暗影外，根本不見河流。藤掌豎起耳朵，只聽見風輕輕吹過光禿禿的樹枝。「河在哪裡？」

鷹霜走到其他貓咪身邊，停下腳步。

藤掌看著從他們身邊默默流過的黑色液體。「這是河水？」

液體散發出一股莫名的噁心臭味。穴掌皺皺鼻子說：「黑暗森林頂多只有這個。」

「這下可有趣了。」蟻皮皺著眉頭看藤掌，「我從沒看過雷族貓弄溼身體。」

她反擊，「風族貓在湖裡還不是一樣笨手笨腳，拍得水花亂濺。」她往樹林裡看，「虎心呢？」她刻意裝出不在乎的樣子，不想讓別人看穿她有多想見到那隻影族戰士。一想到會弄溼身體，特別是浸在這種污水裡，就讓她渾身不自在。虎心在旁邊，起碼會讓她比較有安全感。像上次他們在樹幹上受訓時，薊爪就硬生生把雀羽擊倒在地。幸好虎心在，讓她鎮定不少。

她皺皺眉頭，頓時意識到雀羽從此之後就沒再出現過。

鷹霜大步走到河岸說：「都準備好了嗎？」藤掌繃緊身體。

「在你們下水前，我會先跟你們講解練習的步驟。」鷹霜示意蟻皮上前一步。

風族戰士舉高下巴，全身僵硬地站在暗色皮毛戰士面前。鷹霜壓低身體，一個小箭步對準蟻皮的後腿掃踢，蟻皮被這麼一擊，踉蹌退後了幾步，才又站穩腳步。

一團暗影從樹林冒出來。「在地上容易穩住腳步。」是暗紋的聲音。「但要在滾滾水流中站穩可不是一件簡單的事。」

藤掌豎起皮毛。她不喜歡暗紋。這隻銀黑斑紋的瘦皮戰士一副狡詐的嘴臉，讓人看了就不舒服。曾經有一次，他和虎心做完對打練習後，還偷咬了虎心一口，在事後還死不承認。

鷹霜很快向暗紋點頭示意，「在水裡最好把爪子收起來。一般的貓會覺得要伸出爪子，緊抓河床才對，但這樣做爪子很容易會因為不小心勾到水裡滾動的小石塊，而造成斷裂。」

藤掌開始顫抖。鷹霜尾巴一揮。「蟻皮，試著在水裡用這個招式攻擊破尾。」

蟻皮怯懦地走進緩慢湧動的渾濁河水中。他的肚皮浸入水中，接著水漸漸淹過他的肩膀，蟻皮的尾梢急抽動，最後也跟著消失在水裡。水拍打在他身上的聲音，更是有別於一般的水聲，是藤掌從未見識過的。

「雪叢，你和穴掌一組。」鷹霜命令道。

雪叢用鼻頭推了河族見習生一把。穴掌頓時搖搖晃晃，失去重心。他掙扎著，想要穩住腳步，不過他的肩膀已被淹沒，只剩鼻子還露在黑水之上。

藤掌查看森林四周，希望虎心能出現。她已經好幾個晚上沒有看到那年輕影族戰士的蹤影。他該不會在森林的另一處受訓吧？

暗紋擋住她的視線。「鷹霜，若你要的話，我可以和藤掌練習對打。」他聳聳肩，「你可以專心監看大家的動作。」

藤掌挺直身子，抬高下巴。「好。」她一腳踏入淺灘，心想或許冰冷的水能舒緩她頸部傷口的疼痛。不料腳邊的水竟然又熱又稠，有如團團湧動的野草，揪扯著她的皮毛。她往更深處走去，試著想知道河底的深度。她怎麼看也無法看清腳底滾動的石礫，只能想辦法努力保持身體平衡。雖然河水流動的速度極為緩慢，但她卻有如置身於群貛推擠的混亂中。

暗紋潛到她旁邊，「來啊，慢蝸牛。」

藤掌往前推進，濃稠的河水滲進她的皮毛，讓她不由地全身起雞皮疙瘩。水漸漸漲到她的肚子，淹沒她的肩膀，她繃緊每吋肌肉，在流水中掙扎，想盡辦法站穩腳步。此時此刻的她恨不得自己長高些。暗紋的背脊幾乎全潛進了水裡，只有藤掌拚命將頭抬在水面上。

突然間，一顆礫石在她腳下搖晃，把她給絆倒。她還來不及吸口氣，整個身體便陷進水裡。藤掌嚇得四腳亂抓。

水沒有很深，她趕緊提醒自己，奮力踏在河床上，頭冒出水面，水滴滴答答沿著頰鬚流下，眼睛也不斷湧出水來。她把差點吞進去的水吐出來，那味道奇臭無比，比鴉食還糟。

暗紋露出可笑的眼神看著她，「一看就知道妳不是河族貓。」他淡淡地喵聲說道。

「我才不稀罕當河族貓！」藤掌的氣焰很快就被澆熄，因為她又再次噗通跌進水底下。正當她努力想要穩住之際，一個柔軟的身軀掃過她的後腿，就和鷹霜剛剛示範的動作一模一樣。

暗紋！趁藤掌還來不及喘口氣前，暗紋已經出招。

藤掌滾落水裡，腳掌死命拍打掙扎。她痛苦地憋住氣，一隻腳掌冷不防按住她的背脊，把她壓到河底。水阻隔了空氣，不停在她四周湧動。她驚慌失措，奮力想要掙脫，但暗紋卻把她壓得更牢，讓她幾乎快窒息。

星族，救救我！

一團在污水裡若隱若現的暗影朝她游過來，是隻肚皮有塊淺色光滑皮毛的河族貓。

穴掌！

見習生抓住藤掌的頸背，把她從暗紋的腳下拖開。在一片渾濁的河水中，藤掌依稀可以看到黑暗森林的戰士在河底揮動腳掌摸尋。穴掌在藤掌旁邊，甩動鼻頭，對著暗紋的後腿指了指，泡泡不斷從穴掌的鼻子冒出來。藤掌頓時明白他的暗示。雖然她的肺部因為缺氧而疼痛，但她已經不再那麼恐慌，她可以在水裡多撐一點時間。藤掌和穴掌聯手轉身，像一對水獺兩路包抄潛進河底，對準暗紋的後腿猛力掃踢。

暗紋仆倒在水裡，藤掌倏地衝出水面，大口大口喘氣。穴掌從旁邊冒出來，與藤掌齊聲歡呼勝利，讓暗紋獨自在下游處掙扎扭動，把水花攪得四處飛濺。

暗紋笨手笨腳從下游朝他們游過來。穴掌偷偷告訴藤掌：「不要讓他的腳掌有機會接近妳。」說完後，河族見習生便游回雪叢那裡去。

藤掌裝出一副無辜的樣子對暗紋喊道：「你還要再練習一次那個招式嗎？」

虎斑戰士瞇起眼，水從他的下巴滴下來。「好。」他似乎已經提高警覺。

藤掌潛進水裡，抱緊河底一顆岩石。這次她不打算作弊，她慢慢等暗紋喘口氣，做出招的準備。當他從她的後腿掃過去時，藤掌有如一條魚般往前游竄，閃過他的攻勢。

她對自己竟能如此自在地在黏膩的熱水中悠游，感到很不可思議。她轉身，集中注意力，準備對暗紋出擊。她伸出腳掌，往暗紋下方一掃，然後身手敏捷地游開。她心中突然感到一股驕傲，除了她，從沒有任何雷族貓受過水戰訓練。

她竄出水面，看到鷹霜在岸邊揮動那偌大的虎斑尾巴，示意所有培訓的貓上岸。「不錯。」他喊道，看著他們全身溼答答地從河裡爬出來。

藤掌甩甩皮毛，連水濺到暗紋身上她也不在意。

「不過你的表現有點差強人意，暗紋。」鷹霜譏笑這隻瘦巴巴的戰士。現在暗紋的毛緊黏著皮肉，身形看起來更乾扁。「我還以為你一定可以吃定沒受過訓練的見習生。」鷹霜說。

暗紋哼了一聲，黯然走進樹林。

「藤掌？」虎星的喵聲把她給嚇了一跳。她猛然轉頭，看到暗色戰士從水底爬上岸。

「所有雷族貓都應該學會如何在水裡活動。」他甩動皮毛，「妳的動作很不錯。」

藤掌鞠躬，「謝謝。」

「妳有看到虎心嗎？」

藤掌突然被他這麼一問，不知該如何回答。「我？」虎星該不會已經發現，她特別注意那年輕公貓吧。「沒有。」

「他又遲到了。」他低吼，「他這幾天愈來愈晚到。是不是生病了？」

藤掌抽動耳朵，提議道：「下次集會時，我可以幫忙打聽看看。」

「我自己去查。」虎星說話的口氣讓藤掌直顫抖。虎心該不會因為缺席，而有麻煩了吧？

鷹霜清清喉嚨，「解散。」黑暗森林外圍，天空已經開始轉亮。藤掌止住打呵欠的慾望，轉身離開河岸。

「明天見。」穴掌輕輕說了一聲後，隨即消失在暗處。

藤掌周圍的樹林轉為蕨葉，她發現自己縮著身子躺在睡窩，窩室不時傳來鴿掌的呼吸聲。

她回來了。不過她應該才剛回來不久。她的呼吸很快，似乎是才剛躺下來。她的皮毛散發出新鮮雪味。藤掌抽動鼻子，鴿掌的身上還有另一種味道，一個很熟悉的味道。藤掌努力想把這個味道想起來，但她的眼皮愈來愈沉重。

淡粉晨曦觸到蕨葉葉端，還有些時間可以小睡一番。疲憊不堪的她沉沉睡去。

「這是什麼？」藤掌被白翅的驚恐聲嚇醒。

她猛地抬頭，「什麼？」

「血！」她的母親鼓著圓圓的眼睛，「妳的床上有血。」白色戰士馬上彎身去嗅鋪在樹枝間的青苔，接著大吃一驚。「妳身上也有血！妳是不是受傷了？」

藤掌縮回去，「妳來這裡做什麼？」

「晨間巡邏隊已經出發很久了，妳們兩個都沒有起床，所以我來叫醒妳們。」

鴿掌睡眼惺忪地爬出睡窩，「我們大概是練到太累。」

「這就是妳流血的原因嗎？」白翅憂心忡忡看著藤掌。

蕨葉叢沙沙搖晃，蜂紋探頭進來。「妳們在吵什麼？」他追問。

「去找松鴉羽過來。」白翅吩咐他。「藤掌受傷了。」

「不要！」藤掌雖然出聲抗議，但蜂紋已經不見蹤影。

藤掌氣嘟嘟地說：「我沒事。」她不希望讓任何貓發現薊爪抓傷她脖子的事。她原本以為河水已經把傷口清掉，但她從黑暗森林回來後，傷口顯然還在流血。她往下看看青苔，發現上面沾有深色的血漬。她和鴿掌對看。她的姊姊眉頭深鎖。

「一定是有根刺跑進青苔裡了。」藤掌趕緊喵聲說道。

拜託，鴿掌！幫我。

鴿掌聳聳肩。「對，應該是刺。」她喵了一聲，旋即鑽出見習生窩。

幫個忙會怎樣啦！藤掌對鴿掌掉頭就走感到很不滿，這下她必須獨自安撫母親的情緒。

「也有可能是我床底下藏了一顆尖銳的石頭。」

「讓我看看。」白翅把藤掌推開，開始在青苔上踏踩，想找出異物。「沒有東西啊。」

松鴉羽帶著一片對折的葉片鑽進窩室，蜂紋和煤心也跟著鑽進來。藤掌從床上退開。

松鴉羽把葉片放到她腳邊，然後打開它，葉片裡面包著厚厚的綠藥泥。「我來幫妳檢查看看。」他命令道。

藤掌挪開身體。「只是一點小扎傷。」**他知道我去黑暗森林，所以一定不會相信這只是尖刺扎傷。**

煤心嗅聞藤掌的睡窩。「只是被刺一下會流這麼多血嗎？」

「可能會有點痛。」松鴉羽開始把厚藥泥在藤掌的頸背。

拜託，不要說出來！她害怕得連疼痛都忘了。

蜂紋湊到巫醫的肩膀旁邊。「一根刺就可以傷成這樣。」

松鴉羽嘆口氣。「傷口不是很嚴重，不過有點感染的現象。」他又從葉片上挖了一坨藥泥。「妳要小心。」

藤掌縮起身體，她可以聽出松鴉羽喵聲中帶著怒氣。他知道藤掌的傷口是怎麼來的。

「她沒事吧？」煤心擔心地問。

白翅擠到前面，「已經止血了嗎？」

走開！血液漲滿藤掌的耳朵。被松鴉羽剛上完藥的傷口正隱隱作痛。**別來煩我！**

「她死不了啦。」松鴉羽一屁股坐在地上，再度把藥泥包好。「今天晚上過來換藥。」他叼起葉片，走出見習生窩。

松鴉羽離開後，鴿掌又悄悄鑽回窩室。

「妳該不會也是來湊熱鬧的吧？」藤掌忿忿地說。

鴿掌隔著煤心，把身體湊近藤掌的睡鋪，翻找一會兒後，坐起身。「妳們是不是在找這個？」她把一根刺吐到地上。

白翅用腳輕輕碰了碰那根刺，「難怪會流這麼多血！」

煤心皺起眉頭。「這麼大一根刺妳都沒發現嗎？」

藤掌感受到姊姊的溫情。當鴿掌靠近嗅聞她的傷口時，藤掌在她耳邊輕聲說：「謝謝！」

鴿掌咕噥道：「事情還沒有完呢！」她轉身離開。

「好啦。」白翅用尾巴輕拍蜂紋，「我們讓藤掌好好休息。」她把這年輕戰士帶出窩室。鴿掌跟在後面，尾巴一搖一晃，消失在蕨葉叢外。

煤心一臉擔心地看著藤掌。「怎麼了？」藤掌問。

煤心嘆口氣，說道：「傷口一定很深，才會這麼快就出現感染。」

藤掌爬進睡鋪，一心只想睡覺。

煤心抽動尾巴，「妳一定很累。」她的腳掌輕觸藤掌的頭。藤掌可以感覺出煤心在顫抖。

「到底發生什麼事？」煤心把身體挨得更近，輕聲對她說：「妳什麼事都可以跟我說，別擔心。一根刺不可能會造成這麼大片的傷口。妳應該是晚上沒睡跑出去，在外面被刺到。」她坐下來，看著藤掌。「況且，一根刺不可能這麼快就引發感染，不管是傷口多深都不可能。而且……」她仔細察看藤掌的傷勢，「……肉如果被刺扎到不可能會撕裂成這樣。」

藤掌全身有如死掉的獵物般僵硬。她該說什麼？該找什麼理由來搪塞？她站在那裡一動也不動，腦袋一片混亂。

「跟我說實話。」煤心輕聲追問。「我不會生氣，我只想幫妳。」

藤掌深深吸了一口氣。「我利用晚上的時間練習。」

「練習？」

「我要成為有史以來最厲害的雷族戰士。」**而且我一定會做到！**

「噢，」煤心呼出一口氣，「原來如此。」她似乎鬆了一口氣。「妳想成為最好的戰士，所以晚上才跑到森林獨自練習。」

「沒錯。」藤掌顯得有些不安。她的導師一向都對她很好，藤掌不想騙她，但又不得不說謊。**這跟事實很接近，**她告訴自己。「鴿掌樣樣都好，什麼事都難不倒她，而且大家也已經把她當成一名戰士看待。火星會詢問她的意見，獅焰做什麼事都帶著她……」

煤心僵住身體。「妳和鴿掌一樣棒！」她嘶聲說道：「我很為妳感到驕傲！如果妳想多做訓練，我們可以在白天多安排一些課程。妳現在還在發育，需要充足的睡眠。」

藤掌順從地點點頭。

「答應我，晚上不要再跑出去了好嗎？」煤心督促她。「部族都在睡覺，妳一隻貓在外面太危險了。要是發生什麼事該怎麼辦？要是狐狸又回來了該怎麼辦？」她憂心地說。「妳的能力不輸任何一名戰士，不需要偷跑出去練習。」煤心焦急地看著藤掌的眼睛，「答應我，晚上不要再跑出營地了！」

藤掌低頭看著自己的腳掌，滿肚子的罪惡感。「我答應妳。」她低聲含糊帶過。

第十五章

鴿掌跟在白翅和蜂紋後面鑽出見習生窩。**讓煤心管管她！我已經幫她找了一根刺，其餘的她可以自己解釋。**

但她的氣很快就消了。她不是生氣，而是害怕。她每天晚上睡覺時都提心吊膽，不知道藤掌隔天醒來會出現什麼樣的傷。要是藤掌開始變得和黑暗森林戰士一樣該怎麼辦？她必須找松鴉羽談談，松鴉羽一定得出手幫忙。

她朝著巫醫窩走去，經過新鮮獵物堆，看到波弟正在翻弄一隻沾滿泥土的老鼠，這是唯一僅剩的獵物。「妳覺得鼠毛看到這東西會有胃口嗎？」他用粗重的聲音說。

鴿掌頓了一下。「什麼？」

「真小隻。」波弟用爪子將瘦巴巴的老鼠勾起來。「不過應該會讓她有點胃口吧。」

「她不餓嗎？」鴿掌有點意外。現在每隻族貓的肚子應該都很餓才對呀？

松鼠飛急忙跑來，「她是不是發燒了？」

波弟搖搖頭。「她只是看起來很累，有點悶悶不樂。」他垂下肩膀，「所以我才想說來新鮮獵物堆拿點東西，讓她開心一下。」

「其中一支狩獵隊應該快回來了。」松鼠飛喵聲說道：「他們說不定會帶些東西回來。」她看了鴿掌一眼說：「獅焰不是要帶妳出去嗎？」

獅焰站在擎天架下的岩堆邊和棘爪談事情。

鴿掌聳聳肩，「要看他什麼時候忙完。」**況且，我還得先去處理一件事。**她遠望巫醫窩，希望蜂紋不會在那裡待太久。

波弟砰的一聲把老鼠丟在柔軟的雪地上。「要是讓我年輕幾歲，我就自己去抓獵物。」他抬頭望著窪地上方，一臉心神嚮往。「我年輕的時候可是個狩獵高手，我抓過兔子……」他鼓起胸膛，「還有雉雞……」他的頰鬚微微抽動，「雖然抓雉雞不是很困難，牠們只要有東西吃就懶得飛了。」

鴿掌眨眨眼睛，她的注意力一下子從巫醫窩轉到波弟身上。「你抓過雉雞？」儘管波弟的體型不算小，但也不可能大過雉雞吧。

「我年輕時可是天不怕地不怕。」老貓邊嘆氣邊晃動斑白的口鼻，轉身往長老窩走去。

鴿掌對松鼠飛點點頭後，匆匆忙忙跑去巫醫窩。

蜂紋在薔光旁邊晃來晃去，「妳一定要親眼看到才會相信。只是一根刺，她就流了好多好多血。而且她還整個晚上睡在裡面，都沒有發現。」

松鴉羽把沾滿藥泥的腳掌泡在池子裡。「你也太誇張了吧，蜂紋。」他抬起腳，開始舔舐。「只不過是幾個小傷口罷了。」

「我要去幫松鴉羽檢查青苔了。」薔光自豪地宣布，「我現在是挑刺大隊。」她遠遠望著巫醫，「我是不是也應該將育兒室的青苔檢查一遍，再讓他們拿去鋪床？」

鴿掌原本想出聲叫松鴉羽，但他已經自動朝她走過來。「黛西和罌粟霜一定會很感激妳幫忙檢查小貓們的青苔。」他經過薔光床邊說道。「我得出去一下。蜂紋。你在這裡陪薔光，但是拜託不要跟她亂扯一通。」

松鴉羽很快經過鴿掌旁邊，「跟我來。」他悄聲說，便鑽出刺藤叢，「我們需要談談。」

終於！松鴉羽是不是已經開始正視藤掌到黑暗森林的事了？她急忙跟在他後頭。松鴉羽稍稍對獅焰點頭示意，繼續跨步往前走。獅焰見狀，立刻結束和火星的談話，跟上松鴉羽和鴿掌。火星瞇起眼，望著這三隻貓離開營地。

「嘿。」松鴉羽走出窪地外，穿過蕨葉叢生的坡地，在一處空地停下來。他的瞎眼盯著鴿掌說：「妳必須想辦法阻止藤掌，讓她不要再這樣傷痕累累地從黑暗森林回來，再這樣下去，她遲早有一天會被發現。」

鴿掌張嘴瞪著他，肚子裡燃起熊熊怒火。「我必須去阻止她？」她憤怒地說：「你以為我沒有努力過嗎？不過我可不是因為擔心她的抓傷、瘀傷、扭傷會洩漏我們的祕密。」她用鼻頭推了松鴉羽的臉一下，「我是擔心她被殺！」

「冷靜。」獅焰在中間緩頰，「妳說得沒錯，鴿掌。藤掌太常受傷，我們應該負起保護她的責任。」

鴿掌吐了長長一口氣。「我早就跟你說了！」

「但是，」獅焰又說道：「我們沒有辦法在夢裡跟蹤她。」

「松鴉羽可以！」鴿掌點出。

獅焰搖搖頭，「虎星已經警告過他，要他遠離黑暗森林。我們不能讓他再去冒這個險。」

「但你們就願意讓藤掌每個夜晚去冒險？」鴿掌十分火大。

「她是他們的一員。」松鴉羽提醒她，「只要他們還認定藤掌是他們的同夥，他們就不會故意傷害她。」

鴿掌哼了一聲說：「最好是啦。」她咆哮，「你看她傷成這樣。」

「那些只是訓練時受的傷。」松鴉羽駁斥。「她自己都不擔心了，我們幹嘛要擔心。」

「你們難道不能跟她談談嗎？」鴿掌用哀求的眼神看著松鴉羽和獅焰。「你們叫她不要去，或許她會聽。」

獅焰的尾巴拂過鴿掌的背脊。「妳真的認為她會聽嗎？」

鴿掌心一沉，**不會**。藤掌似乎對虎星的訓練深信不疑，她一心想成為優秀的戰士，一定不可能輕言放棄。

「此外，」松鴉羽坐下來，把尾巴盤在腳上。「我們急需她在黑暗森林活動。」

獅焰急忙看著弟弟，「為什麼？」

「黃牙來找過我。祂提醒我們要單獨對抗黑暗森林。」

獅焰豎起頭，「單獨對抗？」

「所有巫醫貓都被告知同樣的話，各族必須獨自面對危險。」

「其他部族知道黑暗森林戰士的事嗎？」獅焰貼平耳朵。

「不知道。」松鴉羽動動腳掌，「星族應該知道，但祂們不讓其他巫醫知道。」

「為什麼？」鴿掌質問。

「祂們可能不想把他們嚇壞。」松鴉羽聳聳肩說：「不想讓他們疑神疑鬼，互相猜忌。」

「為什麼**你**不去告訴其他巫醫？」

「黃牙命令我要保守祕密。」松鴉羽動動腳掌。「正當我準備要警告隼翔和柳光時，突然出現幻影。」

「什麼幻影？」獅焰將身體湊得更近。

「星族貓在我眼前便成冰身，然後碎裂消失。星族被摧毀殆盡。」

鴿掌看著他，「這麼說我們只能靠自己囉？」

松鴉羽聳聳肩，「雷族擁有三力量，所以雷族必定能存活下來。」

獅焰開始走來走去，「所以為了顧全大局，我必須扛起作戰的責任？」他氣憤地拍動尾梢。「偉大的星族，為什麼我就不能像其他貓一樣過正常生活？」

鴿掌皺眉頭。她還以為獅焰很樂意成為預言的一部分。他之前還一直鼓勵她坦然接受自己所擁有的能力，現在她終於漸漸開始享受這樣的能力。多虧她的特異能力，才能讓她無時無刻聽到虎心的聲音。她可以聽到他和他的族貓們狩獵的聲音，也可以聽到他熟睡時的呼吸聲……

她趕緊回過神來，現在不是想虎心的時候。「為什麼要藤掌繼續去黑暗森林？」她質問。

「我們必須知道他們下一步要怎麼做。」松鴉羽告訴她。

「我們已經知道他們要做什麼了。」鴿掌反駁。

「但我們不知道他們何時會發動攻擊，也不知道他們是否是這次分裂部族的幕後主謀。」

松鴉羽靠到鴿掌身邊，「藤掌可以幫我們查出來。」

鴿掌退縮，「你要她去刺探敵情？你難道不覺得她已經夠危險了嗎？要是虎星發現她是間諜，天曉得他會對她做出什麼事來？」一陣噁心感突然湧上她的喉頭。「不行！絕對不能讓藤掌去做這件事，即使是攸關部族存活也不行！」

她倏地轉身衝出蕨葉叢，雪團灑落一地。獅焰和松鴉羽根本不關心藤掌的死活！她只是他們利用的工具。**之前他們想利用我，現在換利用藤掌。**

鴿掌氣得奔上山坡，山頂的樹木稀疏，下方的湖水在澄澈的藍天下瑩瑩閃爍。大雪覆蓋的原野和森林被陽光照得一片亮白，讓鴿掌不得不瞇起眼。她倒不如利用心中這股怒氣為部族效勞。她衝下白雪皚皚的山坡，直奔湖邊。她打算去狩獵。

沿著溪岸，鴿掌聞到了獵物的氣味。她停下來，腳被凍得發疼。雪蔓延到岸邊，整片淺灘全結了冰。鴿掌嚐起空氣的味道。

水田鼠。她慢慢走向前，低下鼻子，嗅聞地上的味道。她很快在雪地裡聞出水田鼠的氣味，並發現牠的足印。她跟著小腳印來到樹木林立的小溪，順著氣味往上游方向搜尋，在林木間穿梭一會兒，終於發現蹲伏在水邊的一小團暗色身影。水田鼠的兩隻前腳緊抓著一塊東西，很專心地咬著。

鴿掌立刻蹲低做出狩獵的姿態，在雪地裡緩慢移動，避免自己的皮毛摩擦到白雪而發出聲響。她爬得更近，只見田鼠正忙著咬東西，而忽略了身邊的危險。鴿掌停在田鼠上方，晃了晃臀部後，便往岸邊一撲而下，給了牠致命的一咬，田鼠立刻癱軟在她腳爪之間。鴿掌聞到田鼠的香味，忍不住口水直流。這是幾天來她所見到最像樣的一隻新鮮獵物。鼠毛要是看到了說不定會胃口大開。

「抓得好！」藤掌從對岸喊道。她那銀白的皮毛在雪地中顯得模糊。她涉過冰凍的淺溪水，攀到鴿掌所站的岸邊。「很棒的獵物。」

鴿掌皺皺鼻子，藤掌的皮毛仍敷著藥泥。接著她發現藤掌的眼睛帶有一種狂熱的明亮。「妳應該在營地好好休息。」她喵聲說道，突然開始擔心起來。「松鴉羽不是說妳的傷口有感染的現象嗎？」

藤掌豎起皮毛。「那又怎樣？」她抬高鼻頭。「我已經有敷藥了。」

「我沒有責備妳的意思。」鴿掌很快喵了一聲。「我只是擔心妳。」她把獵物放在藤掌面前，「來吃一口。」她不想和妹妹吵架，只想保護她。

藤掌搖搖頭，「這會違反戰士守則。」

「吃一小小口就好了。」鴿掌催促她。「妳看起來很餓。我就跟大家說這是在打獵時不小心弄掉的。」

藤掌瞇起眼睛說：「不用了。」她咆哮：「我不像有些貓喜歡違反戰士守則。」

「什麼？」鴿掌驚訝地看著她。

「我才不像有些貓晚上偷溜出去私會影族戰士。」

鴿掌的心頓時一沉，**藤掌知道我和虎心的事！**「妳怎麼會知道？」

「妳覺得我會聞不出妳身上有他的味道嗎？」藤掌揮動尾巴，「妳每天晚上和其他部族的公貓過夜，太不忠貞了吧？」

鴿掌瞬間愣住，「起碼我們沒有危害任何貓。」

「妳這是什麼意思？」

「妳去一次黑暗森林，就是背叛族貓一次。」

「妳胡說！」藤掌嘶吼道：「我是要把自己訓練成優秀的戰士來幫助部族！」

「優秀個頭！」鴿掌發出不屑的斥喝聲，「像虎星那樣優秀的戰士？」

「他是很優秀！」

「他去當影族族長，並設法殺害火星！」**為什麼藤掌會這麼笨？**

藤掌瞪著她，眼神冷若冰霜。「妳難道不好奇我是怎麼知道他的味道嗎？」

鴿掌眨眨眼，一臉困惑，「什麼？」

「我這麼快就認出虎心的氣味，妳難道一點都不覺得奇怪嗎？」

鴿掌僵住身體。她想起藤掌和虎心在戰場上眼神交會的那一幕。那不是她胡思亂想。

「妳……是怎麼知道的？」鴿掌把身體縮成一團，不想聽答案。她不想知道虎心同時也和她妹妹交往，不想聽到他騙了她，不想聽到虎心的心裡其實並不只有她一隻雷族貓。他不可能這樣對她！他是愛她的。

「我幾乎每天晚上都和他見面。」藤掌得意地說。

「不可能，他都和我在一起！」

「並不是每天晚上。」

鴿掌退開，「不准妳亂說！他喜歡的是我，不是妳。妳是不是在跟蹤他？去找妳自己的伴侶！不要煩他！」

藤掌挨近她，「我才不會喜歡上他。我不像妳是只懂愛的鴿子。我是戰士，虎心也是。」

鴿掌恨不得自己耳聾；恨不得只看得見藤掌的嘴巴在動，聽不見她說話的聲音。

「虎心並不是只有每晚都在妳耳邊說些肉麻兮兮的話。」藤掌嘲笑她。「他是黑暗森林數一數二的優秀戰士。他效忠的對象是黑暗森林，不是妳。」

「妳亂說！妳分明是在嫉妒！」鴿掌對著妹妹尖聲吼道。她覺得這全是因為藤掌見不得她好，才編出來的謊言。「妳嫉妒我比妳優異。妳不能忍受我從以前就比妳優秀。而現在妳又開始嫉妒虎心愛的是我，不是妳！因為妳嫉妒我，所以想毀了我的一切。」

藤掌的眼睛閃著微光。「真是這樣嗎？妳可以去找虎心問個清楚。」

「閉嘴！」鴿掌爬上岸邊。「要是妳敢跟任何貓洩露我與虎心私會，別怪我把妳去黑暗森林的事昭告全族。族貓一定會像我一樣唾棄妳，妳會連一個朋友都沒有！」她狂奔進樹林。

「妳的獵物。」藤掌在她身後嚷道。

「妳拿去！」鴿掌大喊，「起碼讓妳做一件對部族有貢獻的事！」

她繼續往前奔跑，告訴自己不要胡思亂想。氣味標記就在不遠之處，影族的氣味盈滿她的舌頭。虎心真的背叛了她嗎？她煞住腳步，豎起耳朵，集中精神，仔細探尋虎心的聲音。

因為太常搜尋虎心的聲音，鴿掌很快就抓到了定位。他的喵聲、他在森林漫步的腳步聲全收進鴿掌的耳朵。她認得他那堅定且強而有力的步伐，他顯然是和族貓在一起。鴿掌定神聆聽——是鼠疤、松掌和雪鳥。看到松掌啪地跌進雪堆裡，大夥兒忍不住發出鼓鼓貓鳴。一顆松果嗖嗖從樹梢滾落，不偏不倚打在影族見習生的頭上。

「哎呦！」松掌從積雪裡爬出來，皮毛沙沙刷過雪地。「雪下面有刺藤！」

虎心噗哧大笑，「活該，誰叫妳愛亂玩。」

他們看起來好歡樂，鴿掌好希望加入他們。她恨不得自己現在就和虎心在雪地裡玩耍，要他證明他愛她。她分分秒秒都要和他在一起。

或許她應該加入影族？鴿掌的腦袋裡突然閃過這個念頭，心裡徒增一絲酸楚。

別傻了！我是三力量之一。我不能拋下松鴉羽和獅焰，讓他們獨自對抗黑暗森林戰士。她的心有如針扎。在內心深處，她很清楚自己拋不下藤掌。她不應該跟藤掌說那些殘酷的話，讓她誤以為部族都不喜歡她。

一股突如其來的噁心感席捲鴿掌。要是藤掌決定一輩子待在黑暗森林那該怎麼辦？她立刻拔腿飛奔回家，她要向藤掌道歉，她要跟她認錯。

但這樣一定不夠！藤掌還是會去黑暗森林，她一定不會相信自己是被利用。鴿掌加快腳程，在雪地疾馳。樹木從她身邊咻咻而過，雪在她腳下發出嗤嗤脆響。**為什麼我阻止不了她？連自己的妹妹都保護不了，我還要這個特異能力做什麼？**

第十六章

焰尾滿心期待地刮掉鋪蓋在老樹墩根部的雪層，挖出的竟是一堆被霜凍得發黑的草葉，他不由嘆了一口氣。為什麼在這最容易生病致命的季節裡，偏偏沒有藥草生長。小雲已病的奄奄一息，部族的食物又不是很充裕，白咳症恐怕不久就會蔓延所有窩室。

「哎呦！」樹林傳來松掌的喵聲。

虎心回她，「活該，誰叫妳愛亂玩。」

他哥哥的狩獵隊就在附近。焰尾又挖出一堆腐爛的葉片。他忍不住咒罵，「老鼠屎。」

虎心咚咚從林子走來，「怎麼啦？」

焰尾甩掉腳上的碎雪，「我找不到新鮮藥草。」他嘆口氣，「連蕁麻都沒有。」

其他狩獵隊成員也趕上來，「需要幫忙嗎？」鼠疤問。

「我們有的是時間。」雪鳥解釋，「獵物也躲得無影無蹤。」

松掌靠到焰尾身邊，「你在做什麼？」

焰尾抽動鼻子，這隻見習生身上似乎有一股青草的味道。他轉身，聞得更用力。

「你介意嗎？」松掌閃開。「我今天早上有梳洗過啦！」

「妳剛剛去哪裡？」焰尾盤問。

松掌把頭轉過去，望著他們剛經過的路徑。「落葉松附近。」

虎心發出咕嚕喵嗚，「松掌剛剛跌進雪堆裡。」

「下面還有一堆刺藤。」松掌抱怨，「我的毛裡都是刺。」

「雪堆下面有刺藤？」這下焰尾的精神全來了，「難怪妳身上會有新鮮琉璃苣的味道！」

雪鳥瞇起眼睛，「你的兄弟是不是變鴿腦袋了？」她小聲對虎心說。

「焰尾知道自己在做什麼。」虎心的尾巴拍拍他的兄弟，「對吧？」

「刺藤叢能把雪阻隔在外。」焰尾解釋：「讓裡面的琉璃苣不會被凍壞。」

鼠疤走向前，「我帶你去看。」

但焰尾已經一溜煙沿著族貓們剛走過的足跡跑過去。「不用麻煩了，」他喊道：「我沿著你們剛剛留下的腳印走就可以了。」

「你絕對可以馬上一眼認出松掌跌跤的地方！」虎心在焰尾後頭喊道：「洞口大到都可以埋一隻野兔了。」

焰尾沿著族貓們剛留下來的足跡，快步來到積雪處，看到眼前雪堆凹了一個大洞，他不禁興奮地豎起皮毛，那肯定是松掌跌的。他顧不得受凍的腳掌，奮力鑽入，直到被刺藤扎到。他硬著頭皮撥開刺藤，發現安然隱身在藤蔓下、躲過霜寒侵襲的琉璃苣，葉片依舊透著深綠。

感謝星族！在一番大肆採摘後，他鑽出雪堆，準備帶著這疊藥草回家讓小雲高興一下。但他內心仍是不安，若能找到貓薄荷就更好了。琉璃苣只能退燒，不能清除感染。小雲肺部的感染情況嚴重，要是惡化成綠咳症那該怎麼辦？在沒有貓薄荷的情況下，焰尾簡直是無計可施。

他甩開煩惱，提醒自己，**星族會保佑我們的。**雖然族貓們常常吃不飽，但還不至於嚴重斷糧，起碼還可以挖開埋在地下的獵物來吃。

焰尾一步步走回營地。儘管腳被凍得有點疼，但他其實很享受這種清冷的天氣，還有脆雪在他腳下沙沙摩擦的聲響。靜寂的林間，偶爾傳來幾聲鳥鳴，提醒他新葉季終有一天會到來。

「焰尾！」褐皮一見到焰尾低身從營地入口鑽進來，立刻衝上前。「找到藥草啦！」她猛舔他的臉頰，「你真棒！」

焰尾把臉轉開，暗暗提醒自己，應該慶幸有這麼熱情的家人。在大集會時，他有時候會發現風皮在一旁怒視鴉羽和夜雲。鴉羽和夜雲因為忙著鬥嘴，根本沒有注意到風皮在瞪他們。

「你瘦了。」褐皮憂心地說。

滿嘴琉璃苣的焰尾無法說話，只能聳聳肩。現在是禿葉季，他當然會變瘦，其他族貓還不都跟他一樣瘦。

褐皮望向巫醫窩，「你還是去看看他吧，他又開始咳不停了。」

焰尾的尾巴拂過母親的臉頰後，急忙轉身離開進入巫醫窩。窩內瀰漫著一股生病的氣味。焰尾把琉璃苣放到草藥堆旁邊，說道：「你應該好好休息才對。」

小雲正在窩室後方，慢條斯理地整理草藥。他把新鮮草藥放一堆，乾的草藥放另一堆。

「小白菊都用光了。」他嘆氣時瞬間垂下肩膀，彷彿這樣才能支撐住整個身體。

「我來幫你。」焰尾說。

「我可以自己搞定。」小雲頭抬都沒抬，喃喃地說：「高罌粟背痛，我要找一些紫草給她。」他突然咳嗽起來，把乾草葉吹亂了一地。

焰尾慢慢將巫醫帶到睡舖去。「我找到紫草後，一定幫你送去長老窩。」他保證。

「要命的咳嗽。」小雲嘟囔著爬進青苔床鋪，他顯得舒服多了。「再一兩天就會好了。」

「當然。」焰尾走到草藥堆。小雲已經好幾天都講一樣的話。他病到沒有體力去月池，而且也不見好轉的跡象。

小雲沒去成月池，讓焰尾暗地裡鬆了一口氣，因為他自己也沒去。他聽了鋸星的指示遠離其他巫醫。小雲病重，無法成行，正好讓焰尾免去跟導師爭吵的麻煩。半月時，焰尾獨自到森林，在一個空樹幹下躲了一整晚。

他開始整理被小雲吹亂一地的草葉。

「你有夢到什麼嗎？」小雲冷不防問道。

焰尾開始捲要給高罌粟的紫草。「沒有欸。」

「那麼，你在半月時到月池去有夢到什麼嗎？」

焰尾全身僵硬，「和之前說的一樣，我們必須獨立作戰。」

小雲突然爆出一聲低吼，「為什麼你要說謊？」

焰尾停下捲紫草的工作，「說謊？」他故作冷靜。

「為什麼要騙我說你有去月池？」小雲的床鋪沙沙作響，「為了等你說實話，我已經等了四分之一個月了。」他咳得更厲害，「你回來時，身上只有影族的味道，沒有一絲石頭或水的氣味，甚至連其他巫醫的味道都沒有。你全身只散發出木頭的溼氣和恐懼的氣味。」

焰尾把臉轉向導師，「對不起。」他發現自己錯了，想找出合適的話解釋清楚。「我只是遵從鋸星的指示，遠離其他巫醫。但是如果你要的話，我可以再去月池一趟。」

「你敢肯定你對預兆的解讀一定正確無誤？」小雲質疑。

「根本不需要解讀！」焰尾忍住一衝而上的怒氣，「鋸星已經把話說得很清楚。戰爭將至，我們只能仰賴祖靈的指引，別奢望其他貓會來幫我們！」

「但是黑星和我有同感，他也認為我們必須謹慎行事。」

焰尾動動爪子，「我是巫醫，我必須聽命星族！」

「如果戰爭將至，與他部族結盟或許是我們唯一的希望！」小雲嘶啞著嗓子說：「大遷移時，就是靠各族的合作，才能讓我們度過難關。之前打敗鞭子和血族就更別說了。」

焰尾看著導師，「那是以前，現在不一樣了。很多事都變了。」

「戰士守則永遠不會變。」

「我們不是戰士！」焰尾氣呼呼的頂撞，「我們是巫醫！」

小雲把朦朧的眼睛鼓得大大的，回瞪他。他突然又咳個不停，身體直顫抖。焰尾趕緊跑到他床邊，用雙掌按摩他乾瘦的胸口，試著緩緩他的脾氣。他不想和導師爭吵，特別是在他生病的時候。小雲把所有本事都教給他，而且完全信任他。但小雲並沒有和他一樣夢到火焰。

焰尾把身體扭開。為什麼星族只托夢給他？他看著深受咳嗽之苦的小雲。這年邁的巫醫是不是正走上死亡之路？焰尾不禁悲從中來，更加緊順撫他的背。

咳嗽漸歇的小雲躺回床上，但還是不停喘著氣。「你無論如何一定要對我誠實。」

「關於沒去月池的事，沒告訴你是我的不對。」焰尾伸出腳掌梳理小雲打結的毛髮。「我不是故意要惹你生氣。」他迎向導師焦慮的目光，「但我不能違背星族的旨意。」

小雲點點頭，「我了解。」他的聲音沙啞，「我只要求你告訴我實話。」

「現在我都跟你說了。」焰尾挺直身子，「我們必須獨自面對。鋸星已經說得很明白，我必須遵照祂的指示去做。」

「我也要嗎？我沒被託夢，也沒看到幻影，所以沒有理由棄老友於不顧。」他低語喃喃。

「你是不是在想煤皮？」焰尾知道這兩名巫醫有著深厚的交情。

小雲的眼底閃著光芒。

焰尾靠過去，「她已經死了，」他嘀咕道：「松鴉羽是雷族現任的巫醫。他不是煤皮，若是星族要他們單打獨鬥，他一定會照辦。」

「松鴉羽要怎樣都不關我的事！」小雲呻吟一聲，撐住身子。「煤皮曾救過我的命，我們之間的情誼也因此遠超過一般友誼。在尚未償還恩情之前，我不會輕易棄她所愛的部族於不顧。」

入口的藤蔓沙沙晃動，花楸爪探頭進來。「焰尾？」他喊道：「黑星要你過去。」

小雲費力爬出睡舖。

「只有焰尾。」花楸爪告訴巫醫：「黑星聽到你在咳嗽，他要你好好休息。」

小雲懊惱地低吼一聲，躺回柔軟的青苔床。

「我會回來跟你報告他說了什麼。」焰尾向他保證，匆忙跟上花楸爪後頭。在穿過空地時，他突然感覺有毛髮刷過他兩側，他困惑地放慢腳步。只有花楸爪在他前頭，附近並沒有其他貓。

一股溫暖氣息圍繞他的皮毛。**是拱眼和賢鬚！**他們的聲音像輕柔的風吹在他耳邊。

要堅強！

我們與你們同在！

他點頭，走進黑星的窩裡，把這兩個戰士的魂魄留在微風中。

「你還有夢到更多預兆嗎？」黑星揮動尾巴，在擁擠的窩室裡來回踱步。

焰尾退開，「沒有。」他回應。

「那為什麼我做了好幾個惡夢？」黑星瞪著圓圓的眼睛，憂心忡忡地看著他。「我每個夜都輾轉難眠，夢裡全是血腥、暴力和死亡。」

焰尾眨眨眼。這位年邁的族長看起來愁容滿面。

「我們將會面臨什麼樣的危險？」黑星盤問：「影族會被毀掉嗎？」他望向門口，尖銳的喵聲中帶著苦惱。「結束與雷族的爭戰後，你從月池帶回戰爭將至的訊息。是誰會威脅我們？雷族？風族？河族？還是他們全部？我們該怎麼面對？我們的祖靈又說了什麼？」

焰尾鞠了一躬說道：「就像我之前說的，我們必須單獨面對危險。結盟只會拖垮我們的勢力。只要我們保持獨立作戰，危難最終會過去。」

黑星的眼睛閃著希望的光，「真的是這樣？」

「沒錯。」焰尾低頭看自己的腳掌，「我們會沒事的。」雖然這句話聽起來很沒建設性，但他必須安撫黑星。**要是連族長都喪失信心，這場仗該怎麼打下去？**

黑星轉身，「我們一定會安然度過，贏得勝利。」影族族長陷入沉思，讓焰尾退出窩室。

「我聽說你有找到藥草。」

花楸爪突如其來的喵聲嚇了他一跳。「藥草？」他重複他的話。

「今天早上，」花楸爪強調，「褐皮說你帶琉璃苣回來。你需要幫忙採更多回來嗎？」

焰尾甩動皮毛，回過神來，「好啊。」他喵了一聲，「當然好。」

花楸爪環顧白雪皚皚的空地，「蟾蜍足！曦皮！」這兩名戰士正忙著用樹葉修補育兒室的牆壁。花楸爪揮動尾巴，示意他們過來。「我有差事要給你們做。」

「什麼差事？」曦皮第一個衝到父親面前。

蟾蜍足在她旁邊煞住腳步，「你要我們去打獵嗎？」他們的眼睛閃爍著光芒，想外出到森林裡去的心情表露無遺。

花楸爪發出呼嚕聲，「我要你們去找草葉。」他看了焰尾一眼，「焰尾找到琉璃苣生長的地方。趁著它的葉子還沒被凍壞前，我們必須趕緊摘採完畢。」

「可能還有其他藥草還沒被雪凍壞。」焰尾補充，「我們一定要翻遍所有刺藤叢。」

蟾蜍足開始發抖，「看來我們今晚可能得帶傷睡覺了。」

「只要我們小心點就不會啦。」曦皮若有所思地望向前方，「我倒是有個好辦法。」

⚡⚡⚡

「撐高一點！」蹲在刺木叢的曦皮嚷道。

蟾蜍足站穩後腿，兩隻前掌頂住一根樹枝，咬著牙用力撐開長滿刺的藤蔓，直到有足夠的空間可以讓焰尾和曦皮鑽進去。

「要撐好哦！」曦皮邊叮嚀，邊往刺藤叢深處鑽去。

「沒問題。」蟾蜍足上氣不接下氣地說。

焰尾跟在姊姊後頭，肚皮沙沙拂過冰凍的地面。刺藤叢的上方雖被大雪覆蓋，但底下的藤蔓甚是稀疏，在周圍可見到長出的綠色新芽。「妳可以搆得到嗎？」他對曦皮喵聲說道。

「應該可以吧。」她伸長前掌，開始摘葉片。「這些給你。」她把款冬葉一一遞給焰尾。

焰尾腳掌間捧了滿滿的綠葉。「還有嗎？」他喊道。

「沒有了。」曦皮回答。

儘管這些不能治癒小雲，但至少能紓緩他的呼吸道。

焰尾鑽出刺藤叢，抖掉皮毛上的尖刺。看到蟾蜍足氣喘吁吁頂高草叢，焰尾放下款冬葉，走到他旁邊，伸出腳掌跟他一起頂住樹枝，撐開刺藤叢，直到曦皮鑽出來為止。

焰尾高興地看著地上的款冬葉。「只要咳嗽沒有大肆流行，這些應該足夠用上一個月。」

「我們再去找下一個草叢！」曦皮興奮地轉圈圈，檢視樹林四周。「那邊怎麼樣？」她倏地往下一個大雪覆蓋的刺藤叢飛奔而去。

蟾蜍足轉動眼珠，「看來我得負責扛樹枝了。」他用嘴巴叼起那堅硬的松樹樹枝，一路拖著它，往曦皮的方向走去。

焰尾立刻被一聲尖銳的碎裂聲打斷。冰在曦皮的腳下裂開。在她開始跌落的瞬間，焰尾突然感到一陣恐懼，他陷入幻影，發現自己在冰冷的黑水中掙扎，水揪扯他的皮毛，不斷將他捲進底下，淹沒他的耳朵和口鼻。他的胸口灌滿了水，讓他喘不過氣來。他極力掙扎，游出水面，腳爪抓住冰層，但密密的冰層阻擋了空氣，再次將他壓回漩渦中。他驚慌失措，有股要窒息的感覺。在一陣手忙腳亂下，他的爪子終於劃開平滑的冰層。

「不！」焰尾衝上前，把曦皮從裂冰上撞開，一起滾落到小徑旁。

「你到底在幹嘛？」她叫了一聲後，把他推開，急忙站起來。「你瘋了嗎？」

冰在小徑中央裂開一圈，露出一灘泥濘的小水窪，深度只有葉子般深淺。

「你該不會是在擔心我把腳弄溼吧？」曦皮質問。

焰尾喘著氣，默默看著水窪，「我……我……」他魂不守舍，腦裡全塞滿了自己被困在冰層底下，在冰冷水中掙扎的幻影。

焰尾退開。為什麼一個小水窪會產生這麼逼真的幻影？他不由得全身起雞皮疙瘩。之前是火，現在是水，他處處都看到危險。

「我心裡很清楚。」他悄悄對星族說：「祢們不需要一直提醒我。」

小雲正在生病。現在的當務之急應該是找草藥，維護族貓們的健康。預兆的事以後再說。

第十七章

沙暴不斷地咳嗽。獅焰停下修補長老窩的工作，轉頭看到她駝著肩膀，蹲在擎天架下面。她從昨晚就開始咳個不停。

火星從岩堆一躍而下，用口鼻觸碰伴侶的頭。「妳還好吧？」

「我不小心吞進雪花。」沙暴嘶啞地說。

獅焰繼續把一團樹葉塞進樹枝縫中。雖然是正午時刻，窪地卻籠罩在一片灰濛濛的天空下。連續幾天的大雪重重覆蓋在山毛櫸樹上，把剛建成的窩牆壓得扭曲變形，牆面布滿大洞、小洞和裂縫。獅焰花了一整個早上修補新窩室，讓冷風沒有機會灌進來。蟾蜍步和樺落也跟著忙進忙出，幫忙把葉片帶回營地。他們剷開厚雪，從結凍的泥地扒出落葉，弄得腳上都是泥土。

樺落把一堆樹葉放在獅焰腳邊，蟾蜍步緊跟在他後面取暖。「還需要再搬一些嗎？」

這兩名瘦得像皮包骨的戰士已經累得喘不

過氣。近半個月來食物短缺，族貓們一天要是能吃上幾口就得偷笑了。

獅焰捧起凍傷的葉子，「要是你們能再多找一些回來，我可以順便把窩的後面修一修。」

樺落點頭後，帶著蟾蜍步走出營地。

「別忘了要修紮實點哦！」從長老窩另一端傳來鼠毛尖銳的喵聲。「昨晚風一直灌進窩裡來，害我都睡不好。」

獅焰把樹葉塞進另一個縫隙裡。「很高興聽到妳說話變得有元氣多了。」

獅焰發出呼嚕聲。鼠毛吃下剛才藤掌帶回來的肥滋滋的水田鼠後，變得有精神多了。他抓起一把樹葉，小心翼翼地繞過樹枝牆，走到長老窩後面。

「獅焰在這裡嗎？」棘爪探頭進入長老窩問道。

「我在後面。」獅焰放下樹葉，往下一跳，跑去找雷族副族長。「什麼事？」

棘爪步出窩室，「我要你帶隊去狩獵。」

獅焰的腳爪在雪地來回磨蹭，抖掉沾在爪子上的葉片碎屑。「好，要到哪裡狩獵？」

「和風族為界的樹林。」

鼠毛在門邊探頭探腦，「牆上的漏洞怎麼辦？」

棘爪點頭，「樺落和蟾蜍步會負責修好。」

獅焰把眼睛瞇成一條線，「在邊界狩獵好嗎？」他貿然問棘爪。「自從風族開始在那裡狩獵後，邊界地帶就變得特別敏感。」

棘爪哼了一聲，「所以我們才需要加強巡邏。他們以前就有過為了追逐獵物，闖過氣味標記的紀錄。我們不能一再縱容他們。」

「說得也是。」獅焰覺得副族長說得很有道理。

「我們並不想惹是生非，」棘爪繼續說：「但一定要讓風族知道我們嚴守邊界的決心。」

鼠毛動動爪子，「我真搞不懂為什麼風族不像以前一樣，乖乖待在沼澤區狩獵就好。」她邊發牢騷，邊走回溫暖的窩。「現在風族在樹林打獵。接下來呢？難不成影族要在河裡抓魚？」

棘爪等她隱身在窩室的盡頭後，接著說：「你不用故意找他們麻煩，」他再次提醒獅焰，「但也沒有必要忍氣吞聲。」

獅焰說：「幸運的話，或許我們可以抓到兔子。」天冷的時候，有時兔子會躲到樹林裡來。

「要是有最好。」棘爪往獵物堆上僅剩的老鼠和乾扁的知更鳥瞄一眼，「帶葉池、煤心和鴿掌一起去。」他命令道。

獅焰的心突然沉了下來。他最近一直躲著煤心。為什麼他要把祕密告訴她？為什麼他會天真的以為她能接受？為什麼她偏偏無法接受？他抽動尾巴。**我沒有改變！特異能力還是一樣存在。**他望向空地，知道煤心在那裡和葉池分享舌頭。看到她在葉池耳邊竊竊私語，獅焰不禁僵住身體。**要是她把祕密洩漏出去該怎麼辦？她會這麼做嗎？**

不！獅焰甩開焦慮。他相信煤心始終沒有改變。「要叫藤掌一起去嗎？」

棘爪搖搖頭，「松鴉羽說她的傷口還是有感染跡象，要她好好待在營地養傷。」

獅焰走向煤心和葉池。在經過巫醫窩時，順便呼喊正在陪伴薔光的鴿掌。鴿掌鑽出刺藤叢，緊跟在他後頭。看到獅焰停在煤心和葉池旁邊，鴿掌上氣不接下氣地問：「什麼事？」

「我們要到風族邊界狩獵。」

葉池站起身，「順便巡邏一下風族是否越界，對吧？」

煤心伸伸懶腰，皮毛凌亂豎起。她扭身，伸舌舔平結塊的毛髮。

「我們最好立刻出發。」獅焰瞄了葉池一眼，意外發現她也在看他。她最近似乎有自信多了，也比較敢主動幫忙松鴉羽，不管他接受她的建議與否。她的狩獵技能也增強不少，常常是第一個抓到獵物的貓。當邊界的氣味標記變淡，需要重新標示時，通常也是她第一個發現。

獅焰皺起眉頭。她現在是巫醫還是戰士？該怎麼看待她才好？他動動腳爪。她是他的母親？還是他母親的姊妹？他心裡很清楚，她雖然把他生下來，但並沒有負起養育他的責任。他是由松鼠飛一手帶大的。起碼松鼠飛在執行完勤務後都會在育兒室陪他。他聳聳肩。黛西和蕨雲兩隻貓后更是時常為他取暖和梳洗。和葉池相比，她們和松鼠飛更像是他的母親。

「現在呢？」葉池喵了一聲，把他拉回現實。「我們要不要出發了？」

「出發。」

鴿掌呵欠連連。

「為什麼妳老是看起來很累的樣子？」獅焰使了個不耐煩的眼色。

鴿掌對他眨眨眼。「對不起。」她咚咚跑開，跟著煤心步出營地。葉池也跟了過去。獅焰突然覺得有股罪惡感，他不該斥喝鴿掌，她還年輕，或許特異能力對她來說還太過沉重。

他跟著巡邏隊成員步出營地。森林的氣息讓他暫時拋開煩惱。剛下的雪綿密地鋪蓋在小徑和草叢上，樹林宛如一座世外桃源。獅焰衝向前，像小貓似的搶在族貓們面前，踏踢軟綿綿的雪。寒風卻熱辣辣地在他胸口灼燒，他很快就喘了起來。他朝風族領土前進，煤心、葉池、鴿掌一聲不響，腳步沉沉地跟在後頭。

他們來到分隔兩族領土的小溪附近，獅焰嚐嚐空氣，檢視風族貓有無跨越氣味標記。冰凍的小溪在林地上有如一條凹陷的溝渠，上面除了鋪了滿滿的雪外，看不出有任何異狀。不過界線上倒是還飄散著風族和雷族的強烈氣味。

「我帶煤心到刺藤叢的後面狩獵，你覺得如何？」葉池提議。

「分開進行的話，可以擴大狩獵範圍。」煤心附和。

「就這麼辦。」獅焰鬆了一口氣。「順便帶鴿掌一起去。」鴿掌又在打呵欠了，還不如他自各兒狩獵可能會更有效率。

狩獵隊成員朝刺藤叢大步前進，獅焰則在溝谷邊緣的山楂叢抽抽鼻子，開始搜索獵物的蹤跡，並小心留意風族的氣味。

溝谷前方傳來冰雪喀喀的脆響，獅焰猛然抬頭，看到兩團風族的皮毛在雪地幽幽移動：一隻暗灰色，一隻黑色。獅焰一眼就認出他們。風皮滑動腳步，緊盯前方一行小腳印走去。鴉羽豎直耳朵，蓬起背脊上的毛髮，跟在後面。

獅焰壓低身子躲在樹叢下，隔著稀疏的山楂枝幹。他看到風族貓那消瘦顫抖的身影緩緩跟著足跡走。他們甚至沒有蹲低身體。他們該不會以為這裡還有石楠叢蔽身吧？**鼠腦袋！**

一大坨雪從上面的樹枝滾落，風族貓抬頭，眼睛突然一亮。獅焰聽到了翅膀拍動的聲音，他看都沒看，就聽出附近有歌鶇出沒。他張嘴讓氣味盈滿舌頭。雪又是一陣噗噗墜落，歌鶇往下，飛到一顆松果上，開始啄食縫隙裡的小蟲。鴉羽和風皮繃緊身體，只留尾梢微微抽動。歌鶇毫無警覺，繼續啄食。

風皮往前一躍，瞬間雪花四濺。歌鶇被嚇得往空中飛衝，發出驚恐的啼叫。風皮緊追在後，拉長身子，撲向空中，給了歌鶇致命一擊。歌鶇瞬間從他掌間彈開，往溝谷另一邊下墜。

獅焰趁機騰躍而起，在半空中拍打歌鶇，歌鶇一命嗚呼，啪地應聲落地。

「喂！」風皮在對邊怒氣沖沖地喊道：「那是我的！」

「不過牠掉在我的領土上了。」獅焰蹲在香氣四溢的獵物旁，口水直流，心裡真是滿意極了。風族少了一隻獵物，雷族多了一隻獵物。他看著鴉羽，葉池就是為了這傢伙背叛部族。獅焰絕不會認這個父親。**你的風族兒子連獵物都抓不穩。**

「獵物是我殺死的！」風皮火冒三丈走到溝谷邊緣。

「你確定嗎？」獅焰翹高下巴，瞪著風族戰士。「有本事你來這邊拿啊？」

風皮甩動尾巴，猛然一個騰躍，跳過溝谷，撲到獅焰身上。

獅焰的鬥志突然一股腦兒全被激了上來。在被風皮壓倒的瞬間，他蓬起皮毛。當風皮試圖將爪子刺進他的肉裡時，獅焰蹬起後腿，把風皮像蒼蠅般甩開。接著他轉身，張開前掌，重重壓在他身上。

「雷族的混帳東西！」風皮四腳開始瘋狂亂揮，連爬帶滾掙脫他的箝制。

獅焰抽動頰鬚，暗笑風皮三腳貓的功夫。他順手一揮，狠狠給風皮一個巴掌。這風族戰士踉蹌跌到地上後，趕緊爬起來。「那是我的歌鶇。」他激動說道。緊接著他的身體便以迅雷不及掩耳的速度，往獅焰後腿下方掃過去。

獅焰被這突如其來的一撞，驚訝地仆倒在雪地裡，瞬間感覺風皮的牙齒陷在自己的肩膀上。怒氣沖天的獅焰，像隻在滑冰上亂跳掙扎的活魚。他穩住腳步，撐起身體，猛力撞開風皮。血像紅雨一下子飛濺在雪地上。

「住手！」

葉池刺耳的尖叫劃破凝結的空氣。「你怎麼狠心看自己的兒子對打？」她對著鴉羽嘶吼。

鴉羽還來不及回答，他的伴侶立即從邊界另一端走出來。她的黑色皮毛和風皮如出一轍，琥珀色的眼睛同樣閃著凶狠的光。「他只有一個兒子。」她帶著恨意嘶聲說道：「風皮是鴉羽唯一的兒子，別想亂攀關係！」

風皮蹲低身子，繃緊肌肉，獅焰看得出風皮準備再次出擊。

「別打了！」葉池衝到他們中間。

風皮騰空一躍，迎面往她的腰側一撞。他伸出爪子，揪住她的毛皮，猛力把她拖到地上，剎那間一道血噴在雪地上。獅焰一臉錯愕，還來不及出手相救時，鴉羽已經跨越溝谷，一把將自己的兒子從葉池身上拉開。

鴉羽把他像獵物般甩到一旁，並靠到葉池身邊，說道：「是妳自己要選擇妳的部族，記得嗎？」他嘶聲說道。

她抬頭看他，「那並不表示我當時不愛你。」

鴉羽的眼裡盡是痛苦，「或許妳愛我。」他低吼，「但顯然並不夠。」

「別理她！」夜雲越過溝谷，爪子揪住鴉羽的皮毛，把他從葉池身邊拖開。

鴉羽轉身對著伴侶嘶吼。風皮發出抗議的號叫，衝到他們中間。這場景令獅焰不禁感到作嘔。**他是我兄弟，我怎麼能和兄弟對戰？**

風皮蓬起尾巴，咧嘴瞪著父親。「別想動我母親一根寒毛！」歌鶇被遺落在在一旁。現在是關於另一種血戰，那種在貓咪體內流動，緊緊綁住彼此的血緣之戰。

獅焰甩甩頭，貼平耳朵。**這些貓才不是我的血親**。在幾步之遙的葉池緩緩爬起來，獅焰怒瞪她。**全都是她，把一切搞得亂七八糟**。她的眼裡盡是悲痛，頓時他似乎能夠體會到那種痛。**她比任何貓都來得辛苦**。這個念頭像綠葉季的太陽在他心裡悶燒。

鴉羽嘴裡低聲咆哮，轉身離開風皮，越回溝谷另一邊，回到風族領地。「算了。」他吼道：「要是雷族沒這隻獵物就會餓死的話，我們就施捨給他們吧。」風皮跟著他潛回風族土地，在雪地留下一小條血跡。

獅焰蓬起皮毛，發現自己毫髮無傷。他是否該停止和部族貓打鬥？**這是作弊**。他腦中響起鴿掌的話。或許他應該把特異能力全留在對抗黑暗森林戰士時再使用。

夜雲越過溝谷，停下腳步回頭看。「下次非把你們碎屍萬段不可！」她不屑地呸聲說。

鴿掌衝向前，「是風皮先挑釁的欸！」

「閉嘴。」煤心將她從邊界帶開，並小聲對獅焰說：「或許你不應該出手打他。」

鴿掌豎起耳朵，「他本來就欠扁。」

獅焰瞇起眼睛，「妳有獵到東西了嗎？」他劈頭問他的見習生。

鴿掌彈彈尾巴，「還沒欸。」

「那還杵在這裡做什麼？」獅焰看著鴿掌咚咚跑開後，轉身對著葉池說：「去幫她。」他命令道。他看著葉池將目光從邊界緩緩移回來，並點點頭。

獅焰等那兩隻貓消失在刺藤叢後，接著嘶聲對煤心說道：「為什麼妳要擔心風族貓？」

「因為你可能一不小心就會把他傷得很慘！」

妳以為我不知道嗎？「我很清楚自己在做什麼。」他咆哮：「我可不是什麼雙頭狐狸！」

煤心低頭看著腳掌。「對不起，我真的不知道該怎麼面對，」她咕噥：「是你讓這一切改變的。」

獅焰看著她，疲累有如黑潮般席捲而來。「不是，」他嘆口氣，「這一切在我出生前就已經註定。」他轉身，「我們快點獵些東西回家吧，族貓們正在挨餓。」

⚡⚡⚡

獅焰站在後方，看著灰紋舔起嘴來，在獵物堆前轉圈圈。他們帶回兩隻兔子、一隻歌鶇和一隻松雞。

「我們應該常去風族邊界獵食。」灰色戰士發出呼嚕聲。

莓鼻張大嘴巴，「這樣又有成堆的感覺了！」

獅焰望向空地另一端。雖然說今天大豐收，但卻減輕不了他內心的痛苦。自從他們談完話後，煤心就沒再正眼瞧過他。葉池幾乎不跟任何貓交談。他望著咳嗽的沙暴。這隻薑黃色母貓和火星蹲在半岩旁，亮心也在一旁。「她應該去給松鴉羽看看。」她喵聲說道。

「只是被雪花嗆到，真的沒事。」沙暴堅稱。

亮心圍著她，「我們都有吸入雪花，」她憂心地說：「怎麼只有妳在咳嗽？」

火星聞聞她，「讓松鴉羽檢查檢查也好。」

亮心點頭，「聽起來好像是白咳症。」火星瞪了獨眼戰士一眼。亮心抽動尾巴，「若真的是白咳症的話，能愈早發現愈好。」

火星湊到她身邊，「小聲點！」他不想把部族搞得雞飛狗跳。

「我去找松鴉羽來。」亮心決定後，旋即趕到巫醫窩。

「很好，獅焰。」棘爪聞聞新鮮獵物堆。「讓罌粟霜和小貓先吃。」

「薔光也需要吃一點。」蜜妮補充。

獅焰心不在焉地翻動一隻兔子。「這邊的食物夠所有貓飽餐一頓了。」

松鴉羽跟著亮心步出窩室，停在沙暴身旁。

獅焰離開族貓，走向弟弟。「是白咳症嗎？」他低聲問道。

「噓！」松鴉羽把耳朵貼在沙暴腰腹上，尾巴不停顫抖。「她需要休息。」他站直身體，「不要讓她著涼了。」

亮心動動腳掌。「是白咳症嗎？」

「有可能。」松鴉羽摸摸沙暴的耳朵。「我去找看看還有沒有小白菊。」

獅焰坐下來。白咳症應該不至於那麼早流行。但要是真的傳染起來該怎麼辦？他的眼前閃過一團虎斑皮毛。葉池趕到母親面前。

「沙暴，怎麼了？」葉池彎下身聞聞沙暴的呼吸，接著抬頭看松鴉羽。「我們需要艾菊，我現在就去找。」

「時間已經很晚了。」火星把尾巴擱在葉池的背上。「等明天再說吧。」

「妳要上哪兒去找艾菊？」亮心絕望地搖搖頭，「我們已經找了好幾天，整個森林都翻遍了，還是沒找著。」

「你在兩腳獸巢穴的旁邊不是有種一些藥草嗎？」獅焰提到。

松鴉羽頓時僵住身子。

葉池甩掉火星的尾巴，「我去摘！」

「草藥還太嬌嫩，」松鴉羽斥喝，「要是現在就把它們給拔了，根部恐怕會跟著死掉，以後就再也長不出來了。」

葉池猛然轉頭瞪他，「要是我們不這麼做，沙暴的病情可能會因此惡化！」

「她身強體壯，」松鴉羽駁斥，「應該不需要用到艾菊。我不想冒這個險。」

「冒什麼險？」葉池質問。「你是要犧牲艾菊，還是犧牲沙暴的命！」

火星走向前，「事情還沒有這麼嚴重。」

松鴉羽的盲眼緊盯葉池。「什麼時候該使用艾菊由我決定。」他咆哮，「我才是巫醫。」

獅焰繃緊神經，雪在他腳下嗤嗤作響。

「好。」最後葉池喵了一聲，「我自己去森林裡找。」她轉身闊步離去。

「等明天再去找！」火星喊道。

葉池遲疑一會兒，接著走進戰士窩，消失在盡頭。

「邊界有被入侵的跡象嗎？」

「什麼？」獅焰抬頭，發現火星正看著他。他已經把要呈報小衝突的事忘得一乾二淨。「我們有遇到風族狩獵隊。」

火星瞇起眼睛，「他們有越界嗎？」

獅焰突然開始慌張。風族是有越界，不過這全是因為他挑釁他同父異母的兄弟所引起。他該作何解釋？「我們對一隻越界的獵物所有權有些小爭執。不過紛爭已經平息。」

「誰贏得獵物？」火星問。

「我。」

沙暴又開始咳不停。火星的尾巴圍住伴侶。「紛爭是難免的。」他喵聲說，接著將注意力轉向沙暴。

事情要是能這麼簡單就好了！獅焰閉上眼睛。今天所引起的糾紛與獵物、飢餓和狩獵權統統無關。兩族間糾結的愛恨情仇才是今天衝突的最大主因。這些貓兒間的糾葛很可能會漸漸拖垮整個部族。

或許黃牙說得對。或許部族和部族之間最好不要有任何牽扯。部族需要掙脫和他族的糾纏，獨自奮戰。敵手來勢洶洶，我們不能讓任何事拖垮大決戰的戰力。

第十八章

長老窩的天篷被厚雪壓得軋軋作響，松鴉羽聽了膽顫心驚。「希望屋頂不要塌下來。」他低聲抱怨。

「要是舊窩的話，早就垮得一蹋糊塗了。」在一旁的波弟邊磨蹭樹皮，邊說道：「還好現在的窩室有用金銀藤纏繞在山毛櫸樹枝間，用來支撐雪的重量應該夠堅固。」

鼠毛在睡窩裡翻身。「起碼現在雪是乾的。我擔心的是以後天氣轉暖，雪要是開始融化，屋頂就會滴滴答答漏不停——」

波弟打斷她。「要是雪開始融化，我們免不了要全身溼答答。這種事在每年禿葉季都會不斷上演。」他揮動尾巴，「在野外生存的貓本來就會有身體弄溼的時候，就連星族也無法改變這個事實。」

松鴉羽用鼻頭碰碰鼠毛。看到她挪開身體，他馬上命令道：「不要動。」他開始嗅聞她的呼吸。她的鼻子涼涼的，也沒有酸味。接著他聽她的胸口，不確定那喘鳴聲是否是感染所引發，還是只是因為她年事已高使然。不過現在都已經日正當中，這年邁的母貓卻還窩在床上。「妳確定沒有喉嚨痛嗎？」他又問了一次。

「確定。」鼠毛咕噥。

「關節有痠痛嗎？」

「就老樣子。」

松鴉羽皺皺眉頭。**那為什麼她今天早上沒去跟小錢鼠玩青苔球？**他轉向波弟，「她要是開始咳嗽的話，記得第一時間通知我。」

「我一定會馬上找你過來。」老獨行貓保證道。

松鴉羽鑽出金銀藤縫隙，一腳踏在雪地上，忍不住打起哆嗦。幸好前幾天獅焰的狩獵隊滿載而歸，讓部族飽餐好幾頓。但新鮮獵物堆又開始見底，沙暴的白咳症恐怕會開始引發大傳染。昨晚蜂紋出現咳嗽和發燒症狀，松鴉羽吩咐這年輕戰士待在床上別出來。花落則受罌粟霜之託到巫醫窩一趟。

「她說小櫻桃發燒了。」花落告訴他。

「妳跟她說等我檢查完鼠毛後，馬上過去。」

棘爪帶著狩獵隊步出營地。松鴉羽走到育兒室，但願罌粟霜只是操心過度。他突然聽到粗濁的喘息聲，暫時停下腳步。「是你啊，鼠鬚？」

「對呀。」這戰士站在空地邊緣，用粗啞的嗓子說。

「趕快回窩裡，不要出來。」松鴉羽不給這戰士辯解的機會，便匆匆穿越空地。感染很快就會擴散，他已經沒有時間多做解釋。他把沙暴移到巫醫窩，讓她和火星隔離。雷族族長的健康可是攸關整個部族，千萬不能掉以輕心。松鴉羽默默對星族禱告：**請保佑薔光不要染上**。他不敢確定這殘廢的戰士是否有體力抵抗白咳症，避免讓它惡化成綠咳症。

「松鴉羽！」育兒室門口飄來罌粟霜的喵聲。「終於！」她急忙退開，讓他進來。他鑽入溫暖的窩室，小小的腳爪突然撲上他的背。

「下來，小錢鼠！」窩在床上的黛西嚴肅地喵了一聲。

小錢鼠從松鴉羽的背上一溜而下。「我只是想練練突擊技巧！」

罌粟霜匆匆走過松鴉羽身邊。「去外面練習。」她告訴那年輕小貓。

「小櫻桃可以跟我去嗎？」他喵嗚道。

松鴉羽用腳掌輕輕拍他，「說不定等一下可以。不過，我得先幫她做檢查。」

小錢鼠蹦蹦跳跳離開育兒室。罌粟霜將嘴靠在松鴉羽耳邊，低聲說：「她身體燙燙的。」

松鴉羽湊到床前，用鼻頭蹭蹭小櫻桃的口鼻。「她是有點燙。」接著他將耳朵靠在她的胸口，「不過，呼吸蠻順暢的。」

「我沒事啦。」小櫻桃尖聲說道：「我可以去和小錢鼠玩嗎？」

「她需要草藥嗎？」罌粟霜發出擔憂的喵聲。

「還不需要。」松鴉羽必須謹慎使用所剩無幾的草藥。他是有一些乾草葉，但藥效已經很弱。儘管葉池有找到一些艾菊葉，但那些葉子已經被凍壞一半，也變質了。「讓她跟小錢鼠在雪地裡玩。」

罌粟霜倒抽一口氣，「在外面玩？」

「現在妳能做的，就是讓她體溫降下來。」松鴉羽建議。「只要她呼吸順暢，在雪地裡應該沒問題。」他用鼻子把小櫻桃頂下床。「如果妳開始感覺不舒服，」他告訴這小貓：「記得回來休息哦。」他轉向罌粟霜，「要是她開始咳嗽或氣喘再來找我。沒有的話就讓她玩。」

松鴉羽悄悄鑽出育兒室，接著探頭到巫師窩看沙暴，「還好嗎，沙暴？」

「好多了。」沙暴說。

松鴉羽用腳趾肉墊輕觸她的耳朵，赫然發現比之前更燙。他憂心忡忡地離開床邊，開始去找出存藥，心想一定還有多出的小白菊可以使用。他摸摸乾草葉，聞了聞它們的味道，突然胸口一陣緊繃。裡面沒有醫治咳嗽的藥。他恐怕得提前到草藥園採收他種植的草藥。

刺藤嗖嗖搖晃，一股清新的草腥味撲鼻而來。**蓍草？**

「你忘記拿進來了。」巫醫窩門口傳來玫瑰瓣口齒不清的喵聲。葉片輕輕落在地上。**是蓍草！**不過蓍草通常在初霜時就會枯死才對呀。

松鴉羽趕緊聞聞堆在地上的葉片。「妳在哪裡找到的？」附近可能還有其他草藥的蹤跡。

「這些草藥不知道被誰放在營地外面，就是在荊棘屏障附近。」玫瑰瓣喵聲說道：「我以為是你掉的。」

「不是我。」松鴉羽皺起眉頭。

「那就是別人囉。」玫瑰瓣的腳刷過蓍草，一抹刺鼻的苦味立刻飄散出來。

松鴉羽趕緊把葉片收好，不讓玫瑰瓣壓壞它們。

「說不定是葉池。」玫瑰瓣猜測。

「有可能。」葉池已經連續好幾天在森林大找特找，想必應該是累壞了。所以很有可能是她把草葉放著，然後就忘了。松鴉羽把葉片捲成一捆後，安放在庫存的地方。「我得去好好謝謝她。」他的身體輕輕刷過玫瑰瓣，接著鑽出刺藤叢。

葉池正在育兒室外和小貓們打滾玩耍。儘管她身上的皮毛散發出森林的氣息，但卻沒有一點蓍草的味道。

松鴉羽步到空地另一端，「謝謝妳！」他大聲說道。

葉池停下來，「謝謝我？」

「謝謝妳的草藥。」

葉池不解地問：「什麼草藥？」

「蓍草葉。」松鴉羽解釋：「玫瑰瓣在營地外發現的。我們想應該是妳摘了之後，把它們放在那裡。」

「不是我。」葉池走向他，尾梢沙沙刷過雪地。「說不定是別的貓。」

松鴉羽轉身朝自己的窩室走去。「玫瑰瓣？」

這隻年輕貓咪連忙衝出來，「什麼事？」

「帶我到妳剛發現蓍草的地方。」

玫瑰瓣帶著松鴉羽穿過荊棘屏障，來到窪地和樹林間的一處空地停住，「就是這裡。」

松鴉羽聞聞地上。這裡除了蓍草和雪的味道外，沒有任何貓的氣味。

「搞不好是哪個戰士摘了這些草葉。」玫瑰瓣開始猜測，「然後就去執行狩獵勤務，想說回來再告訴你。」

「有可能。」松鴉羽聳聳肩說：「如果沒有貓提起這件事的話，我再請火星在下次部族集會時，幫我謝謝摘這些草藥的貓。」他放下好奇心，轉身走回窪地。

「松鴉羽！」刺爪叫住他。

「什麼事？」松鴉羽嚐嚐空氣，「蛾翅，是妳？」刺爪和蛛足陪著河族巫醫走下山坡到窪地裡來。

「我們在河岸遇到她。」刺爪報告：「她有話要跟你說。」

蛾翅哼了一聲，脫離這兩名左右護法。「你們的護送我心領了。」她咕噥道：「我又不是不認得路。」

蛛足的皮毛閃爍光芒，「我們只想幫忙。」

松鴉羽彈彈尾巴，「我確定她一定是滿懷感激。」他繞過這隻戰士，接著推推蛾翅，要她跟他走。「我們到湖邊去，我的窩太擠了。」

「你有很多病患嗎？」蛾翅跟著他上山坡。

「是白咳症。」松鴉羽聞到她呼出的魚腥味，忍不住皺皺鼻子。「目前只有沙暴確定是白咳症，其他三名還在觀察中。」

看到蛾翅嘆氣的樣子，松鴉羽心想要不要告訴她星族試圖分裂部族的事。畢竟她和星族沒有什麼牽連，祂們並不會對她顯靈。但他無法忘懷黃牙的話，更無法忘記幻影的事。

「薔光還好吧？」蛾翅問。

「她的感染已經治好了。」

「太好了。」

「她的前掌和任何戰士沒兩樣。只要持續復健，可以把前掌練得更有力。」

「對她來說，這將會是條艱辛的路。」蛾翅提醒。

「一旦她習慣了，就不辛苦了。」松鴉羽來到山頂，微風從湖岸吹來，他的鼻子突然感到一陣抽痛。他加快腳步出了林子，繼續沿著雪白的山坡往下疾行。他深怕自己掉入友情的束縛，因此刻意走在蛾翅前面，與她保持幾步的距離。他倒是有點希望來的是柳光。因為白目的柳光總是有辦法激怒他，在她面前隱藏祕密會比較容易些。

他衝下河岸，不小心掉進堆積在岸邊的雪堆裡。雪灌進他的鼻子，害他一陣猛咳。他打著噴嚏，掙扎地往前爬到結冰的湖水邊，直到完全脫離雪堆。「真希望雪趕快融化。」他氣急敗壞地對蛾翅說。

她費力跨過積雪，在他身邊坐下來。「看樣子天氣只會愈來愈冷。」她觀察道。「我們制止不了小貓在雪地玩耍的興致。昨天就有三隻貓，因為扭傷腳來找我治療。」

難道她只是要來聊小貓的事情？松鴉羽窺視她的內心。

她的腦海似乎一片空白。他根本在浪費自己的時間。「妳想說什麼？」他厲聲說道：「我可沒有很多時間。」

她從喉嚨發出呼嚕聲。「你還是老樣子，喜歡直話直說。」她摸摸地上的雪，然後低聲說：「柳光告訴我，星族要我們停止和其他巫醫說話。」

「那妳為什麼還來找我說話？」

「我想知道祂們是不是也跟你說了同樣的話。」

「我不能告訴妳星族跟我說了什麼。」松鴉羽隱約意識到黃牙雜亂的皮毛輪廓，在他面前忽隱忽現。這隻老巫醫在旁邊，讓他渾身不自在。

「所以祂們跟你講了同樣的話囉！」

松鴉羽忍住不說話，讓蛾翅繼續說：「祂們命令你不要跟我說話，然後你就照辦！」她的尾巴劃過地上的雪。「要是星族叫你去跳河，你去不去？」

松鴉羽豎起皮毛，「那是兩回事。」

「真的嗎？」蛾翅靠過去，「族貓們有多少次是受其他部族幫助才得以脫險？」

松鴉羽聳聳肩。

「自有部族以來，巫醫便奉此為信念，而祂們現在卻一聲令下，叫我們別插手。祂們要我們冷眼旁觀，讓貓咪們自生自滅。祂們瘋了嗎？」

「別多說。」黃牙刺耳的喵聲在松鴉羽的耳邊震盪。「若是你不保持沉默，四族將逃不過被黑暗森林殲滅的命運。」

「祂們畢竟是星族，」他咕噥道：「祂們這麼做一定有祂們的道理。」

「什麼道理？」蛾翅吼道。

蛾翅滿嘴的魚腥味，頻頻往他臉上灌。「你也不知道，對不對？」

他退開一步，「我不知道該怎麼跟妳解釋。」

「我敢說這是個錯誤的決定。」她辯駁道：「我們的守則和戰士守則不同，它沒有邊界之分。對我們來說，每隻貓咪的性命都同等珍貴。我們發過誓要醫治和保護部族貓，記得嗎？」

「那就去保護妳的族貓。」松鴉羽氣沖沖回嘴，「不要來管我的族貓。」

「要是沙暴的白咳症惡化成綠咳症呢？」蛾翅再次將鼻頭湊近他。「只因為星族要你別管，你就能狠下心見死不救嗎？」

「祂們自有祂們的理由。」松鴉羽把爪子插進雪裡。

「祂們只不過是死去的戰士！」蛾翅嘶聲說道：「你認為祂們死後就一定會變得勇敢聰明嗎？你不覺得有些還是和生前一樣，因固執己見而誤事嗎？」

松鴉羽皺皺鼻子，忍受黃牙的口臭。他感覺祂糾結的皮毛在他身上亂戳。縱使加入了星族，祂還是一點兒都沒變。松鴉羽從喉嚨爆出一聲低吼，「妳從沒見過星族戰士。」他激動說道：「我看妳只是憑空猜測。」

「祂們也是呀！」

黃牙在他旁邊吼道：「蛾翅一出生就是個笨蛋，死後也會是個笨蛋。」

松鴉羽轉身離開。「我不這麼認為。」

蛾翅懊惱地吐了一口氣，「好啦，好啦！」她在後面追趕他的腳步，把雪都踢濺到他身上。「你需要治白咳的草藥嗎？我有艾菊和貓薄荷。雖然數量不多，但如果你急用的話，我可以分給你一點。」

「不用了，謝謝。」松鴉羽勉強說出口，接著攀上岸。

蛾翅在他後方頓住腳步，「若是需要的話，記得來找我。」

「不需要。」松鴉羽爬上山坡。蛾翅轉身朝河族邊界前進，把岸邊的雪踏得嗤嗤響。

寒風揪扯松鴉羽的皮毛。「這下祢滿意了吧？」他對黃牙吼道。但黃牙已經消失無蹤。

他快步奔上山坡，進入樹林，一路沿著回家的路徑奔馳。他的肺部被冰冷的空氣嗆得難受。氣喘吁吁的他，最後在荊棘屏障外煞住腳步。

罌粟霜迎面叫住鑽入營地的松鴉羽，「小櫻桃喘不過氣了！」

松鴉羽從貓后旁邊擠過去，匆匆跑向空地另一端。他可以聽到小貓們在育兒室外雪地上咚咚奔跑的腳步聲。

黛西一臉焦慮，「我們照你的建議，讓她在外面玩。但是她現在卻喘個不停。」

松鴉羽尾巴一揮，要小櫻桃停下來，並把耳朵貼在她的腹側。她的胸口悶脹，呼吸帶著雜音。「她有出現咳嗽嗎？」他問罌粟霜。

「一點點。」貓后回答。

「把她帶回室內。」

「那新鮮空氣怎麼辦？」黛西問。

「她現在需要休息。」松鴉羽用鼻子推推小櫻桃，要她去找媽媽。「幫她梳洗，讓她的皮毛保持溼潤涼爽。」他吩咐罌粟霜。

罌粟霜一把將小櫻桃撈起來帶進育兒室，小櫻桃氣嘟嘟哀叫一聲。

松鴉羽走向巫醫窩，黛西跟在後頭。「你是要去拿草藥給她嗎？」

「等她病情加重再說。」

「為什麼不現在？」

松鴉羽轉頭，「我存量不夠。」他不耐煩地嘶聲說道。

「玫瑰瓣不是有拿一些回來嗎？」

「那是蓍草。」松鴉羽解釋，「它們只有解毒的功效。」

「但是，連蓍草都找得到了，應該也能找到艾菊和貓薄荷才對呀。」

「不過我得先找出是誰摘回蓍草的。」松鴉羽想回去看看沙暴的病情。

「小櫻桃怎麼了？」栗尾匆匆來到他們面前。

「只是有點氣喘。」松鴉羽告訴她。

「小櫻桃生病了嗎？」鴿掌放下發酸的松鼠，也跑過來湊熱鬧。

有點被惹惱的松鴉羽豎起皮毛。「只是一點氣喘啦！」松鴉羽重複。

黛西抽動尾巴，「他剛剛已經叫咳嗽的鼠鬚回窩裡休息。」

「還有蜂紋大半夜也在咳。」栗尾補充。

附近飄來葉池的喵聲。「沙暴整個早上都沒出過巫醫窩半步。」

難不成整個部族都要來湊一腳嗎？松鴉羽甩動尾巴，「別擔心！我會——」

鴿掌突然打斷松鴉羽的話，「影族已經有貓感染綠咳症。」她喵聲說。

葉池的呼吸加速。

「綠咳症？」黛西頓時啞然失聲。

松鴉羽猛然甩動鼻頭，朝鴿掌看過去。「情況很嚴重嗎？」

鴿掌動動腳掌，腳趾肉墊輕輕摩擦雪地。「只……只有小雲。」她突然尷尬地喵嗚道。

「沒有其他貓嗎？」松鴉羽盤問。她一定是去偷聽影族的動靜，松鴉羽知道她對監視其他貓這件事其實很反感。

「沒有。」

「很好。」他彈彈尾巴。松鴉羽馬上轉移話題，讓在場的貓咪沒有時間懷疑為何鴿掌會知道影族的事。「妳和栗尾去找一團溼青苔球給小櫻桃好了。」他建議黛西。「還有鴿掌，妳趕快把那隻臭松鼠放到獵物堆裡，別害族貓絆倒。」他朝巫醫窩走去。

葉池跟在他後面。「你打算怎麼做？」

「什麼怎麼做？」

她差點踩到他的後腳跟。「關於小雲的事。」

「我會向星族禱告。」

「就這樣？」

「不然要怎樣？」

「你要去救他！」葉池激動地說。

「為什麼？」

「因為你是巫醫！」

松鴉羽停下腳步，轉過去面向葉池。她不知道星族已經下令要他切斷和其他巫醫的關係，他也不打算跟葉池說這件事。在她放棄巫醫的身分時，也就等同放棄和星族交流的權利。但他了解她。她曾和那年邁的影族貓數次在月池分享舌頭、哈拉閒聊，彼此早已建立了一定的友誼。他低下聲音說：「這裡的病患已經夠多了，我沒有餘力管其他部族的事。」他咕噥：「我的存藥不多，拿來治療族貓恐怕都不夠。」

葉池不發一語。她的沉默讓他渾身不自在。「我真的無能為力。」他嘶聲說道。他轉身回窩室。

只因為星族要你別管，你就能狠下心見死不救嗎？蛾翅的話語迴盪在他的耳邊。

葉池目光如炬地盯著松鴉羽。松鴉羽可以清楚看到她內心在想什麼。她在想松鴉羽在兩腳獸舊巢穴旁的草藥圃。她該不會是要去偷摘草藥救小雲吧？

不！他千萬不能大意。葉池是小雲的老朋友，兩隻貓的感情可說是非常深厚。他噹噹空氣，沒走進巫醫窩，立刻掉頭走回空地。棘爪正在擎天架下與蛛足和莓鼻說話。

「棘爪？」他走向雷族副族長。

「怎麼啦？」

「我想拜託你一件事。」松鴉羽小聲地說。

「什麼事？」棘爪低聲回應。

「營地裡已經開始有貓咪生病。」松鴉羽開始說：「雖然只是白咳症，但也不能掉以輕心。我栽種的幾塊草藥圃會變得愈來愈珍貴，我想拜託你派戰士看守。」

「派戰士看守？」棘爪發出訝異的喵聲。「應該不會有貓咪動草藥圃的歪腦筋吧？」

「影族也有貓咪生病。」松鴉羽解釋：「他們知道那裡有草藥圃。之前還一直覬覦我們的那塊土地，你難道忘了嗎？」

棘爪的尾巴在空中掃動，「那是藤掌夢境的一部分。」

「沒錯。」松鴉羽喵了一聲。**儘管夢是假的，但畢竟可以拿來當藉口。**「森林裡很多獵物都處於挨餓狀態，牠們說不定也會對藥草的根莖下手。」

「莓鼻！蛛足！」棘爪召集這兩名戰士。「你們知道松鴉羽草藥圃的位置嗎？」

「我知道。」蛛足回答。

「我要你們到那裡駐守。」

松鴉羽走向前，「不准讓任何貓咪或獵物接近。」他強烈要求。「那些藥草非常珍貴，千萬不能有任何閃失。」

「放心，我們一定會顧好！」莓鼻快步離開。

「傍晚時我會派另一批巡邏隊跟你們換班。」棘爪對著那兩名咚咚跑出營地的戰士喊道。

松鴉羽閉上眼睛。許多事情都已經改變。黑暗森林的勢力不斷增強，星族一片驚慌不安，現在連他都不信任自己的族貓。他腳下的地似乎開始猛烈震動。

「我一定得撐下去。」他喃喃自語，「我一定得撐下去。」

第十九章

鴿掌蹲在一叢長春藤蔓後面，她的肚皮緊貼雪地，縮著身體，躲在月亮照不到的陰暗小山溝裡。

腳步聲漸漸靠近山溝頂端。她張開嘴巴，聞到熟悉的氣味。她的心開始撲通狂跳。僅剩一個尾巴的距離。她屏住呼吸。就快來了。

「抓到你了！」她從陡峭的山坡跳出來，撲向虎心。兩隻貓一起滾到林地另一邊。

「我投降！」被她壓在底下的虎心半開玩笑地說。

她挪開身體，「我拜託你以後早一點出發好不好。」

「我以為我今晚已經夠早了。」他伸出舌頭舔平蓬亂的皮毛。「妳好像很清楚我何時離開營地欸！」

「最好是啦。」鴿掌嘟噥道：「我還能聽到你爬下床的聲音咧。」她立刻轉移話題，「不知道雪何時才會融化？」

虎心聳聳肩，「總比下雨天好吧。」

「但是現在走到哪兒，腳印就跟到哪兒。」

「一個好戰士，即使沒有雪地裡的腳印，也能進行跟蹤。」

鴿掌靠過去，用鼻子磨蹭他的臉頰。「我可以找到你在水面的足跡。」她喃喃道。

他從喉嚨發出一陣響亮的喵嗚。「我好想妳。」

他們四周瀰漫著雷族和影族交混的邊界氣味。「我們去荒廢的兩腳獸巢穴好不好？」

「我今天晚上不行欸。」虎心嘆口氣。「黑星最近不斷增派半夜和清晨的狩獵隊。」

鴿掌把頭歪到一邊，「為什麼？」

「我們不但得抓獵物，還要找草藥。」

「小雲的病是不是愈來愈嚴重了？」

「對呀。」他的肚子咕嚕咕嚕響。「部族裡的食物愈來愈少。」

鴿掌用臉頰磨蹭虎心的臉頰。幸好雷族裡的白咳症沒有惡化成綠咳症。「真希望我可以幫上忙。」她想到松鴉羽在兩腳獸巢穴旁，那些隱身在層層蕨葉叢下，躲過寒霜侵襲的草藥。

「但松鴉羽已經下令不准任何貓動他的草藥圃。」

虎心豎起耳朵，「草藥圃？」

「就是那些他從綠葉季開始栽種的植物啊。」

「他有栽種草藥？」

鴿掌訝異地退了一步，「我以為你們知道。」她皺起眉頭，「當初影族想要我們的領土，不就是因為這個原因嗎？」

虎心瞪著她，「我們從沒有想要你們的領土。」

「但是藤掌——」鴿掌頓時打住。虎心沒有必要知道藤掌作的夢。「我還以為這是我們打仗的原因。」

「那是因為火星要我們的領土好不好。」虎心喵嗚道：「是他想取回空地。」

鴿掌動動腳掌。**這全是因為藤掌說服他這麼做的。**她甩動皮毛，不想跟虎心繼續爭辯下去。畢竟戰爭已經結束。「算了。」

「不過說到松鴉羽有草藥。」虎心將身體湊過去，「他有什麼草藥？」

「就一些艾菊。」她說得有些心虛。她沒辦法對虎心說謊，但對他透露松鴉羽有什麼珍貴草藥，又讓她覺得自己對部族不忠。「還有一點貓薄荷。」

「貓薄荷？」虎心眼睛為之一亮，「他可以給我們一些嗎？」

鴿掌渾身漲熱。「葉池已經有問過他可不可以給你們一些。」

「然後呢？」

「他說不行。」

「可是小雲可能會死掉！」

「他說我們必須為自己的部族著想。」鴿掌在虎心身上磨蹭。「好了啦，虎心，我們來玩嘛！」她用尾巴拍拍他的鼻子。「我們來比賽誰可以爬得最高。」她抬頭看了旁邊高大的松樹一眼，心想自己是不是有足夠的腳力攀上最底層的枝幹。

「妳有聽到我在說什麼嗎？」虎心忿忿說道：「小雲有可能會死掉。」

鴿掌落寞地低下目光，肚子揪成一團。「我可以去偷一些來。」她提議。

「不行。」虎心語氣堅定，「妳不能為了我去偷自己部族的東西。」

她大大鬆了一口氣。「我可以試著說服松鴉羽分給你們一些。」

虎心用鼻子碰碰她的鼻子。「謝謝。」他低語。鴿掌突然感覺一股愛意。「但願我們能很快就有草藥。」虎心繼續說道：「要不然我們得繼續在森林搜尋草藥。再這樣荒廢狩獵下去，部族就要餓死了。」

「你看。」鴿掌往山頂方向倒著跑。只要能逗虎心開心，就算跌個狗吃屎她也甘願。她身子一蹲，蹬高後腿，將肚皮往上翻，拉長前腳，試圖碰到自己的尾巴，希望自己能做個漂亮的後空翻。

她突然下巴砰的一聲著地，好在她夠機警，腳爪瞬間剷進雪裡，抓住冰凍的森林地面，才避免滾落山坡。

虎心開心地發出呼嚕貓鳴。「漂亮落地。」

「看好囉。」她連忙站起身，蹲低身子，準備再試一次。但虎心用尾巴按住她的肩膀。

「等一下。」

「什麼？」她看著他。

他抓了一把雪，往她鼻子一丟。

「喂！」鴿掌迅速在腳邊挖起一坨雪，往他身上丟。虎心閃得快，只讓雪從耳邊飛過。鴿掌玩心大開，撲向他，兩隻貓一起滾到雪裡。

「哇！」虎心假裝快要跌倒，緊抓著鴿掌，滾落陡峭的小山坡。她一路放聲尖叫，直到停止滾動為止。他們上氣不接下氣，四腳交纏在一起。興奮的鴿掌發出呼嚕聲。

接著她突然繃住身體。

「怎麼啦？」在她旁邊的虎心也跟著緊張起來。

「有腳步聲。」鴿掌趕緊站起來，並豎起耳朵。她剛剛忘了留意四周的危險。現在她聽到毛髮刷過蕨葉的沙沙聲和肉墊摩擦雪地的聲響。「有貓咪來了。」

「誰？」

鴿掌嚐嚐空氣，尾巴瞬間炸開。「藤掌！」

太遲了！她妹妹一張雪白的臉正出現在山頂。「我就知道！」藤掌嘶吼。

鴿掌抬起下巴，「妳很久以前就知道了！」

「但現在我總算親眼目睹。」藤掌的眼睛閃爍細微的光。

在鴿掌身旁的虎心挺直身子，「妳膽敢擅闖影族地盤。」他激憤地說。

「她還不是一樣！」藤掌不以為然地說：「起碼我沒有背叛自己的部族。」

鴿掌火冒三丈，「妳每天晚上都到黑暗森林報到，還敢說沒背叛我們？」

虎心是不是也開始退縮？鴿掌瞄了他一眼，發現他目不轉睛地盯著藤掌。

藤掌抬高尾巴，「你要自己跟她說呢？還是需要我代勞？」

鴿掌耳朵貼平，把身體往前傾。「不要再說了！」**虎心絕對不可能會到黑暗森林受訓！**

藤掌仍舊和虎心彼此互瞪。鴿掌頓時感覺背脊一股寒意竄來。

「看到沒？」藤掌對虎心咆哮，「我姊姊不相信我。」她的尾梢開始抽動。「她搞不好會相信你說的。」

不！鴿掌開始想退開。**拜託，千萬不要讓虎心也成為黑暗森林的同黨。**

藤掌後面的蕨葉窸窣晃動。虎心蓬起皮毛，緊急將嚇傻的鴿掌推進一叢枯死的刺藤底下。

「不要動。」他嘶吼。

鴿掌屏住呼吸，身體緊貼地面。空氣裡流淌著影族濃烈的氣味。

「發生什麼事了？」她認出煙足的低吼聲。

虎心抓抓地面，說道：「我發現她在邊界逗留。」

鴿掌焦慮地拉長鼻頭，從藤蔓縫隙中窺視外邊的動靜。她只能勉強看到煙足和蘋果毛在山頂的身影，這兩名戰士正怒瞪著藤掌。

虎心在這雷族見習生旁鼓起胸膛。「我正準備帶她回營地，讓黑星好好審問她。」

「真的嗎？」蘋果毛瞇起眼睛，「你為什麼會在大半夜跑出來？」

煙足湊過去，「你今天又不用執行夜間巡邏。」

虎心看著煙足的眼睛說：「我睡不著。」

影族戰士轉向藤掌，「妳來影族地盤做什麼？」

鴿掌心跳加速。

「我來打獵。」

拜託相信她！

「在這個時間打獵很奇怪。」蘋果毛質疑。

「因為食物稀少。」藤掌回答。「我想會有一些獵物在夜晚活動。」

「妳來影族的地盤打獵？」

「我沒注意到自己已經越界。」

「雷族見習生難道聞不出界線在哪裡嗎？」煙足甩動尾巴。「走，」他嘶嘶說道：「我們帶她回營地。」

鴿掌一聽到影族要帶走妹妹，頓時非常恐慌。**虎心，求求你保護她！**她在內心默默祈求。等他們一離開，她立刻鑽出刺藤叢。偷偷查看四周後，急急奔回邊界。在跨過氣味標記的當下，她縮回爪子。她的心仍怦怦跳個不停。藤掌被影族押走了！**而我卻無法告訴任何貓！**

鴿掌的心跳似乎瞬間靜止。她該如何解釋藤掌被帶走的事？要是藤掌把她和虎心私會的事抖出來，以後獅焰和松鴉羽怎麼再相信她？她的族貓們會原諒她嗎？她豎起耳朵，找尋藤掌的聲音，漸漸聽到影族營地的動靜。

一隻小貓發出興奮的尖叫。「那是誰？」

「小寶貝，只是一隻雷族的見習生。」一隻貓后哄著，「快點回床上去，很晚了。」

鴿掌更仔細地聽。「黑星會在早上審問妳。」是煙足的聲音！他一定是在跟藤掌講話。「在這之前，給我乖乖待在這裡。」

「角落有一些青苔。」她聽到虎心輕聲地說：「妳可以拿來鋪床。只要妳沒有逃脫的意圖，好好待在這裡，沒有任何貓會來煩妳。」

鴿掌鬆了一口氣。他們對藤掌還不錯。**應該沒有必要討救兵吧？**鴿掌走回家，鑽進廁所隧道，輕聲慢步溜進蕨葉叢，爬到自己的床上。鴿掌捲起身體，窩在柔軟暖和的青苔上。在瞥見藤掌冰冷空蕩的睡窩那一剎那，她心裡還是有些難受。心神不寧的她閉起眼睛。

忐忑不安的她在黎明前只小睡了一下。嘈地的聲響吵醒了她。棘爪正在擎天架下整理狩獵隊伍；沙暴在咳嗽；罌粟霜正在巫醫窩，拜託松鴉羽給小櫻桃一點艾菊。鴿掌焦慮不安地爬出睡窩。她定神細聽影族的動靜，想找尋藤掌的喵聲，但並沒有聽到任何聲音。**拜託不要出事！**

接著她聽到一個影族戰士嚴肅地說：「黑星等會兒要見妳。」突然有個東西輕輕咚的一聲落在地上，把鴿掌給嚇了一跳。「這個妳拿去吃。」他一定是丟了什麼吃的給藤掌。

「謝謝。」從藤掌的喵聲中聽不出有一絲畏懼。

鴿掌抬起下巴。現在她知道該怎麼做了。「藤掌？」她呼喊道。她在窩裡待了一會兒後，接著蹦出門外。「藤掌？」

灰紋、莓鼻、蜜妮、白翅、冰雲和狐躍正坐在擎天架下，棘爪在他們面前走動。

鴿掌做了個深呼吸後，對著他們喊道：「藤掌已經出發巡邏了嗎？」

灰紋轉頭，困惑地看了鴿掌一眼。「妳在找她嗎？」

鴿掌故作鎮定地聳聳肩，「我醒來時就沒看到她在床上了。」

白翅站起來，「我也沒看到她。」她擔心地喵了一聲。「樺落？」她立刻叫她的伴侶。

正忙著挖出獵物庫存的樺落說道：「什麼事？」

「你有看到藤掌嗎？」白翅問。

樺落看看鴿掌，「她沒在床上嗎？」

鴿掌搖搖頭，「我睡醒時，她就不見了。」

白翅鑽進見習生窩，過一會兒又出來。「她的床鋪冷冷的，應該是一整個晚上都不在。」

樺落豎起皮毛，「棘爪？」

副族長抬頭，「怎麼了？」

「藤掌沒在床上。」樺落告訴他。

棘爪看看在場的戰士們，「你們有沒有看到她？」

「我昨晚就沒見到她了。」莓鼻回答。

「傍晚時她有和我一起分享過老鼠。」栗尾告訴他。

煤心匆匆從廁所隧道跑過來，「你們說藤掌失蹤了？」

白翅在空地邊緣踱步。「她一整個晚上都沒在床上睡覺。」

「天氣這麼冷，在營地外面待太久會受不了吧。」棘爪喵聲說道。

「要是她受傷怎麼辦？」白翅倒吸一口氣。

樺落用尾巴梳平她背上蓬起毛。「別胡思亂想。」

「我們必須展開尋找她的行動。」棘爪決定。他對莓鼻和灰紋點頭。「你們各帶一支巡邏隊到森林去找看看。」

鴿掌的心開始狂跳。他們不應該浪費狩獵隊的資源！她腦袋一片慌亂，她要是脫口說出藤掌在影族營地，他們肯定會問起她從何得知這個訊息。

松鴉羽！他會明白。

鴿掌偷偷觀察族貓們的反應後，決定到巫醫窩一趟。她鑽過刺藤叢。「松鴉羽！」

「噓！」巫醫忙著將葉子泡在池水裡。「沙暴在睡覺！」

薔光在床邊撐起身體，「怎麼了？」

「藤掌不見了。」鴿掌喵聲說。她看著松鴉羽，希望他聽得出她的焦急。

他小心翼翼地將泡水的葉片捲成一捆，放在池子邊。接著跟鴿掌說：「跟我來。」薔光忍不住露出好奇的眼神，看著鴿掌跟松鴉羽步出窩室。

蟾蜍步和冰雲攀上山毛櫸。蟾蜍步從樹枝與崖壁縫隙間往下望。「藤掌？」玫瑰瓣在育兒室搜尋。「她沒有在這裡。」

「我想她應該不在營地。」松鴉羽喃喃說道。

「我知道她在哪裡！」鴿掌忍不住出聲。「我可以聽到她的聲音，她在影族營地裡！」

「她在那裡做什麼？」松鴉羽盤問。

「我……我不知道。我只能聽到她的聲音。我猜她是被他們監禁了。他們給她一些食物，要她待在一個地方，說黑星要見她。」

「天啊，她怎麼會跑到那個地方去？」松鴉羽的口氣裡責備多於擔心。他走向岩堆。「趁整個部族還沒開始大恐慌前，我們得趕緊稟報火星。」

鴿掌跟著他往岩堆上走。**儘量少說話**，她提醒自己，**絕不能洩露半點口風**。

「在影族營地？」火星聽到松鴉羽的話，驚訝地眨眨眼，然後猛然轉向鴿掌，「她在那裡多久了？」

鴿掌無辜地看著他，「我們昨晚還一起上床睡覺，但今天早上她就不見蹤影了。」

「妳覺得她是自己過去的嗎？」

「她也許是去邊界。」鴿掌大膽猜測，「說不定他們是在那裡把她抓起來的。」

「她到影族邊界做什麼？」火星搖搖頭，活像耳朵裡長了蝨子似的。「這是戰後所發生最嚴重的事。」

鴿掌低下頭，全身毛皮熱得像火燒。「我……我不知道。」

松鴉羽靠向雷族族長，「是不是應該展開搜索呢？」

火星迅速奔出族長窩，鴿掌跟在他後面。「我們認為藤掌是被影族囚禁起來的。」他對著下方的空地喊道。

族貓們個個目瞪口呆地看著雷族族長，鴿掌頓時感到畏懼。

「你是怎麼知道的？」鼠毛邊吼，邊走到空地中央。

火星動動腳掌。「她昨晚最後出現的地方是影族邊界。」他不能再多說下去，要不然恐怕就會洩漏鴿掌有特異能力的事。

刺爪走到鼠毛旁邊，「我們必須出動巡邏隊去救她！」

「我要去！」白翅堅持。

刺爪動動腳爪，「我來帶隊。」

「我們現在就出發！」樺落咆哮。

火星彈彈尾巴，「大家都冷靜。」

「我們不能把她丟在那裡不管！」白翅發出嘶吼。

「我們先派一小支巡邏隊去查看實情。」火星勸道。「要是這一切屬實的話，我們會要求他們交出藤掌。」

樺落毛髮倒豎，「要求？」

火星點頭，「我們不能在他們的營地和他們對戰。」他指出：「長老和小貓都在那裡。」

鼠毛點點頭，「別忘了，藤掌還在他們手裡。要是發動攻擊，他們可能會對藤掌不利。」

火星坐下來，尾巴盤在腳上。「棘爪！」他喊道：「帶蕨毛、雲尾、鴿掌一起去。」

鴿掌將爪子彎進腳趾裡。她不想淌這渾水，寧願假裝什麼事都沒發生。

白翅衝向前，「我跟你們去！」

火星搖頭，「這件事棘爪會好好處理。」他喵聲道：「他一定能將藤掌安全帶回。」白翅發出低吼，轉身離開。火星看了鴿掌一眼：「還不趕快去。」

她趕緊躍下岩堆，加入正邁步走出營地的棘爪、雲尾和蕨毛。他們穿過樹林，朝影族領地前進的途中，雲尾不解地問：「她大半夜在邊界做什麼？」

「她該不會是叛徒吧？」蕨毛喃喃自語。

絕對不是！鴿掌突然感到一陣罪惡感。都是她的錯，才讓蕨毛懷疑藤掌的忠誠。

「和別族的戰士私會這種事也不是第一次發生了。」棘爪沉沉的眼神盯著前方的道路。

都是我的錯！不要怪她！

棘爪在邊界坐了下來。雲尾瞪著他說：「我們不去他們的營地嗎？」

「我們先等他們的巡邏隊過來再說。」棘爪回答。雲尾哼了一聲。

「我們並不確定藤掌是否真的在他們手裡。」蕨毛指出。

雲尾開始在氣味標記來回踱步。「這完全像是影族會做的事啊。」

鴿掌豎起耳朵。雪地裡發出喀喀腳步聲，影族已經展開一天的巡邏勤務了。伴著心臟怦怦的跳動聲，鴿掌定神聆聽。等到腳步聲近到不會被懷疑時，她脫口嚷道：「我聽到聲音了！」

棘爪站起來，全身皮毛平順，帶著從容的眼神，面向邊界。暗影在林間移動，接著出現幾團皮毛穿過樹叢，朝他們走來。其中隱約可以看出是花楸爪、鼩鬚足和鴉霜。鴿掌盡量克制讓自己不發抖，**一定不會有事的**。她忽然看見虎心從他的族貓們後面悄悄走出來。鴿掌把頭一低看著自己的腳掌。她不敢望他的眼睛，深怕自己不小心就會流露出愛意。

「來要回你們走失的東西是吧？」鴉霜在氣味標記的另一端咆哮。

雲尾皮毛怒張，「所以你們承認抓了她囉！」

鼩鬚足瞪著白色戰士，「她被虎心抓到在我們地盤上逗留。」

棘爪眨眨眼，「她現在安全嗎？」

鴉霜遲疑一會兒。鴿掌努力尋找妹妹在影族營地的動靜。

「我們還沒動過她一根寒毛。」鴉霜咕噥。

花楸爪和鼩鬚足互看了一眼。

「我們可以把她帶回去嗎？」棘爪對影族副族長說。

「他為什麼要對他們那麼客氣？」雲尾附在蕨毛耳邊竊竊私語。

棘爪彈彈尾巴，「你們沒必要多留一張嘴在那裡吃飯吧。」他對花楸爪喵聲說道。

花楸爪點頭，「說得好。但我們也不樂見雷族見習生任意闖入邊界。」

花楸爪走近邊界。「你們是可以帶她走，」他低吼：「不過必須拿貓薄荷來換。」

鴿掌狠狠瞪了面無表情的虎心一眼。昨天他才在擔心小雲的病情，現在他們就要拿藤掌換取拯救影族巫醫性命的藥草？一定是他去告訴族貓們有關草藥圃的事。**他怎麼可以這樣？**

她瞪著虎心，虎心眼神空洞地回看她。鴿掌心如刀割。**他不是真的愛我！他只是在利用我，現在換利用藤掌！**鴿掌僵住身子。要是換成是她，她也會同樣選擇自己的部族嗎？還是選擇虎心？

「貓薄荷？」棘爪說。

「小雲染上了綠咳症。」花楸爪告訴他：「他需要貓薄荷才能活命。」

棘爪困惑地看著他，「為什麼要做這樣的交換條件？」

「我們並不想傷害藤掌。」花楸爪斬釘截鐵地說：「我們只是需要貓薄荷。」

棘爪繃緊身體，鴿掌猜想他是盡量不去多想對方暗示性的威脅。他反過來點頭說：「我會跟火星說。」他揮動尾巴，指揮族貓們回營地去。

在聽了副族長說明花楸爪的請求後，火星納悶地看著他說：「為什麼焰尾不直接來跟松鴉羽要就好了？我們從以前開始就會幫助其他部族呀。」

在他旁邊的灰紋在空地上嘟起嘴巴，「而且我們幫忙別人還要被批評。」他低吼。

松鴉羽站在巫醫窩門口，鴿掌可以看到他將爪子戳進雪地的模樣。

葉池和松鼠飛從半岩望過來，葉池一臉哀傷地問：「小雲病得很重嗎？」

棘爪瞇起眼睛說：「病重到需要挾持一名見習生來交換藥草。」

「我去摘草藥。」松鴉羽咕噥。

「謝謝。」火星點頭。「我知道草藥很稀少，但小雲真的有需要。」

松鼠飛走向前，「那沙暴呢？」

「還有小櫻桃！」黛西從空地另一端快速奔過來，蓬亂的米色尾巴高高翹起。「她今天還是病懨懨的。」

火星點點頭，「我們會想辦法照顧到每隻貓的需要。」他喵聲說道：「但小雲和藤掌現在都身處險境，我們得先救他們。」

罌粟霜在育兒室門邊探出頭來，圓圓的眼睛裡充滿擔憂。火星望了她一會兒後，將目光轉回棘爪。「或許找到蓍草的貓可以幫我們找到更多草藥。」他嘀咕。

鴿掌恨不得鑽進窩裡躲起來。**要是沙暴和小櫻桃病情惡化了怎麼辦？要是她們死了呢？全都是我的錯！**

第二十章

一隻乾巴巴的老鼠咚的丟在藤掌面前，「拿去吃。」

她抬頭望著把東西丟到她面前的影族暗色虎斑戰士，然後聞聞食物說：「謝謝。」

那隻戰士昂著頭，轉身沿著半遮蔽藤掌所在角落的刺藤屏障離去。

「我真不知道為什麼他們還要拿東西給妳吃。」歐掠掌一臉不悅地瞪著她，「我看妳是故意來白吃白喝的吧。」

藤掌對這隻被派來看守她的年輕影族公貓，使了一個鄙視的眼色。「我是不小心才誤闖邊界的欸。」

「最好是啦。」歐掠掌轉身，繼續看守的工作。

看到歐掠掌一副看守獅族戰士的架勢，藤掌轉動眼珠。「你該不會真以為我一隻貓就能攻下戰士窩，佔領影族營地吧？」

歐掠掌看了她一眼，「誰知道妳會耍什麼

陰招？雷族貓是出了名的奸詐。」

「雷族？奸詐？」藤掌不敢相信自己的耳朵。**影族才是森林裡最陰險的貓吧**。她哼的一聲，蹲下來開始吃老鼠。她一邊啃食那乾澀的肉，一邊隔著歐掠掌的尾巴環顧刺藤叢四周。整個影族營地已經開始熱鬧起來。

兩隻小貓從刺藤牆的小洞滾出來。「快點，小露！」最大的虎斑小公貓蹲低，搖擺尾巴。

「什麼？」一隻灰色的小母貓看著他，顯然是他的手足。

公貓猛衝向空地另一端，「我們來比賽看誰先到廁所！」

「你作弊，小雀！」小露努力跟在他後面。

第三隻小貓跌出刺藤叢。「等等我！」她趴在地上，睜著大大的眼睛看著他們。

「別擔心，小霧。」一隻虎斑貓后從她後面走出來。「我們一起去找他們。」她跟上去，小霧在她身邊咚咚跑著。那小貓如尖刺般的淡灰色皮毛活像一顆松果。她們穿過空地，低下身體，鑽進隧道，消失在盡頭。

口鼻花白的長老貓杉心在窩室外伸懶腰。高罌粟打著呵欠，跟在他後面鑽出刺藤叢。她看著發灰的天色。「看樣子雪似乎有得下了。」

杉心忍不住打了個寒顫，「很快我們就只剩雪可以吃了。」

一隻純白的母貓穿過空地，往一堆瘦乾乾的獵物走去。**疊在上面的那一隻是死掉的青蛙嗎？**藤掌忍不住起雞皮疙瘩。那白色戰士聞聞獵物，揀了一隻走回自己的窩室。藤掌看到橄欖鼻鑽出來。

「妳要一起吃嗎？」白色戰士問。

「謝謝妳，雪鳥。」橄欖鼻回頭喊道：「你要一起來吃田鼠嗎，鴞爪？」

藤掌嚼著老鼠，看到影族營地的景象竟和雷族如此相似，心裡感到有點意外。**要不然呢？難道會是老鼠和松鼠替他們工作嗎？**

花楸爪鑽進黑星的窩裡，不久之後便和影族族長一起出來。他們交談了一會兒，接著花楸爪抬高下巴，對著族貓們喊道：「所有準備好要去狩獵的貓統統來這裡集合。」

所有皮毛全一擁而上，團團圍住他。藤掌努力在貓群中找出她認識的貓。這些貓咪的毛色和身形像極了雷族貓，不像矮小的風族，和肥胖光滑的河族貓那麼好認。這些貓和她的族貓們一樣，都是森林貓。

「鼠疤、焦毛、雪鳥、蘋果毛。」花楸爪一一對每隻貓點頭。「你們今天負責帶領狩獵隊。紅柳，你帶隊巡邏邊界。虎心、鼩鼱足，」他揮動尾巴，「你們待會兒跟我走。」

褐皮彈彈尾巴，「雪都已經積到練習場上了。」她稟報道：「我們必須重新找一處較隱蔽的空地，要不然就只能在營地裡訓練了。」

花楸爪點頭，「要是你們有發現較合適的訓練場地的話，記得跟我回報。在這之前，就只能在這裡訓練了。」

小貓們衝出廁所隧道。

「那個奇怪的貓還在這裡嗎？」小雀尖聲說道：「就是虎心昨晚帶回來的那隻貓呀。」

戰士們面面相覷。雪鳥噹噹空氣；鼩鼱足抽動尾巴。藤掌僵住身體，看著貓咪一隻接著一隻，開始轉身瞪向她所在的角落。她不打算像罪犯般遮遮掩掩，她又沒有侵犯他們寶貴的領土。她抬頭挺胸，從刺藤叢後面走出來，和他們遙遙對望。

花楸爪走到空地中央，「昨晚虎心發現一隻雷族見習生。」他宣布：「她表示自己一時沒有注意，才會越過氣味標記。」

他身後的團團皮毛紛紛倒豎。

「她是單獨行動嗎？」鼠疤盤問。

「巡邏隊沒有發現其他貓的蹤跡。」花楸爪回應：「也沒有聞到其他戰士的氣味。」

「你確定嗎？」橄欖鼻貼平耳朵，「他們可能又想侵吞我們的領土！」

「我們沒有！」藤掌忍不住叫出聲。

歐掠掌轉過身，毛髮怒張：「閉嘴！」

藤掌生氣地瞪著他。此時褐皮走向前，轉身對著族貓們說：「她只是見習生而已。」

花楸爪坐下來，把尾巴盤在腳上。「她目前在我們手裡，」他喵聲說道：「想必雷族很快就會找上門。在這之前，她應該不會對我們造成什麼威脅。」

「說得也是。」歐掠掌低吼，「不會造成什麼威脅。」

藤掌忍下撲過去賞他耳光的衝動。

花楸爪動動腳爪，「狩獵隊趕快出發。」他命令道。「我們不能浪費打獵的時間。」

鼠疤、焦毛、雪鳥和蘋果毛開始在族貓間穿梭，召集狩獵隊伍。不一會兒，一批批貓咪便轟隆隆奔出刺藤叢，進入松葉林。藤掌看著他們離去的背影，腳掌也跟著蠢蠢欲動，心裡有說不出的羨慕。

一個細微的喵聲讓她急急轉頭。「喂，雷族貓！」

小雀躍過刺藤屏障，來到她面前，拱起背，毛髮倒豎。小露蹬蹬跟在他後面跑出來；小霧顫抖著身體，在刺藤叢邊探頭觀看。藤掌見狀忍不住發出呼嚕貓鳴。

「你會飛嗎？」小雀盤問。

藤掌眨眨眼睛，「飛？」

「戰士們都說你們在打仗時，都是從樹上飛下來的。」

「喔，對呀。」藤掌點頭。「所有雷族貓都會飛。」

「大騙子。」歐掠掌咆哮。

藤掌聳聳肩，「誰叫你們影族小貓腦袋都裝罌粟籽，這麼容易受騙。」

小雀衝向她，激動地說：「我們才沒有。」

藤掌彎下身，咧開嘴，在他面前發出嘶吼聲。小貓瞬間蓬起皮毛，害怕地睜大眼睛。「扭毛！救命！」他大叫一聲，拔腿轉身跑掉。小霧和小露跟在他後面哭號而去。

歐掠掌轉向她，「妳幹嘛這樣？」

「對不起。」藤掌皺起臉，「我不知道會把他們嚇成這樣。」她的毛皮漲熱，「我只是想跟他們開開玩笑。」

「那幾隻小貓都是聽雷族戰士如何以吃小貓為樂的故事長大的。」歐掠掌斥喝。

藤掌看著他，「真的嗎？」

「他們已經做惡夢很多天了。」

「讓我去跟他們說對不起。」藤掌主動提出。

刺藤叢窸窣搖晃，黑星走了進來。「我們會讓妳去道歉，」他吼道：「但不是現在。」

藤掌挺直身子。黑星看起來很高大，他的一隻黑色腳掌就足足有藤掌的頭那麼大。「我真的很抱歉。」她喵了一聲。

黑星抽動頰鬚。「別緊張，我們還沒準備將妳丟進獵物堆。」他的眼睛似乎發著光。他覺得這樣很好笑嗎？他掃視囚禁藤掌的角落，低頭看了她腳邊被啃得剩半隻的老鼠。「很抱歉把妳關在這裡。妳有吃飽嗎？」

「有。」藤掌連忙把老鼠塞回給他。「我不希望吃光你們的食物。現在正是獵物短缺的時候。」

黑星點點頭。「妳應該很想家吧。」

藤掌眼睛突然睜亮，「對呀。」

「妳很快就能回家了。」他將目光掃過她身邊。「不過，我們得先完成交換。我們需要雷族的一樣東西。」他轉身離開。

藤掌看著他離去的背影，突然感覺一陣惶惶不安。「交換？」她重複他的話。

歐掠掌聳聳肩，「我們說不定要拿妳去跟雷族換食物回來。」

褐皮在刺藤叢旁徘徊，「妳還好嗎？」一聽到玳瑁貓同情的喵聲，讓藤掌更想家。

「我很好。」她抑制哽咽的情緒。在這裡哀聲嘆氣根本於事無補。「你們要拿我去交換什麼？」

「草藥。」褐皮回答。「小雲生病了。我們需要貓薄荷和艾菊。虎心跟我們說松鴉羽有種一些。」

「虎心？」藤掌一時覺得困惑。**虎星告訴我影族早就知道草藥的事，這也是他們之前意圖侵略雷族領土的原因。**

「昨天他無意間聽到雷族戰士們談起這件事。」褐皮告訴她。

才不是咧！她耳朵裡漲滿了怒氣。**是鴿掌告訴他的！**她的姊姊怎麼可以出賣部族？藤掌注視監牢四周。**她怎麼可以背叛我？**

褐皮走近她，「別擔心。」她睜著圓圓的眼睛，「松鴉羽一定很願意為了妳犧牲一些草藥。妳很快就能回家了。」

藤掌豎起皮毛，退開幾步。

「妳想上廁所嗎？」褐皮問。「妳大可伸伸腿。妳待在這裡一定已經全身發麻了，再忍耐點。」她揮動尾巴，示意歐掠掌離開。「我來看管她。」

褐皮帶著她穿過營地。這裡的空地又長又寬闊，所有窩室都井然有序地坐落在營地城牆內，讓藤掌印象深刻。這個地方超適合用來練習格鬥技巧。躺在空地邊緣的曦皮，放下咀嚼一半的青蛙，板起臉孔抬頭看著她。小雀將身體捲成一團，依偎在扭毛旁邊。小露和小霧不知跑到哪裡去了。杉心和高罌粟在窩室外邊的雪地上鋪床，也跟著抬起頭看著藤掌經過。

藤掌渾身發熱，直到鑽進廁所隧道，才鬆了一口氣。廁所在營地城牆的外面，褐皮又在空地上等候，藤掌心想說不定可以趁機溜走，一路穿越邊界回去。

「上完了嗎？」褐皮喊道。

藤掌還是放棄了逃脫的念頭。森林裡全是影族的巡邏隊，他們對自己的領土可說是瞭若指掌，她肯定鬥不過他們。藤掌踢踢雪，掩埋自己的排泄物後，轉身鑽出隧道。「我想跟小貓們道歉。」她告訴褐皮。

「道什麼歉？」

「我嚇到他們了。」

褐皮發出喵嗚聲，「我才正覺得奇怪，為什麼小雀變得比平常安靜了呢。」她帶藤掌穿過空地，準備去找扭毛。小霧一看到她們走近，立刻不安地鑽出窩室，躲在虎斑貓后的後面。小露也跟了過來，縮在扭毛的尾巴底下。

小雀顫抖著身體，勉強抬起下巴。「妳嚇不了我的！」他發出低吼。

「很好——」

營地另一端突然爆出一聲尖叫，焰尾眼神狂熱，皮毛蓬張，從刺藤叢縫暴衝進來。

褐皮豎起毛髮，「怎麼了？」她奔到那一臉被嚇壞的巫醫面前。

「黑暗！」焰尾上氣不接下氣地說：「寒冷，吞沒，黑暗。」這薑黃色公貓渾黑的眼睛滿布驚恐。

黑星衝出窩室，「發生什麼事了？」他從煙足身邊擠過去，眼睜睜看著巫醫。

焰尾的目光緊盯著族長。「強大的黑暗力量將至。」他嘶吼道：「我感覺它團團圍繞。它像無止盡的浪吞沒影族，將我們全部毀滅。」

黑星急急把臉湊得更近。「我們該怎麼辦？」

「我們必須準備迎戰。星族說得沒錯，我們必須獨立出來，為自己的存活而戰！」

煙足擠到前面，「誰?我們要和誰作戰？」

焰尾搖搖頭，「我看不清楚。」

「一定是和其他族。」黑星咆哮：「如果星族說我們必須獨立作戰，一定是要和其他族打仗！」

扭毛在藤掌旁邊顫抖著，揮揮尾巴把孩子們圈得更緊。刺藤叢開始晃動，藤掌轉頭看到虎心走進營地。花楸爪、鼩鼱足和鴉霜跟在後頭。

焰尾挺直身體，喵聲已變得鎮定。「部族史上最慘烈的戰爭將來臨，我們必須做好迎戰準備。」

虎心寬大的肩膀頓時愣住。他回頭看了藤掌一眼，似乎在對她說，**我們已經做好準備了**。

藤掌渾身不自在。焰尾說的部族毀滅的預言讓她覺得很害怕；她想和族貓們在一起，讓導師煤心和火星決定哪些戰役該打，哪些可以先緩一緩。

如果最慘烈的戰爭即將到來，藤掌希望在它爆發之前能趕快回到家。

第二十一章

鴿掌豎起耳朵，在荊棘屏障外面走來走去。她可以聽到棘爪帶隊從影族歸來的聲響。蕨毛、灰紋在雪地踩著沉沉的腳步跟在後頭，藤掌被包在中間，隊伍後方由松鼠飛壓陣。

鴿掌心裡非常焦慮，整個隊伍籠罩在一片沉默之中，沒有任何貓說半句話。他們沒有責備藤掌為什麼那麼不小心被抓走，也沒有問她影族營地的情形。鴿掌急著想知道藤掌是否會原諒她那天沒出手相救，只能眼睜睜看著她被影族給抓去關起來。

巡邏隊來到山頂，接著往下朝營地走去。鴿掌試著抓住藤掌的目光，但她的妹妹只顧著低頭往前走，一臉鬱鬱寡歡。

「妳沒事吧？」鴿掌跑到藤掌旁邊。

藤掌點點頭，跟在松鼠飛後面鑽進隧道。

鴿掌匆匆跟在她後面說：「他們沒對妳怎麼樣吧？」

「她沒事。」松鼠飛告訴她：「讓她好好

休息。」

「火星不是要跟她說話嗎？」

松鼠飛搖搖頭，「事情發生就發生了。」她嘆口氣，「藤掌知道自己做了蠢事。她不會再犯。」

鴿掌停下來。**他們難道不想盤問藤掌大半夜在邊界做什麼嗎？**

藤掌直接走進自己的窩室。

「拜託跟我說說話！」鴿掌哀求。

藤掌停下腳步，愁眉苦臉地看著她。「我沒事，不用擔心。我只是很累而已。」

「真的嗎？」鴿掌靠過去。

藤掌點點頭離開。她鑽進窩室，被霜凍得紫黑的蕨葉窸窣搖曳。

峭壁旁的石堆喀喀作響，火星從擎天架跑下來，身上的橘色皮毛在微光中閃動。「一切都順利嗎？」他問棘爪。

「我們交出草藥，他們放了藤掌。」副族長稟報。

「他們是怎麼把她抓起來的？」火星問。

「藤掌說她夜間在邊界狩獵，不小心越過了氣味標記。」

刺爪在戰士窩外皺起眉頭，「你不應該派這麼資深的戰士去接她回來。」他發起牢騷，「這樣太給他們面子了。」

塵皮揮動尾巴，在他旁邊繞來繞去。「要是雷族有任何貓因為沒有藥草而死掉的話，影族就死定了。」

鴿掌凝視著枯萎的蕨葉，內心突然湧上一股罪惡感。

「好了。」松鼠飛在她耳邊低聲說道：「讓妳妹妹好好休息。我們得去大集會了。」

鴿掌猛然轉身，「我都忘了！」她仰頭瞧了白胖的月亮一眼。如果今晚她看到虎心的話，她該跟他說些什麼？

刺爪和塵皮已經在隧道口等候。火星的尾巴消失在巫醫窩入口的刺藤叢內。鴿掌猜想他應該想趁出發前先去看看沙暴。栗尾一面舔嘴巴，一面穿過空地。鴿掌從她的呼氣裡聞到了老鼠味。她剛和花落與玫瑰瓣分食完老鼠，現在那兩隻貓也跟上來，蓬起皮毛抵禦寒冷。莓鼻、狐躍和獅焰從戰士窩走出來。清澈夜空下的空氣顯得更加清冷。

松鼠飛在育兒室旁等葉池出來。「小櫻桃的情況怎麼樣？」這橘色戰士問道。

「她的呼吸雖然有些急促，但食慾沒有受影響。」葉池回答。兩隻貓一起走到屏障。

棘爪望向巫醫窩。一看到火星和松鴉羽走出來，他立刻說道：「我們走吧。」滾滾白煙從他鼻子裡冒出來。

他們朝湖岸前進。當隊伍沿著岸邊往下走時，松鴉羽緊貼在獅焰旁邊。滿地積著厚厚的雪，獅焰帶著他的手足穿過一個裂口，進入積雪較淺、較容易行走的隧道。

「鴿掌？」獅焰小聲叫她。

她匆匆趕上來，「什麼事？」

「妳知道藤掌去邊界做什麼嗎？」獅焰嘶嘶說道。在他旁邊的松鴉羽豎起耳朵。

「這完全和黑暗森林無關。」鴿掌喃喃說道：「她只是……」她急著找理由，「……去練習夜間狩獵的技巧，就是她跟大家說的那樣。」松鴉羽抽動尾巴，鴿掌努力去相信自己所說的話。她不能讓松鴉羽看穿她的內心，進而發現真相。

「你們看！」松鼠飛抬頭望向山坡。他們正穿過緊鄰沼澤地的風族岸邊，風族戰士側影排排立在山巔。

「他們在等什麼？」刺爪吼道。

狐躍抖掉尾巴上的雪。「或許他們不想第一個到。」

月光照在風族戰士身上，把一條條長長的貓影灑落在光滑雪白的山腰上。

「快走。」火星加快步伐，「我們愈早到島上愈好。」

鴿掌等玫瑰瓣和花落跟上來，跟她們一起走。花落一臉焦慮地說：「希望他們沒事。」

「薔光應該很樂意留下來處理巫醫窩的大小事。」玫瑰瓣安撫她。

「但是蜂紋已經咳了一整天了。」花落嘆氣，「要是他病情加重了怎麼辦？」

「松鴉羽已經交代亮心了，」玫瑰瓣提醒她，「她應該都知道怎麼做。」

鴿掌豎起順風耳，聽到風族山坡上，層層厚雪下的石楠藤蔓發出吱吱的聲響。戰士們個個不發一語，只是在山巔靜候。鴿掌突然感到惶惶不安。她把聽力範圍拉得更遠，來到影族的地盤。

「這可能是個陷阱。」鴉霜焦慮地喵了一聲。

「也許我們不應該去。」

黑星清清喉嚨，「不用怕，」他喵聲說道：「他們不會在滿月休戰日攻打我們。」

「你確定嗎？」雪鳥急切地問。

「今天是大集會！」褐皮肯定地說：「他們沒這個膽！」

他們在怕誰？星族已經警告他們關於黑暗森林戰士的事了吧？鴿掌接著轉去聽河族。

「妳準備好要出發了嗎？」蛾翅對著空地另一端喊道。

柳光的語氣堅決，「我要留在這裡。」

「他們會遵守休戰規定嗎？」蘆葦鬚咕噥道。

苔皮在雪地發出啪嗒腳步聲。「我們要不要把小貓和長老們先藏起來，等他們離開小島後再出來。」

所有部族正陷入一片愁雲慘霧之中。

當雷族來到小島附近時，鴿掌聽到河族戰士仍在空地踱步。她從花落和玫瑰瓣身邊擠過去，在松鴉羽和獅焰站立的岸邊蹲下來。「他們知道了！」她小聲說道。

獅焰對她眨眨眼。「誰已經知道？」

「其他部族！他們知道黑暗森林的事了。」

「是妳亂猜的吧。」松鴉羽的雙眼在月光下閃閃發光。「黑暗森林的事只有我們知道。」

鴿掌其實沒聽到任何貓有提到黑暗森林這四個字。「不過他們都在擔心一件事。」她發出惱怒的嘶聲。

「這我清楚。」松鴉羽附和，「我可以在空氣中感覺出來。巫醫們一定已經告訴他們的族貓們有關星族的警告。」

「或許我們也應該告訴我們的族貓。」鴿掌建議。

「然後把他們嚇死嗎？」獅焰的爪子戳進雪裡。「我們可以自行搞定接下來發生的事。」

「你們看！」狐躍從岸邊大喊。「島四周的水面都結冰了耶！」這隻年輕戰士身體一搖一晃的在結冰的湖面上滑行。

鴿掌走到邊緣地帶，好奇地伸出一隻腳試探。雖然腳被凍得發麻，但她還是伸出其他的腳，最後整個身體站立在堅硬的白色冰面。

「回來！」栗尾大聲喊道：「要是冰裂開了怎麼辦？」

「放心，不會啦。」狐躍大喊。「這裡很淺。」他搖搖晃晃，加速往前滑去，突然一個不小心差點打滑。「哇！」他急急煞住腳步，並發出愉悅的貓嗚。「玫瑰瓣，妳試試看，超好玩的。」

玫瑰瓣跟在他後面橫衝直撞，興奮的開心尖叫。鴿掌的心猛然一跳，感覺四肢不聽使喚地在冰上滑動。她繃緊神經，努力穩住腳步，一步步前進。她雖然又驚又怕，全身肌肉變得僵硬，但越過湖面的感覺好刺激。她可以看到暗暗的湖水在白色的冰層下晃動。冰隨著她踏出的每個腳步，發出陣陣喀嗤的聲響。

「好了！」島的邊岸傳來火星嚴厲的命令聲。「給我回來。」

鴿掌踉蹌跟在狐躍和玫瑰瓣後面，為了穩住重心，在冰上刮出一道道爪痕。她爬上被雪覆蓋的岸邊，碰觸腳下踏實的泥地時，心情不由地舒坦起來。

棘爪和塵皮已經鑽進蕨葉叢，往松樹林裡的空地前行。鴿掌進入沙沙葉叢中，因為四周不見族貓們的蹤影，一時迷了路。她沿著毛髮刷過藤蔓的窸窣聲，最後才找到空地邊緣。一看到雷族迎面到來，河族戰士們像被困在寒冰般，立刻僵住身體。

「他們怎麼了？」玫瑰瓣小聲地問。

狐躍聳聳肩。「我們多長了一顆頭嗎？」

火星走向巨橡樹，攀上蓋滿厚雪的樹根。河族像群魚竄進淺灘般，慢慢聚成一團。鴿掌一面注視著他們，一面走到花落旁邊。

「他們在怕什麼？」花落嘶聲說道。

「誰曉得。」鴿掌盯著自己的腳掌。

鴿掌後面的蕨葉叢發出一陣窸窣，她回頭一望，看到風族一窩蜂湧進空地。她豎起皮毛，很驚訝他們這麼快就到了。她剛剛在冰上玩得太瘋，根本忘了留意他們。他們一隻接一隻經過雷族身邊，但正眼都沒瞧他們一眼。風皮偷偷瞄了鴿掌一眼，但馬上就快步走開。

塵皮來回踱步。「我從沒見過這麼安靜的場面。」

「難道也不用分享舌頭了嗎？」松鼠飛看看四周，不解地問。

影族最後抵達。他們皮毛倒豎，瞪著大大的眼睛，好像隨時會被攻擊似的。鴿掌墊起腳尖，瞥見虎心深褐色的耳尖。他和族貓們緊挨在一起，一副要打架的樣子。他看起來似乎沒有要找她的意思。鴿掌突然覺得好沮喪，為什麼事情在一夕之間全變了調？每個部族似乎一下子全成了敵對狀態。**是星族還是黑暗森林戰士播下了不信任的種子？**

「現在很冷，我們趕快進行！」坐在巨橡樹矮枝幹上的霧星大喊。火星坐在枝幹稍遠的地方，接著是一星和黑星，兩隻貓的身體緗得像貓頭鷹。

河族和風族緊緊聚在樹旁，影族趕過去坐在他們旁邊。鴿掌跟著族貓們走進一池月光下，坐下來聆聽。她穿過玫瑰瓣和花落，想在群貓中找一個溫暖的好位置，最後在刺爪和獅焰旁邊坐下來。

在月光下瑟縮成一團的霧星，乍看像一小灘銀白的毛。「現在是嚴酷的禿葉季。因為湖水淺灘紛紛結冰，讓我們的狩獵變得困難。」

夜雲低吼，「總算輪到吃魚的餓肚子了。」

霧星繼續說道：「雖然天氣惡劣，但我們並沒有中斷訓練課程。很慶幸我們沒有貓咪生病。」

一星站起來，「雖然兔子稀少，風族營地四周被厚雪層層覆蓋，但風族貓也一樣健康。我們已經改善追蹤技巧，可以一路跟蹤獵物到牠們的巢穴。」

他對著黑星點點頭。黑星站起身，看著下方的群貓好一會兒後，才開始說話。「花楸爪是影族現任的副族長。」他終於宣布，小心選擇他要說的話。「我們還在哀悼枯毛，她死得很冤枉。」他沒看火星，繼續說道：「我們的狩獵變得困難，小雲也生病了。不過還好我們已經找到草藥可以治癒他，等下次滿月時他就能和我一起來這裡。」

影族貓咪們紛紛發出窸窸窣窣的附議聲。鴿掌感覺到旁邊的刺爪全身緊緗，並且聽到獅焰的爪子劃過雪地的聲音。

火星站起來，看著黑星。「你們是怎麼找到草藥的？」他質問。鴿掌聽到四周的族貓們呼吸加速，個個摩拳擦掌，顯得很氣憤的樣子。火星不等黑星回應，馬上接著說：「是你押走了我們其中一名見習生才得逞的。」

河族和風族戰士大吃一驚。

「是她在我們地盤逗留！」黑星發出嘶吼。

「你大可將她驅離。」火星吼回去，「抓走沒什麼防禦能力的年輕貓咪，把她像獵物一樣當談判的籌碼，這算什麼戰士？」

黑星咧嘴露出一排利牙。火星繼續說：「一個真正的戰士會有直言不諱的膽識。」雷族族長拱起背。「我們沒多做回擊，算是你們走運。這個月我們打敗過你們一次，別以為我們不敢再次攻擊。」

黑星緩和皮毛，眼睛瞇成一直線。「你們想玩什麼把戲，」他低聲說：「影族隨時奉陪到底。」

「我們現在就可以跟你們拚命！」花楸爪從樹底下跳起來，毛髮怒張。站在他旁邊的鴉霜和煙足，轉而怒瞪雷族戰士們。

獅焰噘起嘴，松鼠飛從喉嚨發出一聲低吼，塵皮把耳朵貼平，鴿掌倒吸一大口氣，伸出爪子。他們打算在這裡決鬥嗎？她看看頭頂上的一輪明月，萬里無雲的天空顯示著休戰狀態。

鴿掌聽到各部族開始議論紛紛。

「就是現在嗎？」

「黑暗是不是已經到來？」

「可是月亮明明還很亮呀！」

現在一切似乎已經不重要。所有戰士們紛紛豎起皮毛，在月光下閃閃發光的眼睛半緊張、半威脅地瞪著其他部族。

霧星站起身，「河族！我們回去。」她躍下橡樹，帶領族貓從毛髮怒張的戰士群中撤退。接著一星、黑星陸續往下一躍，各自默默帶著自己的族貓們離開空地。

鴿掌看到火星最後爬下橡樹。在空地的遠端，各大族們紛紛鑽入蕨葉叢，葉片隨之擺動。

我一定要找虎心講清楚！

她緊跟在動身離去的貓群中後面，豎起耳朵，留意影族年輕公貓熟悉的腳步聲。她嚐嚐空氣，聞到了他的氣味。她衝進蕨葉叢，瞥見他尾巴末端。她伸出腳爪去碰他尾梢的毛。他轉身凝視她。

「什麼事？」

「我們需要談一談！」

他的眼神變得柔和。「跟我來。」他帶她穿過濃密的蕨葉叢，來到厚雪覆蓋的隱密草堆附近。他回頭望了望窸窣搖晃的灌木叢，與紛紛離開空地的貓咪們。「對不起，我剛剛沒辦法和妳說上話。現在的情勢有些緊張。」他喃喃地說。

鴿掌臭著一張臉看他，「你竟然告訴黑星說松鴉羽有草藥的事！」

他不發一語，只是靜靜看著她。

「你怎麼可以這樣？」鴿掌拉高嗓子。「如果沙暴死了，全都要怪你！」

「但是小雲生病了。」

「沙暴也是呀。」

「可是她沒有得綠咳症。」

鴿掌愈聽愈火大。虎心竟然還這麼大言不慚，他難道不明白自己犯了什麼錯嗎？虎心用尾巴輕拂她的腰腹時，她急急閃開。

他皺起眉頭，「松鴉羽若是堂堂正正的巫醫，早就給我們草藥了。」

「他必須把自己的部族放在第一位！」

虎心把頭側到一邊，「我也一樣。」

鴿掌突然覺得噁心，恨不得馬上結束談話，但她必須把事情弄明白。「所以你的部族比我還重要？」

虎心的尾巴開始顫抖。「我並不是這個意思。」他的琥珀色眼睛鼓得圓圓的，「我只是——」

鴿掌打斷他，以極微弱的喵聲喃喃道：「一定是。」她轉身離去，「我覺得你就是這樣想。」

第二十二章

藤掌將身體捲成一團窩在床上。她的族貓們聚集在營地門口，腳步在雪地沙沙移動。他們步出營地往小島出發時，把荊棘屏障撞得窸窣作響。藤掌把鼻子塞在腳掌底下。

我這麼做是為了要變成更厲害的戰士！她閉上眼睛。我這麼做全是為了部族！

睡意悄悄包圍她，她睜開眼睛，發現自己已身處黑暗森林。她嚐嚐空氣，除了泥地飄散出的酸腐味和樹林的黴臭味外，就沒有其他味道了。「鷹霜？」她的喵聲在林間回盪。她必須見他。**他只是單純想讓我成為一名優秀戰士而已。**

她沿著一條長滿青苔的小徑走去。在習慣雪地的冰刺感後，一時踏在溫暖的泥土上，讓她突然有種奇異的感覺。樹木在盡頭散開來，那條滿是污泥的河流在她面前蜿蜒而過。她回想起那天和穴掌合力把暗紋按入水裡的情景，不禁沾沾自喜起來。

她沿著河邊走了幾步，看到光從樹林穿透進來。她急急竄入林中小徑，迎著光走去。她加快腳步，愈往森林深處，林木愈是高大濃密。她來到光源附近，赫然發現竟是樹幹上的黴菌所發出的光，這些怪異的菌類爬滿樹根縫隙。黴菌是反射月光而來的嗎？

藤掌抬頭努力找尋白色圓月，這裡應該也是滿月才對呀？樹枝密密麻麻蓋在頂上，看不到一絲天空或月亮的蹤影。雖然森林裡沒有一點風，但樹枝卻開始沙沙騷動。藤掌不禁打了個寒顫。**別胡思亂想**。她繼續往前走，心想小徑總會通到某處吧。

當她聽到前方傳來說話的聲音時，終於鬆了一口氣。虎心和虎星在前方樹林講話。

「你遲到了。」虎星聽起來很生氣。藤掌豎起耳朵聽虎心怎麼回應。

「我剛從大集會回來。」

「訓練比較重要。」

她躲在樹後的暗影處偷看。虎星那粗壯的肩膀像群蛇蠕動般，圍著虎心打轉。「你難道還搞不清楚誰才是你真正的族貓嗎？」他咆哮道：「看著我，你該不會還在效忠那群吃老鼠的貓吧？我難道不值得你效忠嗎？」

藤掌僵住身體。**虎星是想企圖脅迫虎心與影族為敵嗎？**

藤掌聽到碰的一聲。虎心突然發出呻吟。她溜向前，躲在另一棵樹後面，偷偷觀察他們的動靜。虎星把虎心狠狠壓在地上。

「你犯了和雷族交戰時同樣的錯誤。」虎星譏諷完後，才鬆開虎心。

虎心爬起來，「什麼錯誤？」

「不要看我的腳。」虎星撲過去，瞄準影族戰士的後腿，做出一個迴旋踢。虎心瞬間弓背，往空中騰躍，閃過他的攻勢。但虎星一個快速翻轉，趁年輕戰士躍起時，一口咬住他的頸背後，用力一甩，虎心頓時失去重心，砰的一聲跌落在地上。

「要記住，雖然打鬥要靠腳力，但雙顎才是致命的利器。」虎星吼一聲後退開。

虎心跳起來，「我會記住。」他氣喘吁吁地說。

「獅焰就知道這個訣竅。」虎星咆哮。「他就是這樣殺了枯毛的。如果你連那些雷族軟腳蝦都比不上，就別想混出什麼名堂。」

藤掌倒抽一口氣。**虎星欺騙我！他對雷族根本不忠心！**她頓時感到一陣胸悶，想盡辦法讓呼吸緩和下來。他把跟我講的那一套話講給虎心聽。**他根本不是為了要幫助雷族才訓練我。**

「去大集會只會浪費時間，」虎星繼續說道：「對大決戰一點幫助也沒有。我們要對付的是四部族和他們弱到不行的祖先。到時候他們就會知道誰才是真正的戰士了。」

藤掌往林子裡狂奔而去，兩側的樹木早已模糊不清。這應該是焰尾所看到的戰爭幻影，也是鷹霜之所以吸收她的原因。

她一點也不特別。她真是笨得可以。

虎星不是在幫雷族，他只是想要攻打四族，並且利用各族內的戰士，引發部族內鬥！

氣喘吁吁的藤掌踉蹌煞住腳步。河水默默在她眼前流過，截斷她的去路。

我要怎麼回家？她猛眨眼睛。**趕快醒來！趕快醒來！**

「妳沒事吧，小傢伙。」

一時之間藤掌還以為自己回到育兒室，黛西正低聲呼喚她。但她眨開眼睛，看到的卻是楓影。這隻橘白戰士正以一種戲謔的眼神看著她。樹木發出淡光，穿透她若隱若現的皮毛。

「少來煩我！」藤掌嘶聲說道。

「妳做了惡夢嗎，寶貝？」楓影嘲笑。

藤掌閃避楓影的口臭。「妳為什麼不乾脆永遠消失？」

楓影動動爪子。「在還沒完成幾件事前，我才不會輕易消失。」

藤掌逼自己不要顫抖，「我……我要找鷹霜。」

「他沒空。」楓影湊過去，「他要我今晚訓練妳。」

藤掌吞吞口水，「真的嗎？」

「我們先來試試妳上次在河裡學的格鬥技巧。」楓影的喵聲平滑得有如山毛櫸樹皮。藤掌沮喪地望向河水。

「讓我看看妳學了多少？」楓影一聲令下，接著轉身，涉入水中。

藤掌硬著頭皮跟在後頭，水在她腳邊汩汩流動，揪扯她的皮毛。

「這裡夠深了嗎？」楓影問道。水已經淹到戰士的肩膀。藤掌只能墊起腳尖跟在後面，勉強讓鼻子探出水面。「接下來呢？」楓影問道。「快呀，妳應該還記得之前學的吧。」

「我必須從妳腳下掃踢過去。」

「那就來吧，寶貝。」

愈早練習完，愈早結束。藤掌憋住氣，一頭栽進黏膩的溫水裡。她游到楓影身邊，設法抓住她的腳。但楓影的胖身體突然重重坐在她的背上，把她往水底壓。藤掌的胸口被按在河床上，她雙耳漲紅，急著想掙脫。這龐大母貓的爪子刺進藤掌的皮毛，更使勁將她壓在石頭上。

藤掌在河底扭動身體，嘴裡不停冒出泡泡。楓影擠壓她的胸口，試圖讓她無法再憋氣。她拚命反抗，四腳一陣狂踢，希望把楓影踢走。她雖然死命地拍打，但那母貓卻依舊牢牢壓住她。她的肺部劇痛，眼前一片黑。

她的後腿在一陣胡亂掙扎後，終於將底下岩石稍稍移動一個頰鬚的距離。藤掌繼續加速踢開岩石，並趁楓影失去重心時，順勢大力往上推撞。她一個扭身，從母戰士底下掙脫開來。

藤掌憋住氣，持續待在水裡。她拍動四肢，拚命游離開楓影的附近。她順著上升的河床游到遠端的河岸，然後才從水底冒出，搖搖晃晃爬到泥堆旁，猛喘著氣。

她回頭一望，看到楓影腳掌不斷在河裡拍打，試圖觸到河床站穩。藤掌蹲低身體，像水獺一樣爬到岸上，一聲不響地潛進林間。當確定自己完全隱沒於暗影之中時，她砰的一聲趴倒在地上，把一肚子的黑水咳出來。她喘著氣，累得閉上眼睛。

「藤掌？」

鴿掌！她往上一瞧，瞥見睡窩的邊緣。看到她的姊姊一臉擔心地朝她看過來，藤掌頓時鬆了一口氣。清晨的光已經開始洩進蕨葉叢。

「妳沒事吧？」

藤掌胸口灼熱，又是一陣咳嗽。「我沒事。」她發出粗啞的聲音說：「現在沒事了。」她再也不要回去黑暗森林了。「在大集會有發生什麼事嗎？」

「我得先問妳一件事。」鴿掌掛著憂心的表情。部族很快就會開始在窩室外活動了。

「什麼事？」

藤掌坐起身，鴿掌靠近她。「再跟我說一次虎心的事。他真的在黑暗森林受訓嗎？」

藤掌低下目光，「對。」她小聲地說：「我真替妳感到難過。」

「沒關係啦。」鴿掌嘆口氣，「反正他從沒愛過我。」

藤掌突然抬高口鼻，「才不是這樣！」

鴿掌搖搖頭，「妳不懂。」

「我懂！」藤掌從床上跳起來，依偎在鴿掌身邊。「虎星騙了我，也騙了他！」

鴿掌看著她，「什麼意思？」

「這全是騙局一場——」

「等等！」鴿掌打斷她。「妳必須也讓獅焰和松鴉羽知道。」

藤掌看著姊姊。她在說什麼？這和他們有什麼關係？

「相信我。」鴿掌用鼻子推推藤掌，把她推出窩室。

松鴉羽正好從戰士窩走出來，嘴裡銜著一捆乾枯的草藥。他一定是去治療蜂紋和鼠鬚，他把草藥塞在窩室入口的石頭下，然後瞇起瞎眼，轉而注視鴿掌和藤掌，似乎已意識鴿掌走近。

「一切都還好嗎？」他問。

「我們很好。」鴿掌告訴他。「獅焰上哪兒去了？」

「我在這裡。」金色戰士正從擎天架的石堆跑下來。

「我們需要談談。」鴿掌嘶地一聲。她朝入口走去，松鴉羽和獅焰緊跟在後。

藤掌看了棘爪一眼，雷族副族長正在整理一天的狩獵隊伍。他匆匆瞄了走出營地的鴿掌一眼後，繼續將注意力轉回狩獵隊員身上，好像什麼事都沒發生似的。

這是怎麼一回事？藤掌滿腦子問號。這裡的祕密和黑暗森林一樣多。

「趕快來啊！」鴿掌從屏障處呼喊她。

藤掌連忙追上。鴿掌帶他們攀上入口外面的陡坡，跋涉穿過雪堆，並躍過一棵倒塌的樹木。樹身阻隔積雪，因此後面的空地十分空曠。鴿掌蹲在腐爛的樹幹旁，松鴉羽和獅焰在她身邊坐下來。藤掌在樹幹上穩住腳步，跳到他們旁邊。他們緊緊靠在一起，抵抗刺骨的冷風。

「藤掌，繼續說呀，」鴿掌鼓勵她：「把事情都告訴他們。」

藤掌看著松鴉羽和獅焰，他們滿是期待地聳起皮毛。她深呼吸一口氣說：「我已經去黑暗森林好一陣子了。」

「說點新的好不好。」松鴉羽咕噥。

藤掌眨眨眼，「我已經在虎星門下受訓好一陣子。」她繼續說，努力消除肚子裡的緊張。「還有鷹霜也有訓練我。他們跟我說要讓我成為一名優秀的戰士，以好好保護我的部族。」

「所以妳就信了？」獅焰叱喝道。

鴿掌轉向他，「讓她說下去！」她低吼一聲。

藤掌用充滿感激的眼神看了姊姊一眼。「虎星說他對雷族一片忠心，他生在雷族，所以他從沒忘記過自己是雷族貓。」

松鴉羽緩緩點頭，「嗯。」

「我只是想和鴿掌一樣厲害。」藤掌解釋著，「我想變強，讓所有貓對我刮目相看。」看到獅焰的眼神變得柔和，藤掌安心多了。獅焰彈彈尾巴，尾梢拂過她的臉頰。「妳是個很棒的見習生，藤掌。妳以後一定會是一名優秀的戰士，不要總是想和姊姊比較。」

為什麼不行？藤掌的醋意又一股腦兒從皮毛底下衝上來。**她到底有哪裡特別？**「一切都已經結束。我知道真相了。虎星和他的戰士們計謀攻打所有部族。他們要毀掉我們。我再也不會去黑暗森林了。」她的緊張情緒得到了抒發，現在的她只覺得全身疲憊。

「妳要怎麼停止？」松鴉羽突如其來的喵聲嚇了她一跳。

「停止什麼？」

「在妳入睡時，是自己選擇夢到黑暗森林的嗎？」松鴉羽追問。

藤掌瞇起眼睛，「不……不是。我睜開眼就到那兒了。」她承認。

松鴉羽坐起身，「很好。」

你在說什麼？要是我眼睛睜開，又發現自己到了那裡該怎麼辦？藤掌感到噁心。她該怎麼控制自己的夢境？「什……什麼很好？」

「因為妳必須去當臥底。」松鴉羽宣布。

藤掌開始發抖，「可是我不想再去那裡了。」

「太晚了。」松鴉羽聳聳肩。「妳已經加入黑暗森林。虎星這麼辛苦地訓練妳，妳覺得他會輕易放過妳嗎？」

「可是我不想再去那裡受訓了！」

松鴉羽不聽她說。他的藍色盲眼直盯著她瞧。「他們還不知道妳改變心意了，對不對？」

藤掌搖搖頭，半句話都說不出來。

「那麼，妳必須繼續和往常一樣到他們那裡訓練，然後回來跟我報告那邊的情況。」

藤掌胸口怦怦跳動。「你要我去暗中監視他們？」

「對。」松鴉羽用腳掌順順頰鬚。「妳之前出賣過我們，現在出賣他們應該很容易。」

鴿掌猛然直起身子，「她不知道那是在出賣我們——」

松鴉羽打斷她，「她在虎星門下受訓，」他厲聲說道：「不然她以為她在做什麼？」

獅焰把尾巴蓋在前掌上。「我覺得這是個好辦法。」

藤掌感覺自己好像陷入了另一個惡夢。

「不過，」獅焰繼續說：「要藤掌自己願意才行。」

藤掌頓時又想起楓影的腳按住她的肩，不停將她壓到河底，她在那濃稠、如血般溫熱的汙水中痛苦掙扎，只求能呼吸到一口空氣。「不！」她只想回到一般見習生的生活——幫鼠毛、波弟找青苔；和真實的貓在真實的森林裡學習狩獵技巧。「我不要回黑暗森林。」

「這恐怕由不得妳。」松鴉羽喃喃自語。

鴿掌甩動尾巴。「我來跟她說。」她堅定地看著獅焰。獅焰點點頭後，跳到樹幹上。

「好了啦。」他對松鴉羽喊道：「這件事就交給鴿掌處理。」松鴉羽輕輕嘆了一口氣後，跟著他的兄弟離去。

他們的腳步聲愈來愈遠，藤掌看著她的姊姊。「這到底怎麼一回事？」

鴿掌回復臥姿，「有件事妳還不知道。」

「什麼事？」

「妳爬到樹幹另一邊，隨便做個動作。」

「做什麼動作？」

「什麼動作都行。不管是丟一坨雪球或爬樹，只要確定不讓我聽到或看到就可以了。」

一臉疑惑的藤掌爬上樹幹，穿過雪地，匆匆跑開，回頭已看不到姊姊的身影。她繼續往前跑，直到確定鴿掌不可能聽到她的聲音為止。她溜到一棵樹後面，在雪地裡挖了個洞，然後再把洞填起來。接著跑回姊姊身邊。

「好了。」她一面喘氣，一面說。

「妳挖了一個洞，然後又把洞填起來。」鴿掌告訴她。

藤掌感覺一陣暈眩。「妳是不是跟蹤我？」

「妳有看到我的腳印嗎？」

藤掌搖搖頭。「不然妳是怎麼知道的？」

她姊姊沉默半晌，淚水在藍色眼睛裡打轉，然後看著藤掌說：「我可以聽到任何聲響。」

她脫口說出：「如果我更專注，任何氣味都可以聞得到。」

藤掌哼聲說：「夠了！妳又在炫耀！沒有貓可以聞到所有氣味、或聽到所有聲音。」

鴿掌甩動尾巴。「我沒有在炫耀。有時候我還真希望是這樣。我擁有特異能力。有個預言說將有三隻貓，星權在握。我是預言裡的其中一隻貓。松鴉羽和獅焰是另外兩隻。這也是為什麼他們和火星會聽取我的意見的原因。」

「火星也有採納我告訴他的夢境！」藤掌指出。

「但是，那是妳自己編造出來的！」鴿掌的鼻頭推了藤掌的臉一下。「我是真的有特異能力！我現在可以聽到撲尾在罵穴掌，說他昨天沒有幫他把蝨子都抓出來；我可以聽到小露和小霧在床上打架，搶著看誰可以先吃一口鴉霜給的一隻發臭的老麻雀；我可以聽到石楠尾正帶著兔躍穿過濃密的金雀花叢，要給他看一條新路徑；一星在梳洗——」

「不要說了！」藤掌聽得一頭霧水。「妳真的可以全部聽到？」

鴿掌點頭，「全部。我上次就是聽到河狸的聲音。」

「這就是為什麼妳知道牠們把水擋起來！」藤掌之前覺得匪夷所思的事，現在全有了答案。「這也是為什麼火星會派妳這個見習生去出任務。」她頭昏腦脹，「所以火星也知道囉？」

「沒錯，但只有火星知道。」

藤掌有點不是滋味地說：「為什麼妳不早一點跟我說？」她不給鴿掌回應的機會，立刻又說道：「為什麼只有妳有特異能力？我是妳的妹妹欸！不公平。」

鴿掌尷尬地來回踱步。「我其實不能把這件事告訴任何貓！除了火星外，沒有任何貓咪知道松鴉羽和獅焰的事。」

「可是他們彼此知道，對不對？我敢打賭冬青葉一定也知道！」藤掌開始氣憤起來，「我之所以去黑暗森林，全是妳的錯！」

鴿掌瞪著她，「為——為什麼這麼說？」

「我第一次見到鷹霜並不是在無星之地，而是在一個充滿陽光、花草的田野。他不斷誇獎我，表現出非常肯定我的能力的樣子。在部族裡從沒有貓咪這樣對待過我，在這裡我只是妳的影子。」

「才不是這樣！」鴿掌嘶聲說道。

「但我就是有這樣的感覺！妳不能怪我聽信鷹霜，一心希望他把所有技巧全傳授給我。」

「沒有貓會責怪妳。」鴿掌嘆氣。

藤掌把眼睛瞇成一直線。「妳確定？獅焰和松鴉羽根本不信任我。說不定他們是要我回去黑暗森林，永遠待在那裡！」

鴿掌貼平耳朵。「別說傻話了！妳難道看不出來我們需要妳嗎？如果不能知道黑暗森林在搞什麼鬼，預言根本發揮不了作用。現在恰好如妳所願：妳身負一個特別任務。」

藤掌眨眨眼。「我才不要。」她喃喃道：「我會害怕。」

鴿掌把尾巴擱在藤掌肩上。「我了解。」她輕輕喵了一聲，「我們全都怕，即使是星族也會害怕。我們或許可以合力對抗黑暗森林，避免部族被摧毀。」蹲在雪堆裡的鴿掌，將身體縮成一團，頓時間顯得如此弱小。

「我願意幫妳。」藤掌匆匆承諾。事實上，現在已經不是她個別的問題，而是關乎到所有住在湖邊的每一隻貓。此外，她想保護姊姊，她不能讓她獨自對抗黑暗森林戰士。

「告訴松鴉羽和獅焰我會回黑暗森林，假裝是他們的一分子，想辦法查出他們的詭計。」

第二十三章

焰尾用長春藤葉將貓薄荷包起來，然後塞進刺藤叢裡存放。他接著將艾菊梗排放好，準備把它們捆成束。他的視線開始模糊，不由打起呵欠來。

「焰尾。」

遠方傳來叫喊他的聲音。

「焰尾！」扭毛伸出鼻子推推他。「你沒聽到我在叫你嗎？」

「不好意思。」焰尾轉身，眨眨眼睛。「妳找我嗎？」他暗自嘆了一口氣。他不知道自己還有沒有力氣給更多的貓看診。

「拜託，來看看小霧。她聲音都啞了。」

「我待會兒就過去。」焰尾承諾，「先讓我把這些東西整理完。」

貓后鑽出巫醫窩。此刻小雲的床鋪微微晃動，那隻條紋貓的咖啡色鼻子探出床邊，「你應該休息一下。」他建議道。他的聲音雖然還是有些沙啞，但聽起來比以前有元氣多了。

「你昨晚有睡嗎?」

焰尾拖著沉重的腳步，走到導師的床邊。「有睡一點點。」

小雲的眼睛看起來明亮多了。雖然他的皮毛還是有點揪在一塊，但顯然是剛剛梳洗過。

「我想也是。」他緩緩坐起身，「你一整個晚上都翻來翻去的。」

「我做了惡夢。」焰尾坦承。

「還是同樣一個惡夢嗎?」小雲問。

「對。」這一個星期以來，焰尾沒有一刻睡好覺。他不斷重複做著同一個夢:他掉進無窮盡的黑暗深淵，周圍的貓咪們不斷發出驚恐的尖叫聲與哀號。

「沒有其他細節嗎?」

焰尾轉回去處理艾菊。「星族只給了我一些黑暗的畫面。」他低語喃喃:「裡面什麼線索也沒有。我根本不知道誰會攻擊我們，也不知道該如何做應戰準備。」

小雲靠過去，「我們的戰士祖靈與我們同在。」他安撫他，「要不然祂們也不會想要警告你。或許祂們還不知道是怎麼一回事。等祂們弄清楚了，自然會讓你知道。」

「或讓你知道。」焰尾說。

小雲發出許久不見的呼嚕貓鳴。「你放心。」他用粗啞的聲音說道:「我還沒打算那麼早加入祖先的行列。」他突然咳嗽起來。

焰尾開始緊張，「你還需要貓薄荷嗎?」

小雲搖搖頭說:「我已經好多了。」他要焰尾別操心。

「還是保險一點好。」焰尾走到存藥處。

「我退燒了，胸口也舒坦多了。貓薄荷必須省點用。禿葉季永遠比你想像的還漫長。」

焰尾轉過去看著導師，「很高興我們沒有失去你。」

「是啊。」小雲的眼睛發出光芒，「現在去看看小霧吧。」

焰尾把艾菊梗收好，抽出其中一支，將剩餘的塞進庫存的地方，和貓薄荷擺在一塊兒。

「也順便去看看杉心吧。」小雲繼續說：「昨晚我聽到長老窩也傳來咳嗽聲。」

「好。」焰尾叼起艾菊梗，走到門口。

在育兒室外走來走去的扭毛，跑向前招呼焰尾，陪他一起走進入口。「今天早上小霧還像歐椋鳥一樣吱吱喳喳說個不停，但中午過後，她一覺睡醒就說不出話來了。」

「別擔心。」焰尾跳進窩室入口。「她要是真的生病，我們現在也有草藥可以治療她。」

育兒室內又暗又悶。慘澹的陽光透不進藤蔓縫隙。窩室的牆壁和地板到處鋪滿了青苔，連一根刺都戳不進去。小雀在沙地上衝來撞去，一坨青苔球只差一個頰鬚的距離就可以得手。他把青苔球往上一拍，小露跳起來接在掌間。小雀撲過去，差點把小露推撞到焰尾身上。還好焰尾反應快，即時閃開。

「小心點。」扭毛鑽進窩室，警告他們。

小霧躺在鋪滿榛木條的床上，探頭往外一看。

小雀從兄弟旁邊走開。「她真的生病了！」

「她很快就會好起來了。」焰尾把艾菊梗放在床邊，並聞聞那小貓。她正在發燒，但身上沒有酸味。應該只是白咳症。他咬斷一截艾菊，把它放在扭毛腳邊。這斑紋貓后睜著圓滾滾的眼睛看著它。

「把它嚼成藥泥，等飯後再餵她吃。」扭毛點點頭，並把艾菊梗拿開小雀和小露的視線，這兩個傢伙一直衝過來想要研究。

「噁心！」小露發抖。

小雀拉長著臉說：「她必須吃草藥嗎？」

焰尾蹲下去，直到鼻頭與他們同高。「別太靠近她，不然你們也得吃草藥了。」小雀露出想吐的模樣，忍不住放聲尖叫。焰尾接著鑽出窩室。

躺在長老窩外的杉心，腰腹微微顫抖，努力憋住咳嗽。

「來。」焰尾把剩下的艾菊梗擱在這老公貓的口鼻旁。「把它嚼碎吞進去。」

杉心推開艾菊梗。「把它留給年輕貓咪吧。」他用沙啞的聲音說：「我都活到這把年紀了，一點咳嗽死不了的。」

「是死不了。」焰尾同意。「但還是拜託你把它吞了吧，別造成我工作上的困擾。」

「好吧……」杉心用舌頭挑起艾菊，開始嚼起來，接著做了一個鬼臉吞下去。「真希望新葉季趕快來。」他咕噥道。

焰尾打了個呵欠，「我必須做做伸展操。」他喵聲說道：「要不然黃昏狩獵隊都還沒出發，我恐怕就睡著了。」

他朝營地口走去。外面的空氣已經瀰漫了濃濃的霜氣。

湖邊傳來尖叫聲。焰尾豎起耳朵。**是哪隻貓遇到麻煩了嗎？**接著他認出紅柳和松掌的聲音。他們的叫聲中沒有一絲害怕，反而是充滿歡樂。

腳步聲在結凍的雪地裡咚咚朝他跑來。一團玳瑁皮毛衝過來，橄欖鼻在他旁邊急急煞住腳步，氣喘吁吁地說：「我們正在湖上玩耍！上面全都結冰了。」她繼續喘氣，「你甚至可以直接走到河族領土去。」

曦皮趕過來，「我去把焦毛和鴞爪找來！」她朝營地跑去。「去玩啊，焰尾。」她回頭喊道：「你最近看起來壓力很大。去放鬆一下嘛。」她鑽進刺藤叢。

焰尾的腳蠢蠢欲動。他已經好久沒放鬆了。這陣子他似乎變成老貓，無時無刻在病患中打轉，擔心他們的病痛，檢查他們有沒有咳嗽、打噴嚏。

橄欖鼻蹦蹦跳跳跑走。「來啊！」

焰尾跟在她後面跑，穿過草叢，來到岸邊。兩腳獸的半橋立在白茫茫的冰上。橄欖鼻沿著木板走去，在上面揮動尾巴招喚他。焰尾跟上去，縮起腳尖站在橋的邊緣。

整個湖面都結成了冰。一大片的冰在夕陽下透著粉紅色的光。離岸邊幾個狐狸尾巴距離的紅柳，在一片白茫茫的冰面上飛衝，一時旋轉打滑，跌了個狗吃屎。在一旁的鴉霜和鼠疤看得忍不住哈哈大笑。連資深戰士都玩得不亦樂乎。

橄欖鼻從半橋跳下來，回到冰上。「來啊，這很安全的。」她喊道。

焰尾緊張兮兮地跳下來，發現腳下的冰竟然如此堅固，總算鬆了一口氣。他小心翼翼地從半橋走到歐掠掌和松掌的附近。這兩隻貓正在冰上玩互踢石頭的遊戲。

「你們在玩什麼?」焰尾喊道。

松掌跳起來,「太好了,橄欖鼻!」她喊道:「我們現在有足夠的玩伴了。」歐掠掌小步跑到焰尾面前。「我們要來玩獵物石遊戲,是我們剛想到的新遊戲哦。」他對松掌喊道:「把石頭丟過來!」松掌伸掌把冰上的一顆平滑大石礫猛力一推,歐掠掌熟練地攔住松掌的快速球。

「這是獵物。」他邊解釋,邊把石礫推到焰尾面前。「那裡是獵物洞。」他揮動尾巴,焰尾跟著看過去。

「那並不是真的洞,但在那棵樹和冬青叢之間結冰的地方都算——」歐掠掌朝著岸邊甩動尾巴,「——獵物洞。如果你們把石頭射進去,你們就得分了。如果石頭被我和松掌攔截,我們就得換邊。」

焰尾瞇起眼睛說:「了解。」他把腳掌按在石頭上。

橄欖鼻走到他旁邊,「我和你一隊。要是他們包夾你,記得把石頭傳給我。」

歐掠掌和松掌已經站定位置,堅守「獵物洞」。

焰尾很快意識到很難直接單刀直入,攻破他們的防守。於是他轉身,開始將石頭拍離對手。「跟好!」他對橄欖鼻大喊。他把石頭推到湖的另一邊,橄欖鼻拉大與他幾個尾巴距離的範圍,緊緊跟著他的腳步跑。他腳下的冰鋪著一層薄薄的雪,雖然很冷,但出乎意外的滑順。

焰尾從眼角餘光瞄到了一群雷族貓,在他們地盤附近的冰上小心翼翼行走。他才不管那麼多。湖上沒有所謂的邊界,而且他又是巫醫,他愛去哪兒,就去哪兒。他停止奔跑,四肢緊貼冰面，加快速度在冰上滑行。風呼呼灌進他的皮毛，感覺自己像是在飛。他停止往前推進，讓自己減速滑行，接著把石頭踢給橄欖鼻。

她一腳攔住石頭，快速轉身。「我們進攻！」她大喊一聲。

焰尾轉身，跟上橄欖鼻的速度，朝松掌和歐掠掌進攻。他們蹲在冰上，瞇起眼睛，緊盯著那塊石頭，隨時準備撲身一躍，把石頭攔下來。

「接好！」橄欖鼻將石頭傳給他。

焰尾接住它，立刻滑步向前。他將石頭回傳給橄欖鼻，她接住後，又回踢給焰尾。防守的歐掠掌和松掌看得眼花撩亂，焰尾和橄欖鼻傳接的速度愈來愈快，也愈來愈逼近獵物洞。

焰尾將目光瞄準兩個見習生之間的縫隙，接著使出吃奶的力氣，把石頭往前一丟。石頭颼颼飆向空隙，像老鷹一樣急撲而下。焰尾側轉停下來，眼看石頭就要進洞，滿肚子的興奮。

「我撲到了！」松掌對著室友大喊，伸長腳掌，飛快撲身一滑，把石頭硬是攔截下來。她發出勝利的叫喊，邊把石頭丟到冰湖的另一端。它咻地飛過焰尾，往湖中央衝去。焰尾轉身，踉踉蹌蹌追在石頭後面。

他從鼠疤和鴉霜身邊滑行而過，不停追著持續往前飛旋的石頭。看到它終於緩下速度滑落下來時，他一時興奮，撲過去，伸長腳掌，準備攔住石頭。

喀！他底下的世界剎那間裂開來。

焰尾充滿驚恐，腳下的冰傾斜翹起，他啊的一聲跌入冰凍的深水裡。他周圍的水立刻轉黑，不斷拖扯他的皮毛，冷冰冰的水滲進他的皮肉，感覺像爪子撕抓般疼痛。

他的上方突然變得一片黑暗，水不停把他往底下捲。

夢又來了！

他在驚恐中腦海突然一閃。

這就是我夢裡出現的情景！

他四肢開始拚命掙扎，一心想游出水面。

為什麼星族不指示我？

他眨眨眼，留意四周泡泡飄移的方向，接著一股作氣往上一衝，他的腳碰的一聲撞上堅硬的冰牆。

不！

他隱約可見白色冰層有光透進來。他拍動四肢，再次游上去，伸出爪子，打算鑿開凹凸不平的冰層。冰上突然有影子移動，他聽到上方一陣隆隆腳步聲，有貓咪不斷喊著他的名字。接著水又開始將他捲入底下，他已累得沒有力氣掙扎。當一切混亂漸息，焰尾感覺全身麻痺。他放鬆四肢，靜靜地隨著水流擺動。

好安靜。

好平靜。

水突然間又開始翻騰，他四周圍繞著泡沫和碎冰。此刻他看到毛茸茸的灰色皮毛開始朝他飄盪過來。

松鴉羽？雷族巫醫也掉進來了嗎？**這裡好安靜**。他想確定他的巫醫同伴是否沒事。**不要掙扎。

松鴉羽的爪子瞬間揪住了焰尾的皮毛，想盡辦法要將他拉上來。**你什麼時候學會游泳的？**隔著黑漆漆的深水，焰尾隱約可以看見松鴉羽的眼睛；他失明的雙眼似乎對他透露出懇求。焰尾迎向他的目光，想跟他解釋。**沒救了，我們被冰層困住了。**

儘管松鴉羽死命拍打掙扎，水翻攪的力度愈來愈猛，硬是把他們往深處推送。

接著焰尾瞥見了另一雙奇怪的白色凸眼。水裡出現了第三隻貓，他有著奇醜無比的身形，不但全身無毛，還坑坑疤疤。焰尾看著這隻在他們身邊飄浮的貓，心想會不會是他從沒見過的星族貓。**但是從以前到現在，有哪個戰士是長這樣的嗎？**

那隻醜貓游向松鴉羽。

別管他！焰尾似乎在腦中聽見了他的聲音。他不是在跟焰尾說話，而是跟松鴉羽。

他的死期到了，別管他！

松鴉羽的爪子鬆開焰尾的皮毛。焰尾開始往下沉，眼睜睜看著光漸漸消失在面前。只見松鴉羽的剪影映在陽光斑駁的冰上。焰尾使勁掙扎想脫身，但醜貓卻一把將他推回去。氣泡不斷從焰尾嘴裡啵啵冒出，他的眼前籠罩著無止盡的黑暗，永不見天日。

第二十四章

藤掌發現一隻鼩鼱在雪地裡奔跑。她不動聲色地衝過去，接著一個撲身，壓住牠的尾巴。在喃喃感謝星族後，她彎身給牠致命一咬。

一陣嘶嚎聲漸漸從湖邊傳來，其中突然爆出一聲刺耳的尖叫讓藤掌猛然抬起頭，獵物在她雙顎間晃動。她定神聆聽，一時之間還真希望能有姊姊的特異能力。不過她很快就放棄了。有順風耳應該很麻煩吧，鴿掌怎麼有辦法睡覺？

湖邊詭異的尖叫聲在霜氣凝重的空氣裡回盪。藤掌本來想和花落與玫瑰瓣到冰上玩耍，但她下定決心要努力為部族狩獵，以彌補族貓們因她而損失的草藥。她覺得在影族邊界被抓起來，自己也要負一半以上的責任。

她走到一棵長滿節瘤的橡樹，挖開樹根縫隙的洞。雪下埋了一隻老鼠和一隻麻雀。她中午前就開始打獵，現在已經累得走不動。她撈起那兩隻動物的屍體，輕輕把牠們叼起來，帶回營地。

在抵達荊棘屏障時，太陽已經落到樹梢後面，營地裡樹影斑駁，只留一輪白色的月亮照亮空地。她的族貓們蓬起皮毛，聚在擎天架下晃來晃去。

松鴉羽往自己的窩室走去。藤掌看到他全身溼漉漉的皮毛，不禁嚇了一跳。**又沒有下雨！**葉池圍在他旁邊，跟著他鑽進刺藤叢。

藤掌把獵到的東西放到獵物堆上。還好有藤掌的貢獻，要不然獵物堆裡只剩一隻孤伶伶的松鼠和瘦巴巴的歐椋鳥撐場面了。灰紋走上前誇獎她，「真是厲害。」

「我可是獵了一整天。」藤掌說。

空地傳來火星的喵聲。「所有能夠自行狩獵的成年貓都到擎天架下面集合。」雷族族長光滑的皮毛閃爍著月光，等待族貓們聚過來。

刺爪和塵皮從戰士窩走過來；罌粟霜從育兒室趕來，黛西回頭邊把小貓們哄回刺藤窩。狐躍豎起皮毛在岩石底下走動；玫瑰瓣黑溜溜的眼睛痴痴望著他；莓鼻擠開蟾蜍步和冰雲，一屁股坐到前面去；棘爪坐在岩石堆底下，低頭看自己的腳；松鼠飛在離他幾個尾巴距離的地方坐下來。

藤掌看到姊姊從廁所隧道匆匆趕來，在白翅旁邊坐下來。「發生什麼事了嗎？」她小聲地問。

白翅搖搖頭，並嘆了口氣。

「我有個壞消息要宣布。」火星開口說。「焰尾在湖上玩耍，不慎掉進冰底下。」雷族族長宣布。

罌粟霜倒出一口氣，「他沒事吧？」

「現在還沒有找到他的屍體。」火星望了巫醫窩一眼。「松鴉羽有跳進去救他。但焰尾太重，松鴉羽沒辦法將他拖上來。」

松鼠飛寒毛倒豎。「松鴉羽還好嗎？」

火星點點頭。「他雖然全身發冷，但現在有葉池陪在他身邊，她知道怎麼照顧他。」

棘爪眼睛一沉。焰尾是他姊姊的兒子。藤掌知道他一定非常難過。

「以後，」火星發出嚴肅的喵聲，「要是有貓敢到冰上去玩，我一律嚴懲。」

狐躍抽動頰鬚，「沒錯。」他低聲說道：「要處死。」

松鼠飛揮揮尾巴，要他閉嘴。

藤掌感覺母親的尾巴輕輕圍繞她。白翅顫抖說：「千萬不要再去冰上了。」她低聲喃喃。

「我當然不會再去了。」鴿掌喵聲說道。

「絕對不會。」藤掌一想到楓影把她壓在黑膩膩的河水裡，那種恐怖的感覺，雞皮疙瘩都上來了。

火星從擎天架一躍而下，接著朝巫醫窩走去。

「還有其他影族貓掉進去嗎？」鴿掌對著正走到新鮮獵物堆的狐躍喊道。

他搖搖頭。「只有焰尾。」

藤掌移到鴿掌旁邊，「妳怎麼啦？」

她姊姊抽動耳朵，「我們差點失去松鴉羽。」她喃喃說道。

「他現在沒事了，不是嗎？」

鴿掌點點頭。「要是換作虎心出事怎麼辦？」她露出憂鬱的眼神。

「可是他明明沒事。」藤掌的尾巴輕輕拂過鴿掌的腹側。「我敢保證妳現在一定可以聽到他的聲音。」

鴿掌抬高鼻頭，抽動耳朵，專心聆聽。她那雙遙視遠方的眼睛變得和緩。「他和其他貓咪們正在守靈。」她急忙將注意力拉回藤掌身上。「焰尾沒有在那裡，」她低聲說道：「他活動過的地方，現在都空蕩蕩的。」她靠向藤掌，「失去手足一定是件很可怕的事。」她用尾巴將藤掌團團圍住。「妳大可不必去黑暗森林。」

藤掌胸口瞬間繃緊。她不確定自己是否有選擇的權利。剛開始她的確是在夢中被帶到草地，而且是她自己選擇跟鷹霜進入森林。但現在不管她願不願意，她一睜開眼，黑暗森林就自動出現。況且她已經答應要去執行任務。

她想幫助部族。

她想幫助鴿掌。

⚡⚡⚡

藤掌躺進青苔堆，看到鴿掌靠過來。

「我可以和妳擠同一張床。」鴿掌說：「只要妳一有麻煩，我馬上叫醒妳。」

藤掌搖搖頭。「別忘了，我到那裡好多次了。」她半自言自語地說：「我不會有事的。」**但願如此**。她把尾巴蓋在鼻子上面，然後閉上眼睛。

藤掌過了好久才進入睡夢中。鴿掌的呼吸漸緩，藤掌疲累的四肢開始放鬆，漸漸進入黑暗。她張開眼睛，嚐嚐空氣。這是第一次她感覺自己的腳在顫抖。

「哈囉，藤掌。」

她轉身，開始忐忑不安起來。虎星正站在一棵漆黑筆直的松樹旁，好像是刻意在等她。藤掌努力壓抑內心的慌亂，用力吞了一口口水。她強迫自己放鬆肌肉，直視那暗色戰士凶猛的眼睛。「嗨。」

虎星打量她一會兒後，接著說：「妳有看到虎心嗎？」

「他在為焰尾守靈。」她喵聲說道：「所以他今晚可能不會來。」

「焰尾呀？」虎星聳聳肩。他顯然很清楚那位巫醫死亡的消息。「我們又少了一個敵手了。」

你這狐狸心腸！

虎星繞過她，尾巴從她腹側掃過。「很高興**妳**今天有來。」

「我們今晚要練習什麼？」藤掌發出愉快的喵聲，祈禱虎星不起疑。

「我們待會兒再來練習。在這之前，我們先來了解彼此一下。」他走進臭味瀰漫的樹林，濃霧在他腳邊裊裊圍繞。「跟上來啊。」

藤掌咚咚跟在他後面，感覺自己怦怦的心跳聲大到別人都聽得見。**我要鎮定。為了鴿掌和**

部族，我一定要沉住氣。

她看到附近有幾個戰士的影子在移動。她跟著虎星往樹林深處走去，赫然發現四處都是貓咪，拖著腳步在迷霧中行走的蹤跡。她以前從沒注意到森林裡有這麼多貓咪。

這些是部族貓還是黑暗森林戰士呢？她仔細往暗處一瞧，想辨別他們的皮毛。那個在黑暗中繃著一張臉的貓是楓影，她身邊圍著一堆滿身傷疤和亂毛的貓咪，不停交頭接耳，並發出低吼聲。

「我——我以前都不知道這裡有這麼多貓。」她喵聲對虎星說道。

「這邊的貓多到可以把星族比下去。」他淡淡回應。

他們來到一個陰沉沉的空地，她認出了裡面的巨石，他們將近一個月前才在這巨石上面進行訓練課程。薊爪正在這平滑的岩石上磨爪子，滿是自戀地看著那磨得又亮又利的爪尖。鷹霜對藤掌點點頭，打了個招呼，暗紋跟在他後面。破尾和雪叢也在現場。碎星則是站在巨石的陰影底下，一動也不動地看著。

當看到穴掌、蟻皮和風皮時，藤掌真是鬆了一口氣。她剛剛才在擔心自己會不會是唯一的部族貓。虎星回看她一眼說：「妳可以和妳的朋友坐在一起。」他低聲喃喃道：「我有事情要宣布。」

他們才不是我的朋友咧！儘管如此，她還是匆匆跑到熟悉的臉孔附近。坐在他們旁邊起碼比較不緊張。或許他們受訓完後就會變成黑暗森林戰士，但至少他們來自藤掌熟悉的世界。

虎星跳上巨石。「所有能自行狩獵的成年貓都過來集合。」他的聲音裡充滿嘲諷的意味，圍在岩石的貓咪們紛紛跟著發出譏笑般的貓鳴。

「時機快成熟了！」虎星吼了一聲。

林中影子紛紛騷動，更多戰士從暗影裡湧出來。藤掌的心跳加速，蜷縮成一團，依偎在蟻皮旁邊。

「這一天終於要來了！」虎星的吼聲化為嘶聲。「我們即將入侵部族的世界，一舉摧毀他們的戰士守則，摧毀他們的一切。」

藤掌感覺蟻皮全身僵硬。他是受了驚嚇嗎？她瞄了一下他的臉，接著也看了看穴掌和風皮的表情。他們的眼睛在發亮！完全是一副黑暗森林戰士的模樣。藤掌故作鎮靜，環顧空地四周，看到滿坑滿谷的貓咪。

「我們要把他們全消滅！」

「部族末日到了。」

無數的眼睛閃著興奮的光，面向虎星。

「我們什麼時候開始行動？」

「我們要先攻打誰？」

楓影蹬起後腿，在空中揮擊。「他們一定很後悔被我們生下來。」

藤掌豎直耳朵。他們什麼時候要發動攻擊？但虎星只是咧開嘴，發出嘶聲，然後悄悄溜下巨石。他鑽進群貓間，消失在藤掌的視線之外。空氣興奮異常，貓咪們聳起皮毛，在空地穿梭走動。

一雙眼直盯著藤掌瞧。藤掌看到暗紋走過來，不自覺地亮出爪子。

「準備好要奮戰了嗎？」他以嘲笑的口氣說。

藤掌望了森林一眼，真希望能消失在暗處。

「還是妳已經想開溜了？」暗紋似乎猜中了她的心思。

「不——當然不是。」

「那就好。」他圍著她打轉，冰冷沉重的尾巴像條蛇似的，滑過她的背脊。藤掌好希望虎心能及時出現。

「藤掌！」

她興沖沖抬頭一看，發現是碎星走過來，突然覺得有些沮喪。那隻巨大、滿身傷疤的公貓，對她點點頭。「妳好，藤掌。我已經觀察妳練習很久了。」他用肩膀將暗紋頂開。「妳讓我印象深刻。」

藤掌一邊看著他的眼睛，一邊利用眼角餘光留意暗紋的一舉一動。她頓時間坐立難安。為什麼碎星要特別誇獎她呢？他是要故意讓暗紋吃醋嗎？「謝謝。」她喵聲說道，刻意讓自己的聲音保持平緩。

「我想交待妳一個特別任務。」碎星繼續說。

藤掌眨眨眼，「真的嗎？」也許是個測試。

「跟我來。」碎星走進樹林。

暗色公貓攀上緩坡，往下躍到一處乾枯的河床。藤掌跟在他後面，呼吸愈來愈急促。他們沿著山溝，在彎曲變形的樹林間穿梭，最後來到一處樹枝低低垂落，土灰色青苔垂生的地方。藤掌鑽進樹枝底下，青苔像蜘蛛網般黏在她的皮毛上，讓她雞皮疙瘩都上來了。

她停下來，看到岸邊的蕨葉叢裡有東西窸窸窣窣跟著他們移動。她往霧裡看去，赫然發現是暗紋的皮毛。

「走開，暗紋！」碎星的吼聲把藤掌給了一跳。她不是唯一察覺到暗紋蹤影的貓。那隻瘦巴巴的暗影僵住半响，然後溜得無影無蹤。

「他跟愛發牢騷的小貓沒兩樣。」碎星咕噥。他彈彈尾巴，指著最靠近的一棵樹。「給我看看妳的爬樹功力。」

「好。」藤掌攀到最接近地面的樹枝，沿著長滿節瘤的粗樹幹爬上去。因為腳開始痠痛，於是她停下來喘幾口氣。她往上一看，依然沒瞧見天空。**這棵樹到底有多高？**她可以看到碎星在遠遠的河床上看著她。

「還不錯！」碎星喊道：「不過，還得看妳是不是能很快回到地上。」

藤掌集中精神，抓緊樹皮，控制降落的速度，一次跳躍一個尾巴的距離。當接近地面時，她四肢一蹬，敏捷地落到渠溝邊緣滑膩的草地上。

碎星跳到岸上，來到她面前。「現在讓我看看妳的撲擊。」

藤掌蹲低身體，爪子出鞘，瞄準前方幾個尾巴距離的一團青苔。她飛身騰躍，不偏不倚擒住青苔，接著一個後空翻，後腿瞬間猛力飛踢，最後四腳穩穩落地。

「妳的動作很快。」碎星面向她，「妳的防守技巧如何？」他的話一說出口，立刻上前一個飛撲。

藤掌看到他突如其來的爪子，迅速彎身，及時閃了過去。她猜想他一定會趁她著地時，立刻上前撲過來。

藤掌果然猜得沒錯。還好她動作快，再次躲過他的利爪突擊。她轉過身，正面與他對峙。她蓬起頸背的毛，咧開大嘴，準備再度發動攻擊。

碎星坐下來說道：「很好。」

藤掌的心臟猛烈跳動，心想碎星或許也聽到了她的心跳聲。她的任務在哪裡？他該不會只是想測試她的技能吧？謝天謝地，到目前為止，他對她都還算滿意。

「妳必須完成最後一件任務，才能有資格和新族貓們一起上戰場打仗。」

藤掌豎起耳朵。**這是結業考試！**「什麼任務？」

空地邊緣的暗處有東西在移動。

暗紋？

「出來！」碎星喊道。

藤掌緊抓泥地，看到一隻橘色貓咪緩緩走出蕨葉叢。

「焰尾？」

這隻影族貓睜大眼睛，「妳也掉進冰裡去了嗎？」

藤掌搖搖頭。「我——我……」她開始結巴。她該怎麼跟他解釋她出現在這裡的原因呢？

「你、你是怎麼到這裡來的？」

「我剛剛在星族。」他瞇起眼睛，困惑地抬頭看看樹枝。「聽到草叢有個聲音在叫我，就好奇的一路跟到了這裡。但……但這裡看起來一點都不像星族的地方。」他動動腳掌。「妳知道要怎麼回去嗎？」

藤掌看著他，不知道該說什麼。

「把他殺了。」碎星一聲令下，打破沉默的空氣。

藤掌一時驚慌失措，「什麼？」

他開玩笑的吧！

接著她恍然大悟。她才不會像腦子裡塞滿蒲公英的兔子一樣，掉進這個陷阱裡。「我殺不了他。」她洋洋得意地看著碎星說：「因為他已經死了。」**我才沒這麼容易就被唬到。**

碎星抖動頰鬚。「果真是年少無知。」他吼道：「沒有任何貓咪可以永遠待在星族。他們最終都會消散不見。」他似乎把巫醫當成了可口的獵物，上下不停地打量他。「除非有人先動手把他們殺了。」

藤掌瞇起眼睛。「這不是真的！貓咪死後都會永遠待在星族。」

「喔，我說的都是真的。」碎星說：「而且，嚥下消散前的最後一口氣是極度痛苦的經驗。」

藤掌開始後退，「我不能殺他。」

碎星的鼻頭突然湊近她，彼此相隔只有一個頰鬚的距離。藤掌的眼睛被碎星呼出的熱熱的口臭嗆得難受。「為什麼不能？」他發出嘶聲，「妳還配當黑暗森林戰士嗎？」

藤掌眨眨眼。「我——我……」

碎星狠狠瞪著她，「我真不知道鷹霜怎麼會選妳。」他吼道：「我看妳一輩子都會對那群住在湖邊的貓咪們效忠。」他走向前，「這樣說來妳也算是個危險分子。」

「我還以為你們就是喜歡危險分子。」藤掌回嘴。如果她能成功讓碎星信服，焰尾應該有機會被放走？

碎星露出堅決的眼神，「我知道妳姊姊的身分。」

「那又怎樣？」

「妳是她的親姊妹。」

「如果你真的知道這麼多，」藤掌嘶聲說道：「那你應該很清楚我跟預言沒關係。」

「但妳和她有血緣關係。妳真能狠下心背叛她嗎？還是我必須先殺了她，好讓妳專心為黑暗森林效忠？」

別把鴿掌扯進來！部族要是沒有鴿掌，一定會輸。藤掌抬高下巴，準備赴死。

但是……

如果她死在這裡，又有誰能去警告各部族？虎星已經宣布將要開戰。她一定得活著回去通知大家。這意味著她必須說服碎星不要殺她。而且，為了確保鴿掌的安全，藤掌只剩一條路可走了。

「我要效忠黑暗森林。」她轉向焰尾，蹲低身子，甩動尾巴。**對不起，焰尾，我這麼做全是為了部族著想！**她張開爪子，原諒我，星族！

她飛身跳起的當下，突然有一團暗褐色皮毛猛撲到她身上，她瞬間被撞飛到空地另一端，跌了個四腳朝天。她眨眨眼，爬起來。

虎心！

「妳在做什麼？」他擋在焰尾面前，尖聲喝道，並露出震驚困惑的眼神，「我不會讓妳毀了我弟弟！」

虎星從暗處走出來。「喔，非常有膽識。不愧是我的子孫。」

對不起！藤掌試著抓住虎心的目光，但這隻年輕戰士卻緊盯著虎星和碎星。他激動地靠在焰尾身邊，「放了他。」

「碎星。」虎星發出和緩的喵喵聲，「我們沒有必要殺焰尾。他只會混草藥，對我們一點威脅性都沒有。」

碎星把臉甩開，「他是死是活，對我來說的確沒什麼意義。但我們該怎麼處理她？」他揮動尾巴，指向藤掌。

藤掌低頭喘氣。黑暗森林的貓咪們在看了她的表現之後，是否已經相信她不是臥底？她不敢去想在回到湖邊後，虎心會怎麼對她。

「我們必須儲備戰力。」虎星以和緩的語氣回答。藤掌即刻抬起頭。在所有貓咪當中，虎星看樣子是要救她。

「我相信藤掌對無星之地的忠心。在大決戰到來時，她一定會站在我們這邊。」

國家圖書館出版品預行編目(CIP)資料

貓戰士四部曲星預兆. III, 星夜私語 / 艾琳．杭特（Erin Hunter）著；約翰．韋伯（Johannes Wiebel）繪；羅金純譯. -- 三版. -- 臺中市；晨星出版有限公司, 2023.01
面； 公分. --（Warriors；21）
暢銷紀念版（附隨機戰士卡）
譯自：Warriors : Omen of the Stars. 3, Night Whispers
ISBN 978-626-320-308-2（平裝）

873.596 111018638

貓戰士四部曲星預兆之III

星夜私語 Night Whispers

作者	艾琳．杭特（Erin Hunter）
繪者	約翰．韋伯（Johannes Wiebel）
譯者	羅金純
責任編輯	謝宜真、陳涵紀、陳品蓉、郭玟君
文字校對	謝宜真、蔡雅莉、陳涵紀、許芝翊、葉孟慈
封面設計	陳柔含
美術編輯	張蘊方、陳柔含
創辦人	陳銘民
發行所	晨星出版有限公司 407台中市西屯區工業30路1號1樓 TEL：04-23595820 FAX：04-23550581 行政院新聞局局版台業字第2500號
法律顧問	陳思成律師
初版	西元2011年05月31日
三版	西元2024年05月31日（二刷）
讀者訂購專線	TEL：（02）23672044 /（04）23595819#212
讀者傳真專線	FAX：（02）23635741 /（04）23595493
讀者專用信箱	service@morningstar.com.tw
網路書店	http://www.morningstar.com.tw
郵政劃撥	15060393（知己圖書股份有限公司）
印刷	上好印刷股份有限公司

定價250元

（缺頁或破損的書，請寄回更換）

ISBN 978-626-320-308-2

☐ 我已經是會員，卡號 ____________________

☐ 我不是會員，我要加入貓戰士會員

姓　名：________________ 性　別：_________ 生　日：________________

e-mail：____

地　址：☐☐☐ _______ 縣／市 _______ 鄉／鎮／市／區 ________ 路／街

_______ 段 _______ 巷 ______ 弄 ______ 號 _______ 樓／室

電　話：____

☐ 我要收到貓戰士最新消息

貓戰士鐵製鉛筆盒抽獎活動

將兩個貓爪和一顆蘋果一起貼在本回函並寄回，就可以獲得晨星出版獨家設計「貓戰士鐵製鉛筆盒」乙個！

貓爪在貓戰士書籍的書腰上，本書也有喔！蘋果則是在晨星出版蘋果文庫的書籍書腰上！

哪些書有蘋果？科學怪人、簡愛、法布爾昆蟲記、成語四格漫畫...更多請洽少年晨星官方Line ID：@api6044d

點數黏貼處

請填妥後對折裝訂，再貼妥郵票寄出

請黏貼
8 元郵票

407

台中市工業區30路1號

晨星出版有限公司

TEL：（04）23595820　FAX：（04）23550581

e-mail：service@morningstar.com.tw

http://www.morningstar.com.tw

請沿虛線摺下裝訂，謝謝！

加入貓戰士俱樂部

【貓戰士會員優惠】

憑卡號在晨星出版社購書可享優惠、擁有限定商品、還能獲得最新消息等會員福利。

【三方法擇一，加入貓戰士會員】

1. 填妥本張回函，並寄回此回函。
2. 拍照本回函資料，加入官方Line@，再以Line傳送。
3. 掃描後方「線上填寫」QR Code，立即填寫會員資料。

Line ID：
api6044d

「線上填寫」
QR Code

★寄回回函後，因郵寄與處理時間，需2～3週。